錦（にしき）

宮尾登美子

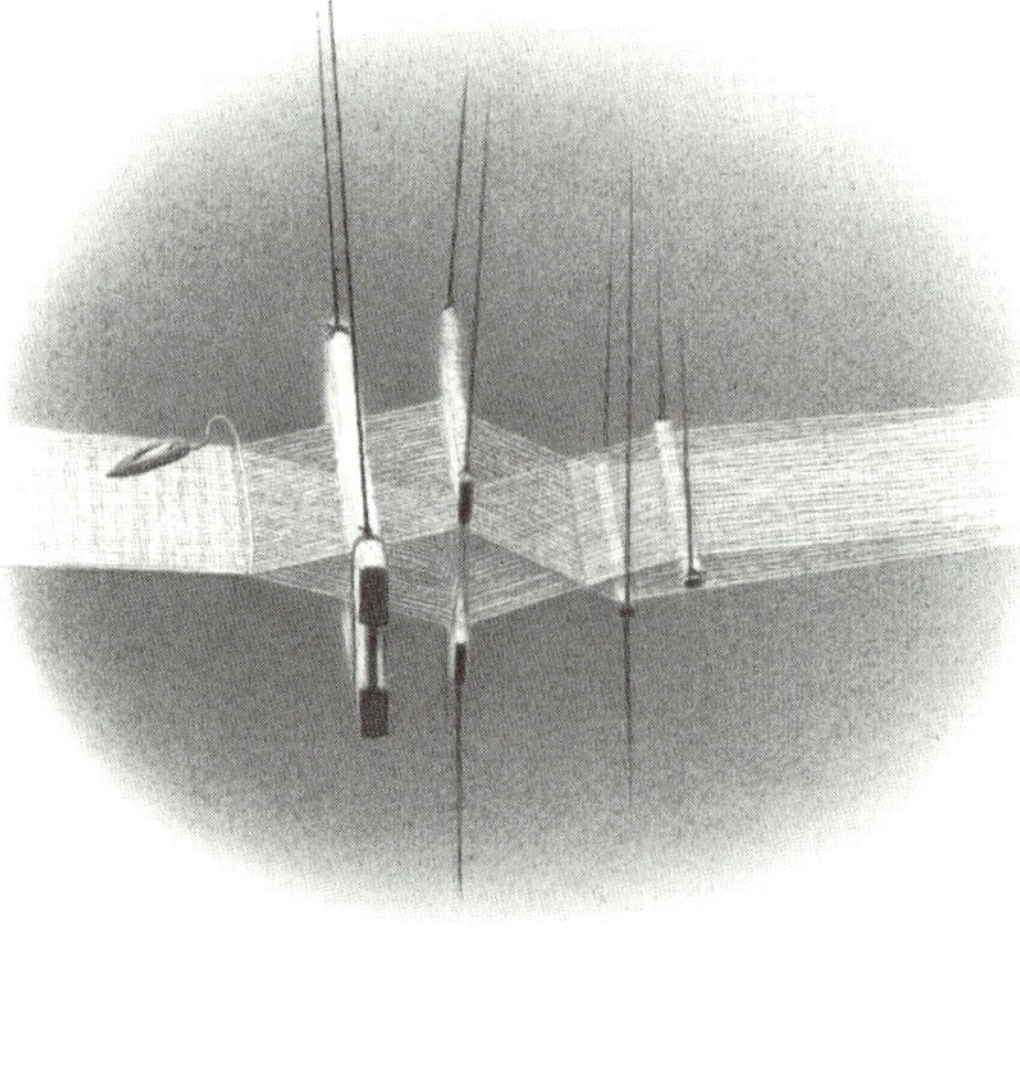

中央公論新社

装画　二川和之
装幀　菊地信義
DTP　ハンズ・ミケ

錦

にしき

幼年の日々

晩年の日々を宝塚で過した菱村吉蔵(ひしむらきちぞう)には、ふいに、過ぎた年月のさまざまな光景が目の前に浮び上ってくることがよくある。

それは、好物のビフテキを奥歯で念入りに噛んでいるときや、気に入った茶陶の品々を膝の上で撫でているとき、また縁側から仰ぐ塩尾山(えんぺい)の頂きにぼんやりと目を放っているときなど、何の脈絡もなくあらわれるもので、このごろではむしろその上に自らの記憶を重ね合わせ、なつかしんでいる風があった。

たとえば子供のころ、女の子のように髪を伸ばして白足袋に長い袂(たもと)の着物を着せられ、いやいやながら漢籍の塾へ通ったことや、商いを始めたばかりの、ぼてを背負ってよろよろしていた自分、また病いに苛(さい)なまれ、もがき苦しんでいた姿など、折々は頭を掠めて行く。

ときに、亡きひとのおもかげがよみがえって来ることもあり、とくに、自分を越して先に逝ってしまったいくたりかへは多少の思いも残る。しかしこれらには、痛みや悲しみなど生々しい感

情はもはや遠く薄れてしまっており、これが年取ったという何よりの証拠なんやな、と吉蔵はひとりうなずいて合点することもあった。

生れたのは、明治九年十一月半ばの朝まだき、大阪は南船場、博労町の稲荷神社並びの大きな家で、間口はざっと十間、玄関はふたつ、蔵の棟は五つも数えられるほどの構えである。

ここが菱村、通称菱久の本家で、当主は代々久兵衛を名乗っており、吉蔵はその孫に当る。

菱久の商いはといえば、その昔、文化文政時代には大坂の金貸し十人衆というのがあって、それを率いる鴻池善右衛門の下で菱久も名を列ね、大いに羽振りがよかったらしいが、世が替るにつれて銀行も擡頭し、両替商が次々と看板おろすのも、当然のなりゆきであったろう。

ただ、菱久は以前から両替商と並行して砂糖のみは片手間に扱っており、奥庭の地下蔵などはそれなりに役立っていたらしい。

久兵衛には、吉蔵の父嘉助を頭に五人の男の子があり、それぞれに妻帯していたが、何故か誰ひとり子供に恵まれなかった。そういうなかでの吉蔵の誕生だったから、久兵衛の安堵と喜びはいうまでもなく、誰も口にこそ出さずとも、次代の久兵衛はこの子、と自然に決まっていたようなものであった。久兵衛は、吉蔵が乳離れするかしないかのうちから自分の膝もとにいつもひきつけ、コン、と咳をすれば、おーいたまさんや、と嫁を呼び、

「もう風邪ひかしたんかいな。あかんやないか。はよはよ葛根湯」

と急かし、腹に手を当てていれば、

「ハライタか。苦いけどはよ千ぶり飲みや。鼻つまんで飲んでみい」

とそばにいて指図する。

そのあまりのお節介ぶりに、ふだんはおとなしい嘉助のすぐ下の弟依助がある日、思い切って、

「もうしお父さん、この辺りでは家継がすは中子(なかご)にしい、ていいますやんか。長男長女は大事にしすぎ、裾子(すそご)は甘やかしすぎる、てことや思いますけど、吉蔵のためには放ったらかしの中の子、ちゅう扱いがええのんちゃいますやろか。いまのままやったら、吉蔵は真綿にくるんだまだその上を錦で包んでるみたいだっせ。本人のためにもなりまへん」

と珍しく父親に向って意見を述べたところ、久兵衛は額に青筋を立てて怒り、

「あんた、わしに対してようもそんなこといえるなあ。うちは長男も裾子も誰もいてへんのやで。吉蔵ひとりしかいんのやで。この子が何とか無事に育つようにわし、夢中になってるのが、あんた判らんか。長男の我がままでも、裾子の甘えんぼでも何でもよろし。吉蔵には関係あらへん。そんなことは、お子が仰山あるお店の方においいたらええ、ちゅうもんや」

とえらい権幕で叱責された。

そのとき依助は、

「もの判りの悪いおやじや」

と久兵衛を怨んだが、ずっとのちになって考えてみると、傾いてゆく大店の菱久を担っている父親がふと哀れにさえ思えるときもあった。

＊

昔の両替商は、どこの店でも金銀をはかるための天秤を持っており、そのチャラチャラと鳴る音がまるで富貴の音いろとも聞え、久兵衛は目を細めて、

「ええ音やったでぇ。わし子供の時分までで途絶えてしもたんやけどな」

と、嘉助たち息子に話したこともある。

久兵衛の、大店菱久をなつかしむ思いはその後もずっと抱き続けていたらしく、そのあらわれの一つが、吉蔵のしつけへの口出しだと息子たちは見ている。

吉蔵はもの心つくようになると、祖父の方針で頭はおかっぱ、眉毛は剃り、振袖に白足袋、帯は端をちょいと垂らした「はそこ」という結びかたをさせられたが、これが幼い吉蔵にとってどれだけ恥しかったことか。

まわりを見ても誰もこんななりはしておらず、遊び仲間は敬遠してはやし立てるし、行きずりの人は、

「役者の子かいな。それにしては白粉塗ってへんなあ」

とじろじろ見る。

久兵衛にとって、これが菱久の最後の見栄、というものではなかったかと、吉蔵はあとからそう思った。

というのは、船場のなかでも長者町といわれる年寄のいる大店のぼんぼんたちは必ずこんななりをしており、そして三歳ともなれば、漢籍をはじめとして茶道、華道、書道、仕舞謡曲と、あらゆる稽古ごとにお供を連れて通う。

成人して家を継いだとき、付き合いの席で茶の一杯飲む作法も知らないでは、船場商人の名折れという気概もあったものだろう。

久兵衛も、いずれ菱久を譲ることになる孫の吉蔵に、早くから伝統のぼんぼん教育を施したいと念願したにちがいなかった。

しかし当人にとって、祖父の膝もとにひきつけられていた年月は、何と孤独に満ちみちたことであったか。家中に人はいっぱいいても、子供は自分ひとりしかおらず、所在なさに往来へ出ようとすると、荷車、牛馬、人力車などひっきりなし通るため、危い、危い、と声がかかり、

「吉ぼんはうちらでお遊びやす」

の制止がかかる。

吉蔵にとっての楽しみは、夏になると砂糖の貯蔵のための地下蔵の入口まで、えんえん続く長い蟻の行列を眺めることで、指先でその列を乱してはひとりおもしろがっているのであった。

しかし吉蔵が近くの立花小学校へ上る少し前から家産はすっかり傾き、頼みの砂糖卸商も輸入糖に押されて立ちゆかなくなっていた。

菱久は、国内の高級糖三盆白が主力だったから、値段の安い台湾糖などが大量に入ってくるとひとたまりもなかったらしい。

久兵衛口ぐせの「商いは一心不乱で」の心得もついに通じず、まもなく奥庭の五つの蔵も、地下の貯蔵庫も、吉蔵楽しみの蟻の道は途絶えてしまったのである。

*

このころの、家中暗かった雰囲気のことを何故か吉蔵は覚えていないが、久兵衛はじめ一同、他に生きる道を模索していたこともあっただろうか。

文化文政から受け継いで来た老舗菱久も、とうとうこれで身代限りか、と人はいろいろに噂したが、幸い菱久には先祖から受け継いだ少なからぬ家作があった。

これらに手を入れ、巧く経営すれば以前の大店の体面を保てないこともない、と久兵衛は考え、使用人は減らしたものの、間口十間の店構えはしばらくの間、昔のままに存在した。

船場は年中西風の強いところで、毎日のように土埃が舞い上って、どの家の土間も三和土(たたき)もすぐ真っ白にしてしまう。

水撒きや掃除を怠っていると、自分の店ばかりか塵埃は向う三軒両隣へ運ばれて行ってしまうので、どの家の女たちも片手に水の入った手桶と柄杓（ひしゃく）、それに雑巾を離さず、こまめに磨かない家は近所隣から「行儀の悪い家」としての非難を浴びるのであった。

それ故、船場の大店の家が、「黒光りした柱」「顔の映る廊下」「うるしのようなつやの出た帳場机」などの言葉で語られるのは、最高の讃辞というべきであったろう。

菱久も、辛うじてこの状況は保ち得て、船場の商人仲間ではなお発言力はあったらしい。

ただ、久兵衛はこの辺りから俄に老け込んでしまった感じがあり、それは吉蔵に毛抜きで抜かせていた白髪が、もはや手に負えなくなるほど拡がってしまったことでも判るのであった。

同時に、孫の上に描いていた「菱久の後継者」としての夢も次第に薄れており、かつて強要された振袖装束や稽古ごともほとんど催促されなくなったのは、吉蔵にとって何より嬉しかった。

小学校入学式の日、やっと振袖から解放された吉蔵は、坊主頭に絣の着物、という近所の子供たちと同じ恰好で、ぴょんぴょん跳ねながら登校して行ったことを覚えている。

しかし思い返せば、幼いころはただ恐いばかりだったこの祖父から、その実計り知れないほどの恩恵を受けていたのだとのちには判ってくる。

吉蔵に、諸種のたしなみを身につけさせようと躍起になったぶん、それだけ祖父には素養があり、そばにいるだけでさまざまなことが吸収できたのだと思えることも多かった。

あれは吉蔵が小学四年か、五年ごろだったろうか。久兵衛はよく、

「そろそろお前もものを見る目え養うとかんならんなあ。

それにはな、屑もん見たらあかんで。とびきりええもんばっかり拝んでなあかん」

といい出していたが、たぶん旧正のころ、

「今日は吉ぼんをええとこへ連れてったげよ。

そやな。紋付にも及ばんけど、袴くらいは穿いといやす」

と声をかけてくれた。

いわれるとおり吉蔵は母たまに仙台平の袴を穿かせてもらい、扇子も腰に差して祖父に従った。

久兵衛は道々、

「今日はなあ、分限者で名高い吉田さんとこのお蔵のひとつの虫干しや。無礼講やさかい、気楽に見せて頂いてええねん。心配いらん」

と吉蔵の気持をほぐしてくれたが、ふだんのお茶の稽古とは違うなあ、と吉蔵は少しばかり固くなっていたことと思う。

吉田家は北船場にあり、久兵衛は日ごろからよく知っているとみえて、家の人たちにも軽く会釈しただけで上にあがり、案内人に先立つようにして奥へ入ってゆく。

寄り付きと思える部屋を開け、敷居際に坐ったとき、吉蔵は一瞬、お祖父さん場所間違えてるんやないか、と思った。

座敷に集っている十人ほどの人たちは、袴こそ着けているものの、いずれものびのびと打ち寛

いで談笑しており、蔵出しのお道具拝見、というような作法を踏まえたきびしい雰囲気ではなかったのである。

座のまん中には袱紗（ふくさ）が敷かれ、茶入れらしきものが置かれているが、吉蔵がもっと驚いたのは床を背負って座を占めている人の、まるで七福神のなかの寿老人が生きてあるようなほど、似ていることだった。

床飾りの七福神は福徳の神として七柱あり、ときどきは母に代って吉蔵もお供物を捧げるのでよく知っている。蛭子（えびす）、大黒天、毘沙門天、弁財天、福禄寿、寿老人、布袋（ほてい）のうち、とりわけ寿老人は円満の相で全体に福々しく、弥勒（みろく）の化身とも呼ばれて人々の信仰を集めていると聞き知っている。

吉蔵が寿老人に見とれているわきで久兵衛は深々と一礼し、

「えらい遅なはりまして」

と詫び、揉み手をしながら、

「本日はわたし、勝手にご免蒙って羽織の下に子猫一匹隠して参りましたさかい、ここで拝見さして頂きます」

と、吉蔵の同席の許しを暗に乞い、人の列より膝ひとつうしろに陣取ったところ、末座の主、吉田幸兵衛が手を振って、

「菱久さん、そんなん水臭うおますがな。

子猫どころか、おたくのぼんぼんもう仕上がってまっせ。先が楽しみや。さ、もっと寄らはって、寄らはって」

皆さんもどうぞお平らに、お気楽に、と座の空気を和げてくれた。

本来お道具の拝見というのは、まず衣服を改め、うがい手水で身を清めてのち、畳一畳をへだて、両手をついてうやうやしく拝さなければならぬが、今日はそれらを一切略し、顔を寄せてごく間近で拝見を許されている。また鑑賞の感想も自由に述べ合ってもよいくだけた雰囲気だが、何といっても床前の寿老人に一同心からの敬意を払っている様子は吉蔵にもよくわかる。

久兵衛は小声で吉蔵の耳に、

「あれは徳光博正先生いうてな。えらいえらい先生や。骨董の鑑定にかけては日本国中右に出るもんいてはらへんて噂や。

めったにお目にかかれへん先生やさかい、吉ぼん今日のお言葉ようお聞きしておぼえとかなあかんで」

と教えてくれたが、吉蔵にはそれはすぐに呑みこめなかった。

徳光翁はせり出した腹をゆすって、目の前の瀬戸の肩衝茶入れをためつすがめつしながら、

「まあ、じっと見てごらん。

この土の青味、何ともいえないやね。

そこへもって瀬戸の釉薬がうまい具合にかかっている。

これはちょうど夏珪（かけい）の墨絵ってとこだな。

夏珪、は判るね。南宋時代、杭州から出た宮廷画家だよ。

夏珪の画風は元、明と継承され、そうだな、日本の室町中期以降の水墨画に大きな影響を与えたもんだ。

よく見な、この垂れ薬。

まるで雨上りの滝のようにたあーっと流れ落ちてたっ、と止まっている。この呼吸は誰にも真似は出来まいよ。

いい茶入れだねえ」

といいつつ、ぷっくりと丸い手で茶入れを廻し、前後左右の人々にその景色を見せてくれるのであった。

＊

吉蔵は馴れぬ雰囲気に半ば夢見心地となっており、目の前の茶入れを眺めるよりも何よりも、まず翁の口から歯切れよく繰出される東京言葉に呆気に取られた。

吉蔵が生れてはじめて聞く東京言葉は、耳にやわらかな大阪弁とはまるきり違って、ポキポキと折れるように固く、鋭く、聞く人を攻撃しているような敵意さえ感じられる。

言葉への好奇心のせいばかりでもあるまいが、このとき度胆を抜かれた徳光翁に吉蔵はすっかり心を奪われてしまい、生涯にわたって私淑することになってしまったのである。

この寿老人に似た徳光翁というひと、少々変った経歴の持主で、のちに師弟の交わりが深まるにつれ、吉蔵は驚かされることばかりであった。

根っからの東京言葉だから江戸っ子であるのは当然だが、生れたところは八丁堀の北島町だという。

父は江戸南町奉行支配組同心、徳光覚左衛門で、博正はその第三子として嘉永三年に誕生。十六歳のとき、秀才の集る昌平坂学問所に入り、明治維新のあとは英学塾に通っていくつかの語学を学んだ。

その成果を買われてパリのギメー美術館より客員として招かれ、インド経由で渡仏したが、当時の洋行はまだ極めて稀なる例であったろう。

徳光翁はここで東洋美術の研究に没頭し、約六年ののち、帰朝して文部省学務局に勤務することになるが、この職場で出会った岡倉天心とともに東京美術学校の設立に奔走する。

開校に漕ぎつけたあとは、同校の教職監理の要職を務め、そののちも美術に関する公式非公式の仕事に、徳光翁の関わっていないものは何ひとつないほどであった。

ずっとのちになって、翁は京都美術工芸学校長に就任し、しばらく京都に住むようになるのだが、吉蔵初対面のこのときは吉田家の招きで「ちょいと遊び気分」で、大阪まで来ていたらしい。

吉蔵がまだ子供ながら、一目見てこの異相の人に心惹かれたように、徳光翁もまた、この日を機に吉蔵にはよく目をかけてくれるようになった。

もっとも徳光翁の忙しさは半端なものでなく、日本美術協会の審査委員長をしていれば同会主催の展覧会の審査に当らねばならず、かたわら古社寺保存委員で全国の社寺の視察にも飛び歩かねばならぬ。

その間隙を縫って吉田家の求めに応じたのは、要するに徳光翁がよいもの、美しいものに接するのを何より好んだことの証しであったろうか。

吉蔵はまもなく立花小学校を卒業し、これもやはり祖父のすすめで、商業学校に進学したが、本来勉強はあまり好きではなかった。子供のころの過保護が原因なのかどうか、嫌いな体操、理科、地理などの時間になるときまって頭が痛くなり、無理して授業を受けていると扁桃腺が腫れ、熱を出す。

久兵衛はそういう吉蔵を見て、いかにもなさけなささそうに、

「吉ぼん、たるいなあ。もう十五やろ。

侍やったら元服の年やないか。

しっかりしいや」

と背なか叩いて励ますのだが、そういう自分もだんだん元気を無くしてゆくように吉蔵には見える。

＊

しっかりしろといわれても、何をどうしていいのやら判らぬままに日が過ぎて明治二十四年の正月もまだ松の内のこと、奥の久兵衛の居間に夕餉の膳を運んで行った女子衆が、

「えらいこっちゃ。えらいこっちゃ」

と息せき切って戻り、

「早う、早う、旦さんが倒れはりました」

と告げた。

「ええーっ」

と聞いた者皆悲鳴のような声を挙げ、家中にこれだけ人がいたかと思えるほど、あちらからこちらからもあらわれて久兵衛の居間へ馳けつけてゆく。

吉蔵も人の後について走り、居間に入ると、久兵衛は膳の上に突っ伏したまま、高鼾をかいており、顔は真っ赧であった。

「まあ旦さん」

と一同腰をぬかさんばかりに驚き、なかでも祖母のとねは、

「旦さん、ここで寝たらあきまへんで。

風邪ひきますがな。起きてえな」

と体を揺すぶるのへ、嘉助の弟たちはとどめ、

「お母さん、動かしたらあかんのとちがいますか。絶対安静でっせ」

「お医者さんを早う」

「頭冷やしたらええのに」

「それより足温めなあかんわ。湯たんぽ、湯たんぽ」

と大へんな騒ぎになったが、久兵衛は依然鼾をかいたまま眠りつづけた。

症状は明らかに世にいう中風で、このまま目も開けず逝ってしまうのか、或いは奇蹟的にもとに戻るかは医者でさえ判らず、そのうち一日が過ぎ、二日目が暮れても容体は何も変らなかった。

五人の息子たちは代り合って枕もとに詰め、菱久の将来についてそれぞれ勝手な意見を述べ合っているが、一人がふと不安そうに、

「こないわしらがいうてること、皆、お父さん聞えてはるかも知れへんな」

といえば一人は打消し、

「そんなことあらへん。眠ってはるのやも。聞えてたら目え開かはるに決まってる。

何いうても一切判らへんて」

と強気なのは息子たち皆ひとしく、久兵衛亡きあとの財産分与について神経を尖らせていることにあった。

五人は五人ながらずっと家業の手伝いをして来たから、父親の死後、いまさら無一文で世間に放り出されては大いに困る。この時代、通例としてまだ長男に大きな取得権があったから、下の四人があわてるのも無理はないのかも知れなかった。

久兵衛が倒れて三日目のこと、ふしぎにその枕もとに誰も詰めてはおらぬ一瞬の午後があった。廊下を通りかかった吉蔵は、久兵衛の病間の後の厠（かわや）を使い、手を洗って自室に戻ろうとすると、どこかで、

「吉ぼんいてるか」

と自分を呼ぶ声がする。

耳を澄ますとそれは紛れもなく祖父の声であって、急いで枕もとに馳け込むと、久兵衛は目を瞑（つむ）ったままで、

「吉ぼんなあ、あんたやっぱり商いで身を立てなあかんで。世のなかどんなに変っても商いがいちばんや。ようおぼえときや」

とろれつの廻らぬ舌でそういい、いい終ると唇のはしから涎（よだれ）を垂らしてまた眠り込んでしまったのである。

吉蔵は狐につままれた思いで久兵衛をのぞき込み、その手を握って、

「お祖父さん、お祖父さん」

と呼び返してみたが、手は高熱があると思うほど熱いだけで何の反応もなく、むろん目を開け

もしなかった。

吉蔵はどうしていいかわからず、しばらくはその顔をじっとみつめたままであった。三日もの間ものいわぬ昏睡状態の病人が、孫に向って口をきいたといっても俄かに信じてもらえないかも知れないし、或いはひょっとして吉蔵自身の全くの空耳なのかも知れなかった。

おかしなこともあるもんや、と考え込んでいるうち、

「お父さんはどないいや」

と叔父たちが入って来て、病人はもとの姿のまま、吉蔵もこの奇怪な事実を誰にも明かさなかった。

久兵衛が亡くなったのは、その二日後のことである。

誰の目にももう恢復は望めないと判っていたから、悲嘆にくれる場は少なかったが、かねて予想されていたとおり、財産分けの熾烈な争いが始まり、家の内では兄弟同士の怒鳴り合う風景がしばしば見られた。

ようやくけりがついたのは、久兵衛の四十九日のすんだあとのこと。久兵衛の弟で、早くから心斎橋の呉服屋へ養子に出ていた太一の仲裁があったためで、苦労人で通ったこのひとの言葉に、兄弟親戚一同、納得して従ったのだった。

こうして間口十間の大店は人手に渡し、その代金と家作は兄弟均等に分けて、それぞれの暮しを立ててゆくことになったのである。

この前後の大騒動の顚末を、吉蔵はほとんど覚えてはいない。

叔父叔母たちが口を尖らせて取り分の主張をするのを見るのも嫌だったし、ついでの口に、相手の日ごろの悪口までつけ足すのも、気持のいいものではなかった。

それよりも、転宅のために自分たちの荷物をまとめなければならず、そちらのほうが馴れぬ作業とて毎日大へんなことであった。

挙句、やっと落着いたのは、遺産分けで贈られた中船場の安土町(あづち)にある素人家の一軒で、

「ここや」

と指さされて門口に立ってみると、奥の隅まで見渡せるほどの狭さ。

これからはこの家で嘉助とたま、吉蔵の三人が暮してゆかねばならぬと思うと、さすがに三人とも指先から力が抜け落ちてゆくような感じがあった。

明治二十四年春、吉蔵十六歳。

安土町の家

安土町には、もうめん仲間と呼ぶ木綿問屋が多いが、そのなかで吉蔵の家は何も商わぬしもたやだったので、ひっそりとしたたたずまいであった。

それでも母親のたまは、朝ともなれば戸口を開け払い、誰でも上り框に腰かけられるよう雑巾がけを怠らないが、これも船場の商家の嫁であった身の名残ともいうべきか。

この家から吉蔵は引続き商業学校へ通ったが、前の博労町と違ってここは住む人も三人だけ、家うちはいつもしんとしており、そしてひどく暗かった。

菱久の五人の男子は、分与された財産を手にあちこちに散っていてほとんど連絡はなく、嘉助もまた、人に披露できるような仕事は何もしていなかった。

博労町のころも、

「総領の甚六とはお前のこっちゃ」

と久兵衛によくいわれていたとおり、昔から先ゆきの計画など何ひとつ持たず、毎日をただぶ

らぶらと過していたらしい。

吉蔵は、この家のうちで父親の姿を見たことはめったになく、朝夕の膳は母と二人だけで言葉少なにすませ、さして面白いとも思えぬ学校へ向う。

級友たちは大半が大阪商人の息子たちで、授業が終るとまっしぐら家に帰り、家業を手伝う者が多かったし、そのなかには、親から聞かされたのか盛業時代の菱久を知っている者もいて、そういうことも吉蔵にとってうれしくないことの一つといえた。

鬱々と暮しているこんなある日、それは日曜日のたぶん昼近い時間だったと思う。

吉蔵が表の間で本を読んでいると、入口の格子戸に人影が差して、

「ごめんやす」

と訪う声がし、つづいて、

「こちらさんは菱村嘉助さんのお宅でございますやろか」

としゃがれた声とともに入って来たのは、初老とも見える年恰好の女であった。

頭は銀杏(いちょう)返し、黒襟かけた着物にひっかけ帯、日和木履(ぼくり)に前掛姿とそれだけ見れば廓の入口で客引きをする引子(ひっこ)、と呼ばれる女性であるのは一目瞭然だが、吉蔵もとより知るよしもなく、

「へえ、どなたさんで」

と問うと、女は上り框に斜めに腰かけ、帯のあいだから女物の煙管(キセル)を取出して、吉蔵の寄せた手焙(てあぶ)りで火をつけた。

「お母はんいてたら出しとくれやっしゃ。

わては堀江遊廓の春木屋のもんだす」

と否とはいわさぬ強い口のききようだが、狭い家のこと、呼ばれなくとも井戸のわきで洗いものをしていたたまは襷(たすき)を外し、手をふきながらあらわれ、畳に手をついて、

「ご苦労さんだすなあ。

そんで、今日は何の御用だっしゃろ」

と、吉蔵が思わずその顔を見たほど、日ごろのたまに似合わず、落着き澄ましてそう聞き返す。

吉蔵が往来に目をやると、そこには懐手(ふところで)をしたままぞろりと立っている嘉助の姿があり、こちら側へはさすがに顔をそむけているのが判る。

母の目にもそれが映らぬはずはないのに、紋切型で問い返すたまの度胸に女は少々鼻白んだらしく、煙管に煙草を詰めなおし、

「わてはごらんのとおり春木屋からのつけ馬だす。

お内の旦さんのお遊び代、これこのとおり頂きに上りましたさかい、耳を揃えて払うとくれやす」

女は半紙の書付けを拡げ、たまの膝前に押しやった。

たまはチラリとその紙片に目をやったあと、格子戸の外をすかし見て、

「そらご苦労さんどすなあ。

せやけど、お銭のことはわては何も知らしまへん。

本人に聞いてみるのがいちばんだっせ」

と立とうとするのへ、女はあわてて、

「ちょっと待っとくれやす。

ここまでつけ馬して来て、わても空手で帰ることは出来しまへん。

旦さんは道々、『銭箱は女房が隠しよった』ていうといやしたで。意地悪せんと、銭箱のありか、早う教えてあげはったらどうだす。

払うてくれなんだら、こら無銭飲食や。

三日間流連（いつづ）けはったさかい、お銭は乗りますわな。

芸妓の花代、娼妓の枕代、それに毎日お好き焼（やき）めし上るさかい、そのたんび、おちょぼが上本（うえほん）町の牛肉屋まで走らんなりまへん。

これらをしめて十五円、さあお頼（たの）申します」

女はもう一度勘定書きをたまの膝近くに押しやったが、たまは顔いろひとつ変えず、わきを向いたまま。

女はだんだん声を荒らげて来て、

「ほんなら警察呼んでもかめしまへんのやな。ほんま呼びまっせ。よろしいな」

と威嚇する。

それでもたまは石の如く動かず、女はとうとう根負けして、大声で、

「旦さん、来とおくれやす」

と外に立っている嘉助を呼んだ。

嘉助は格別驚きもせず、片手を懐に入れたままのっそりと入ってくると、

「ちょっと待っとってや」

と奥の茶の間へ入って行った。

そのあとをたまが追いかけて行き、二人は何やらいい争っていたが、嘉助が戻って来て、

「ほな、これ。

一円はあんたのチップや。皆によろしいうてな」

と一円札を数えて渡すと、女はたちまちえびす顔になり、

「すんまへんなあ、おおきに、おおきに。

ほな旦さん、近いうちまたおいでやしとくれやす。お待ちしてまっせ」

と受取証を渡すと帰っていった。

嘉助はけだるそうに座敷にながながと寝そべり、肘枕をついて狸寝入をよそおい鼾を掻いている。

たまは前掛けの端で目尻を拭いつつ嘉助のそばへ来て、

「吉ぼんも聞いてや」

と鼻をすすりながら、

「茶の間の床下へ隠した銭箱は、家がいよいよどん詰まりに来たときの、お助け銭や。どんなに困っても、これに手ぇつけたらあかんと決めたのに、お父さん今日あのつけ馬にごっそりやってしまわはった。しかもチップ一円も弾んで」

とたまは鼻をかんで、

「お父さんがつけ馬つけて帰らはるんは、何も今日に限ったことやあらしまへんで。この安土町へ越してからというもの、叱言いう久兵衛さんがいいひんのをええことに、毎晩毎晩のお出ましや。それも取り巻きつれて、うちの前まで送ってこさせるんだす。親に頂いた大切なお銭を、こない無駄につこてたら、どうなると思います？　わてら三人早かれ遅かれいずれお薦さんをせんなりまへんで」

とたまはここまでいうと前掛けを顔に当てたまま、畳の上に突っ伏して泣きじゃくっている。それを見て嘉助はゆっくりと起上り、手焙りを引寄せて煙管を使いながら、

「まあそう大げさにいわんでもええがな。先のことはどうにでもなるさかい」

「どないなりますのや。お父さん亡くならはったら誰もお銭恵んでくれはらしまへんで。親戚は皆、敵や。うちが困るの見て手叩いて喜びますがな」

「まあそないきなきないいないな。そのうちええ話も舞い込んでくるやろし」

「よろし。うちは明日からお粥さんばっかりにしまひょ。お粥食べて銭箱のお銭ひき伸ばさんなりまへんよって」

とたまはきつくいい渡した。

そこまで聞いて吉蔵は立ち上り、奥の茶の間へ入ってゆくと、両手を頭のうしろで組んで畳の上に横たわった。

＊

さきほどからの光景は、吉蔵にとって生れて初めてといっていいほどの衝撃的なものであった。銭金のことなど考えたためしもなく、父親の外出先を詮索したこともなかったし、また母親が泣いているのを見たおぼえもありはしなかった。

いま茶の間に寝ころがり、天井を眺めていれば、さまざまの場面が思い出され、そうか、そうやったんかいな、とうなずく事が次から次へと浮んでくる。

博労町のあの家の中で、自分は祖父に特別扱いされ、それを当然のように過して来たが、菱久が崩壊してみればすべてが露わになり、いまの自分の姿が見えてくる。

つまり菱村吉蔵を支えてくれるものは、むろん祖父でなく、両親でなく、自分自身以外にはないのだと、何やら夢からさめたような気持であった。

銭箱のお銭は早晩尽きる、尽きた暁には親子三人お孤さんをせんならん、という母親の涙ながらの意見は、十六歳の吉蔵をふるい立たせるには十分であった。

記憶によみがえるのは、昏睡状態にあった祖父のあの奇怪な言葉、「商いで身を立てなあかんで」というすすめがいまの吉蔵の行手を照らし、示唆していると思えてくる。

お母さんを二度と泣かしたらあかん、お父さんももうお年やさかい、日傭でもして働いて欲し、とは子の立場から口が裂けてもいえへん、なら自分が働いて、この家が立ちゆくようにせんならんやないか、とここまでは判るが、どうやって働いたらええのか、また商いはどんなふうに始めるのかとなると、皆目めどは立たなかった。

そして考えた挙句、吉蔵が自分ひとりの裁量で決めたことは、まず退学することであった。

毎月月謝袋へ二円五十銭の硬貨を入れ、学校の学務課に出すのだけれど、家の事情が判ってみれば、いまさらその金を母親にはねだれなかった。

学校を去るに当っては何の未練もないが、ただひとつだけ心残りがあるとすれば、同級生岩井栄之助と今までのようにたびたび会えなくなることであった。

栄之助は蠟で財を成した岩井栄蔵の二男で、年も吉蔵とは一つ違いとあってよく気が合い、学校ではお神酒徳利といわれるほど仲がよかった。

退学を告げると、がっかりした様子だったが、

「わし安堂寺町やし、安土町とは近いもんや。これからは家へ来てな。わしもそちらへ行くさかい」

と約束して別れた。

その言葉どおり、退学後も二人はひんぱんに会い、旧交をあたため合ったが、このときから二十五年ののち、岩井は自死という手段を取って吉蔵の前から消え去ってしまうのである。兄とも頼み、弟とも愛した岩井の死に遭遇し、吉蔵がどれほど大きな衝撃を受けたか、計り知れないものがあったろう。

＊

学校へ行かなくともよいとなると時間をもてあまし、商いを始めようとの目論見を持って心斎橋あたりをぶらぶらと歩いてみる。

このころ心斎橋は北が賑やかで、本屋が軒を並べ、その間に呉服屋などがあり、そして洋館の時計屋も店開きして人通りもずい分多かった。

本屋といっても新刊の印刷本はまだ多くはなく、古い拓本や法帖・漢籍など冊子本、巻子本まで通りにはみ出して積上げられており、店によっては地方へ発送する荷拵え（にごしら）をしているところ

もある。

吉蔵は有名な秋田屋書林の前で立止まり、しばらく書棚を眺めたり、一冊手に取って眺めたりした。もし自分が商いを始めるんやったら、と仮定しながら頁を繰っていると、本屋というのはどうもぴったり来ないような気がする。何故かと聞かれれば理由は定かでないが、まだ少年の吉蔵の商いにしては少々難しすぎると感じたこともあっただろうか。

一日(いちじつ)、退学したことを両親に打明けたとき、たまは目をうるませて、

「すまんなあ。吉ぼん」

と詫びたが、嘉助はあっさりと、

「それはそれでええねん。何も学校出るのが出世の道とは限らへんのやから。しかし吉ぼん、ひとりでよう決心したなあ」

と慰めてくれたが、吉蔵もとより悔いはなかった。

それよりも少しでも早く商いを学んで生活の資を得なければならぬ、という思いがつよく、その日もまた心斎橋あたりをゆっくりと歩いているとき、ふと目をあげると時計台の建物が家並を圧して聳えているのが見えた。

これは北出時計店の洋館で、普通の家の三階くらいの高さだったろうか。さして高くはないし、これまでにもたびたび仰ぎ見ているのに、この日ばかりは何かしら誘われるように、その文字盤の下に寄って行った。

そして時計台を背にして前を見ると、そこには「呉服、反物、鶴亀屋」と彫られた一枚看板がかかっており、吉蔵は思わず、

「これやった、これやった」

とてのひらを拳（こぶし）で叩いて喜んだ。

祖父久兵衛の死後、遺産分配について兄弟親戚が争った時、紛争をみごとに捌（さば）いて皆を黙らせたのは久兵衛の弟にあたる太一であったことははっきりと記憶にある。

吉蔵からいって、太一は大叔父に当り、その大叔父は心斎橋の呉服屋へ養子に入った話は聞いていたが、何でいままでこのひとのことを忘れていたのだろうか、と思った。

この大叔父に頼めば商いのいろはから教えてくれるに違いない、と思いつくと矢も楯もたまらず、敷居をまたいで鶴亀屋に飛び込んだ。

が、あいにくと大叔父は留守、商品の並べられた棚を眺めて戻り、両親に打ち明けたところ、ふたりはこもごも、

「吉ぼんがいまさら丁稚（でっち）奉公やなんてあんまりむごい。他になんぞおまへんのか」

「いやわしもな、叔父さんのことは頭にあったんや。

あったんやけども吉ぼんがどんだけ本気で商いの道に入るのか、ようわからへんとこあったさかい、わきで見てたんや」

と進まぬ様子で、それだけに吉蔵は父親の口添えは頼みたくなかった。

それに、呉服屋なら扱うものもきれいだし、食品などのように機（しお）どきというものもない。何よりも困ったときは大叔父が助けてくれる、という甘えがまだ吉蔵にはあったのではなかろうか。

＊

商いは呉服以外にはない、と思い定めた吉蔵は大叔父にすがるべく、次の日から時計台の下へ通うことになった。

ところがこの太一大叔父、のちに大阪市長になるほどの人だったので顔が広く、すでにこのころからやけに忙しくて、めったに家にいたためしがない。たまにいたかと思えば来客が順番待ちをしているような按配で、なかなか会ってはもらえなかった。

それでも吉蔵はめげることなく鶴亀屋の店先に腰かけ、丁稚と仲好しになるほど粘っていたが機会はめぐってこず、ようやく奥の部屋へあげてもらったのは訪問十回目くらいだったろうか。

太一大叔父は、

「手みじかにいうてみい」

と促し、口下手の吉蔵が詰まり詰まり目下の目論見をのべると、

「うーん」

とうなって手を拱（こまね）いた。

やおらいうには、

「吉ぼんは、商いよりも月給取りさんがええのん違うか。商いはきついで。もういっぺん考えなおして来なはれ。悪いことはいわんさかい」

とさとされ、空しく追い返された。

吉蔵はがっくりと力を落し、足の向くままあてもなく歩いているうち、子供のころよく通った漢籍塾の懐徳堂の前を過ぎ、土佐堀川にかかる栴檀木橋(せんだんのき)に出た。

下を見ると水がゆっくりと流れている。

重たそうな水やな、と眺めているうち、ふと懐徳堂で習った詩の一片が頭を掠めていった。そうや、あれは「男児志を立てて郷関を出ず」、やったな、いまのわしによう似てる、「学若しならずんば死すとも還らず」、と続いていたなあ、要するに一度立てた志を折るな、ちゅうことや、そうや、そうや、太一大叔父に止められたくらいで、引退(ひきさが)ってはあかんのや。死んでも初一念を貫くのが男ってもんや、と川水を眺めているうち、武者ぶるいに似た闘志が体内に湧き上ってくるのを感じた。

翌日からまた、吉蔵は太一大叔父が居ようと居まいと鶴亀屋に日参し、店の上(あが)り框(がまち)に腰かけてひとときを過しては帰るようになったが、これは十六歳の少年の就職の手段として、他には考えられなかったに違いない。

太一というひとは、一族のなかでもとりわけ人望があるとおりめんどう見がよく、自分を頼っ

て来た吉蔵を無視したわけではなかったとみえる。吉蔵の様子をうかがっていて、一日（いちじつ）、自ら安土町の家に立ち寄って嘉助と話し合ってくれた。

「吉ぼんどうも本気のようやけど、あんたらあの子に商いさせますか。どこか銀行か会社に勤めさせたほうが安気（あんき）でよろしと考えてはるのと違いますか」

と念を押され、夫婦揃って、

「あの子は小さいころから思い詰めたら一心不乱、まっしぐら、てとこがおますのや。大叔父さんの扱うてはるやわらかもんがえらいこと気に入りまして、他のものは考えられへん様子だす。

少々年食ってますけど、使（つこ）て頂けるんやったらどうぞ遠慮のう、丁稚奉公から鍛えてやっとくれやす。お頼申します」

と手をついて頭を下げた。

太一の考えかたとしては、まず基本的には丁稚の見習いをしながら呉服全般について勉強をさせる、かたわら売買いのすべを身につけさせるという順番でどうかな、といい、ついては鶴亀屋は卸商で小売りはしておらず、広く呉服物に接するには京都の、それも西陣で修業させたら、と提案してくれた。

＊

西陣——船場は今でこそ大した距離ではないが、私鉄のなかった当時は大阪——京都の国鉄を利用する以外手はなく、目的地まではほとんど一日仕事といってよかった。

吉蔵は大叔父の書いてくれた紹介状をふところに、西陣は長者町の三谷呉服店を訪ねて行ったが、このときは希望に胸はふくらみ、足取りも軽かった。

主の三谷保三はもの静かなひとで、紹介状に目を通すと、

「商いは初めてどすか。ま、それなら毎日店に来て、皆のすること見てなはれ」

といい、細かな指図は何もしてはくれなかった。

吉蔵はどうしていいか判らず、店に拡げた反物を片付けようとすると、番頭が、

「ええがな、ええがな。あんたじっとしといやす」

といい、掃除を手伝おうとすると丁稚から、

「それはわたしの仕事どすねん」

と箒を取上げられてしまう。

それでもしばらくすると店の品物の良し悪しは見分けられるようになり、棚の整理を手伝っても間違いなく出来るようになったころ、主は、

「さあ、今日からは外へ歩いてみまひょか」

と吉蔵を伴って町へ出た。

西陣は、日本一の織物業者の集合地域で上京区の堀川以西、一条通以北の地一帯をそう呼び、このころ機業はかなりの数稼働していたのだろうか。

いずれも家内工業のかたちをとっているもののその経営の形はまちまちで、織元が織工を抱えていて注文を請負うものや、機械を持たず織元に通って賃織をするもの、また年季奉公のように幼いころから織元の家に住み込んで技術を習得するものなどあり、その複雑さが一部混乱を招いたとあっていっときは低迷状態だったが、このころになってようやく脱却することが出来たところだったらしい。

西陣の町なかを歩くと、どの窓からも機(はた)を織る音が聞えてくるが、三谷はそれを、

「機の音聞いただけで何織ってるか判るようになったらようやく一人前え。戸開けて『おたく何織ってますか』なんて聞いたらバカにされまっせ」

と吉蔵に教え、そして一軒の機屋へ案内した。

ここでは帯用の黒繻子(しゅす)を織っており、いつも取引があるとみえて、指を二本立てただけで、

「へえへえ、出来てまっせ」

と巻きものの帯地を二十本分、渋紙張ったぼてに並べてくれた。

三谷はそのぼてを吉蔵に背負わせ、家に帰ると、

「さ、これで判ったやろ。まず機屋をまわって物を買い、ぼていっぱいになったら小売の店へ卸しに行くのや。今日買うたんは一本一円かそこらの安物ばっかりやけど、値と店は自分で決めて売ったらよろし。商いも儲かったらおもしろいもんやで。せえだいお気張りやす」

と説明してくれたが、教えてくれたのはそれだけであった。

＊

吉蔵は途方に暮れ、さてこれからどうしたらいいか、と考え込んでしまう。

さし当っては、三谷の主がいったように繻子を織る機の音が聞き分けられるよう、西陣の町を歩いてみることやと思いついた。商業学校時代、級の中に染物屋の子がいて、

「わいなあ、うちの敷居またいだ途端、今日は何色染めてんのか、すぐ判るで。赤か青か、百発百中や。

そんだけ鼻、鍛えたあるんや」

と自慢していたが、それを思い出して自分は耳を鍛えようと考えた。

毎日、機屋の窓の下に立ち、耳を澄ますと、きり、はたり、ちょうちょう、というお定まりの

音の他に単にがらがらという梭（ひ）と、たんたん、という筬（おさ）しかしないのもあり、その組合せの緩急や筬の打ち方の強弱を、じっと聞いているうち、黒繻子を織る音がほぼ聞き分けられるようになった。

折々間違えることもあるが、窓の下に耳をつけ、これや、と手を打って飛び込んだ家が思いもかけず西陣の綴（つづれ）を織っていて大恥かいたこともあるが、ぼていっぱい黒繻子の巻物が溜まったときには飛び上るほどうれしかった。

さてその巻物を小売商の店に卸してゆかなければならないが、機屋を訪うのと違ってこちらは店構えも派手で、その上知合いというのはほとんど無い。

そして船場ともなれば伏見呉服町があり、また御霊筋（ごりょうすじ）でも、洋物も交えて衣料の店が多かった。

いま丁稚の着るガス縞の着物を裾短かに着、ゴム裏の草履を履いてぼてを背負った自分の姿に自分では馴れたが、この装（なり）をはじめて見た母親のたまは、

「吉ぼん、よう似合うてまっせ」

といいつつ、後向いて前掛けでそっと瞼を拭いていたのを吉蔵は覚えている。

船場では学校友達も多いし、遊び仲間もいたし、こんな丁稚姿を見られるのも体裁（ていさい）悪いな、と吉蔵が少しばかり尻込みする思いもあったのは事実だった。

船場よりなるべく遠いところを選び、飛び込みで見知らぬ呉服屋の店頭に立つと、

「間に合うてますわ」

と柔らかに断る店もあれば、

「お通り、お通り」

と手を振る店もある。

しかし五軒に一軒は、

「どれ、見るだけでも見せてもらいまひょか」

と荷をおろさせてくれるところもあった。

吉蔵は毎日、足を真っ白に埃(ほこ)らせ、草履を一ヵ月に一足は履きつぶすほどに大阪の町を歩きまわったが、それを決して嫌とは思わなかった。

三本なり五本なりを、「もろときまっさ」と買い上げてもらえるのは、銭金を儲ける喜びもさることながら、自分の見立てた品がこの店の商品としていかなる客かに買われてゆくその期待に、胸のふくらむ思いがするのであった。

あるとき、天王寺の近くの呉服屋で荷をおろし、ひろげたとき、番頭がそのうちの一本を手に取ってのひらで重さをはかり、

「これ、丈(じょう)が足らんのと違いまっか」

とさーっと巻物をほどき、自分の店の黒繻子と耳を合わせて計っていったところ、吉蔵の品は終が三寸ほど足りなかった。

「そらそら、こんなことじゃないかと思てたわ」

といいつつ、今度は別の一本と合わせてみると、わずか一寸だがこれは幅が足りない。

つぎのはかすかだが真ん中に織り疵があり、吉蔵の拡げた二十本のうち、満足なものは十本にも充たなかった。

番頭は、ほどいて山のようになった黒繻子を、片手で吉蔵に向って煽りながら、

「こんな半端もん、どこで仕入れて来たんや？

年端もいかん子やからて、足もと見られてるのがあんた、判らんか。

大体な、巻もん持ったとき、寸足らずやったら重さですぐ不審に思うもんだっせ。中も改めんと買うてくるやなんて、あんたそれでも商売してるつもりか。

顔洗うて出直してくることやな」

と激しい口調でそういうと、店の丁稚に、

「さ、塩撒いて、塩撒いて。

危いとこ半端もんつかまされるとこやった。

あんたらも気をつけや」

と、二度と吉蔵のほうを見なかった。

吉蔵は、店中に拡げた黒繻子をかき集め、巻き戻しつつ、顔が上げられなかった。

ジャカード

天王寺さん西門の見える古いベンチにぼてもろ共腰をおろした吉蔵は、恥ずかしさと口惜しさと困惑で頭を抱えてうめき続けた。

仕入れのとき、自分のような若造をバカにせず、

「値えは勉強しときまっさ」

といってくれる嬉しさに中味を改めもせず、本数だけ数えて金を払ってしまった迂闊さ、あの織元は、疵物を抱えて困っていたところへ飛び込んで来た自分をみて、さぞやいいカモやと喜んだやろ、ときりきりと奥歯嚙む思いがする。

いまから西陣へ行ってこの品皆戻し、代金返してもらおか、と一旦は腰を浮かしかけたが、織元の主の狡猾そうな顔が目に浮かぶと、とても太刀打ち出来る相手ではない、と肩から力が脱けてゆくような感じがする。

それにしても、さっきの呉服屋の番頭さんの炯眼(けいがん)というか、カンというか、片手で巻物持ち上

げただけで「丈が足らん」と見抜いた鋭さ、しかも足りない寸法はたったの三寸余りなのに、と舌を巻く思いであった。

わいはまだまだ修業が足らんのやな、と自らを鞭打つようにして重い足をひきずり、家に帰ると、さすがにどっと疲れが出て、茶の間でながながと横になってしまった。

井戸端で洗いものをしていたたまが、手を拭き拭き近寄って来て、

「何ぞあったんか。商いうまく行ってんのか」

と顔を覗き込まれると、まだこの仕事一年余の十七歳は張りつめた心の糸もゆるみ、涙交りに一件の失敗を話してしまった。

たまは聞いてしばらく遠くをみつめていたが、

「なあ吉ぼん」

と湿った声で呼びかけ、

「あんた、このくらいのことでまさか商い止めるていわしまへんやろな。

わても最初は、重いぼて負うてよろよろしもって歩くあんた見て、むごいと思うたこともありましたで。

そやけど、いまはお父さんもわたしも、あんたに頼ってまんのんや。何とかこの道で一人前になって欲しと祈ってますのや。

それにな、帯ちゅうものは売り易く、買い易いもんだっせ。とくに黒繻子（しゅしゅ）の帯は、どこのどな

たでも持ってはらへんお方はいんのとちがいますか。

慶弔ともにのうてはならんもんやし、出番が多ければ多いほど傷みも早い。そうでのうてさえ、女は着物一枚に帯三本ちゅうて、同じ着物でも帯さえ変えればまた別物に見える、そんなおもしろ味がありますわなあ。

そやさかい、着物一反はなかなか買えへんお方でも、帯なら気軽に手を出さはる。呉服もんのなかでは、素人がいちばん扱いやすい品やとわては思いますけど、どないやろ」

といいつつ、たまは吉蔵のぼての中から巻物をそっと取出し、明るい光にかざしたり、畳に延べたり、裏をめくってじっと眺めたりしている。

そのたまの様子を見ているうち、吉蔵にはじわじわと判ってくることがあった。それは、たまはいま、巻物をあれこれと撫でさすりつつ、心のうちでは、新しもんてやっぱりええなあ、わても一本欲しいなあ、と考えてるに違いない、そんな目えしてはる、と気がついたことであった。

帯の商いをするんやったら、まず自分が女になって締めてみることや、つまり己が商品に誰にも負けへん愛着と自信を持つことや、と吉蔵は思った。

今までは黒繻子の帯も薪ざっぽうも同じこと、ええ繻子だっせ、くらいの世辞はいうかも知れないが、この帯、お客さんにほんまようお似合いでおますなあ、と心から感じたことがあるかといえば、それは甚だ心もとない。

ただ値良う売ることとばっかり、ただ安う仕入れることとばっかり、ではなかったかと、いましみ

じみと反省させられる。

このことがあってから、吉蔵の商いには少しずつ変化が見られるようになったのは当然のことだったろう。

たとえこの帯を結ぶ人の顔が見えずとも、結んだかたちを思い描いて、ときには畳の上に延べてお太鼓にしてみたり、一本一本手塩にかけて扱ってみると、思いもかけぬ発見に出会うことが間々あった。

まず、そのころ西陣で織っていた黒繻子の帯には何故かどれも、織始めの端裂れに「如是」の二字を紅いろの糸で織り込んであり、結ぶ人は必ずこの文字が見えるよう、お太鼓の垂れの部分にする。

こうすると、これは西陣の黒繻子ですよ、と知らしめることになり、それは即ち、飛び切り高価な品ではないけれど、さりとて二束三文の投げ売りで買った黒繻子ではありませんよ、というささかの矜持(いこう)を示した印に他ならず、とすればこの二文字は大切な西陣の象徴となる。

吉蔵は帯を衣桁にかけ、縦から横からつくづくと紅いろの文字を眺めた。いままでは気づかなかったが、改めてこうして見ると、決して上手とはいえへん手やな、いやもっと、気品ちゅうもんに欠けてる、と思った。

それに「如是」という言葉も、たしかこれは「如是我聞」といって経文の冒頭にある、と懐徳堂の先生が教えてくれはったけど、二字だけでいうとかくの如し、ちゅう意味やな、帯締めてる

女性がかくの如し、とひらきなおるのも、これも何やらおかしなもんや、と考え込めば考え込むほど疑問が湧いてくる。

「よしっ、わしはわしの帯で商いしょ」

と吉蔵は手を打ち、部屋中歩きまわって思案ののち、真っ先に訪ねて行ったのは久しく遠のいていた懐徳堂であった。

幸い、山羊鬚（やぎひげ）の先生は未だお元気で、吉蔵が挨拶のあと帯の文字の件を頼むと、

「ほうほう、それは面白うごわすな」

といたく興味を示してくれ、

「そしたら『如意』ちゅうのはどうじゃな。何でも思いのままになるという祈りが込められておる。ご婦人がたには喜ばれますぞ」

という案を出してくれた。

吉蔵はその場で気に入り、ついでに、昔からよくその手を知っている先生に揮毫（きごう）をお願いした。

先生は気をよくしてこれも請合い、

「ひとつ腕まくりして王羲之（おうぎし）流といきますかな」

後日取りにおいなはれ、という約束を取りつけ、出来上った奉書を持って吉蔵が次に訪れたのは、西陣は元北小路町の山根英吉の機場（はたば）であった。

機場とはいっても、一見掘立小屋とも見紛うばかりの陋屋（ろうおく）で、機は古びたものが一台しかない。

吉蔵はここを訪れた日のことはよく覚えているが、夏の陽ざかり、開け払った窓から一きわ大きく往来に響く筬（おさ）の音があった。

中を窺うと、汗止めの鉢巻きをした中年の男が上半身肌脱ぎになって筬を叩いている。それはまるで、何かと闘うように力任せに梭（ひ）の糸を打込んでいるのであった。

吉蔵は思わず、

「えらいこと気合い入れてはりますなあ」

と声をかけると、男ははじめて気付いたように、「はあ」と長い息を吐き、

「いつのまにやら夢中になってしまいますねんわ。気いつけてますのやけどな」

と重い口でいい、吉蔵はそれを聞いて繻子買いだと名乗り、中に入れてもらった。

見廻すと、一間きりの狭い座敷には、いかにも長患いらしい体の嵩（かさ）の薄い病人が寝ており、そばで十三、四と見える女の子が世話をしている。

明らかに窮迫した様子なのは見てとれるが、当人は平然としていて、

「わし、好きどすねやわ、機織るんが。

好きで好きでたまらず、賃機（ちんばた）であろうと、請け機であろうと、糸さえ機にかけてもろたらそれこそ寝る間も忘れて織りつづけてますのや。

きりというもんがおへん男どす」

と屈託なく笑った。

目指すのはしっかりと目の詰んだ布を美しく織り上げることだが、筬の打込みを強くすれば布の目は詰むものの、梭の糸はそれだけ必要となるわけで、いつも織り終りは糸の不足をはらはらしながらだという。

織り上げた帯を見せてもらうと、経緯の糸の緊張がうまく拮抗していて全くむらがなく、布目はなめらかでとても美しい。

これまで吉蔵が扱った繻子のなかで、これほど光沢のある品はなかったと思い、すぐ閃いて、懐から懐徳堂の先生の揮毫を出して見せ、

「あんたさんの織らはる帯に、この文字織り込んでもらえまへんやろか。難しおますのか」

と相談を持ちかけると、山根英吉はいとも気安く、

「そら簡単どす。この西陣は型紙作りでも糸の染め屋でも、図案書くおひとでも全部揃うてますよって、一声かけたらすぐに請合うてくれまっさ」

といいつつ、揮毫の字をためつすがめつ眺めて、

「ボロ機織ってる職人が大けな口叩くと思わはりますやろが、わしにも一言いわしてもらうと、これまでのあの如是という字はちょっとおとなしすぎたん違いますか。

それに二文字を帯の垂れの端に片寄せてしもうて目立ちまへんもんなあ。糸の色も本紅の上に黒紅かけたんかと思うほど地味や。

どうせなら、これ西陣の織物やいうて広めて欲しいさかい、今度の如意はもうすこし派手な色

で、目立つように織ってみたらどないでっしゃろ。

いや、いっそのこと、如意やのうて如源、でどうどす？　ものごとは須らく根源を瞠めなあかん、ちゅうことですわ。

如是かくの如し、よりも如意こころのままに、よりもずっとわけが深いやおへんか。如源は、わてが前に通てたお寺の坊さんがいつも呟いてはりましたえ。女のひと、こっちゃの言葉のほうが喜びますわ」

と山根はそのうち鉢巻きを外し、それで流れる顔の汗を拭きながらの熱弁に吉蔵は聞き入ってしまった。

「ふうん、そんなもんかいな」

としきりにうなずく吉蔵を見て、山根は、

「旦さん、お見受けしたところ、まだお若いご様子やけど、何どすか、お一人で商いしてはりますのんか。それとも親御はんかどなたかのお使いさんで？」

と一歩踏み込んで聞いて来たのを機に、機織りの好きでたまらぬ山根と、これから商いを発展させようという吉蔵はすっかり意気投合していた。

一人は機の台に腰かけたまま、一人はそれをのぞき込むように機の枠に手をかけたまま、日照りのきつい京都の午後を水の一杯呑まず、黒繻子の帯について話の尽きることなく語り合って倦かなかった。

気がつくと、機の上の裸電灯を灯さなければ手もとが見えなくなるほどあたりは夕暮が迫っており、吉蔵はあわてて帰り支度をしながら、胸が大きくふくらんで来るのを覚えた。

＊

商いして家を立てる、と決心して今日まで、ただ売るの買うのの話ばかり、この山根のように糸の染めの色から工具についてのさまざまな意見、そして自分の作品についての愛着まで、熱を込めて語る人に接した覚えもなかったから、この日の感動は大きかった。

吉蔵は翌日から、家を出るやまっすぐ山根の許を目ざし、織物に関するさまざまな知識を吸収させてもらい、そのたび自分の身も心も少しずつ伸びてゆくような充実感を感じるのだった。

もっとも、二人とも遊んでいては食べてゆけぬ身分だから、仕事にかかるまでの早朝の時間や、ときには夜なべをかけて語り、習い、熱中した。

その熱中の度合いは、このときまで織物についてはまるで白紙に等しい吉蔵が没頭するのは判るが、妻子持ちの山根が吉蔵を上廻るほどの熱烈さを見せるのは、大したおっさんやな、とふしぎに思うときがある。

吉蔵と山根はこのあとさらに懇ろ(ねんご)な付合いとなるが、いつの日か、ぽろりと、

「わし、もとは坊さんになるはずで修行してたんやけどな。夏、白い僧衣の上に着る薄い薄い、

蟬の羽みたいに薄い黒い衣、あるやろ。羅、ちゅうんかいな、紗かな、絽かな、あの美しさに打たれて、これ自分で織ったろ、と思いついたんが運の尽きやった。織子の訓練は何年も平織りばっかり。薄物なんて夢のまた夢、糸にもさわらせてはもらえなんだ。そのうち女房もらい、子も生れたらもう繻子の賃機で養わんなりまへん。

こんなざまになりましてんわ」

とこぼし、自嘲めいた苦笑をしていたことがある。

まだ十代の吉蔵は大人の人生がよく判らず、ただうなずいて聞き流しただけだったが、そのときもう少し踏み込んで話してもらえばよかったと後で悔んだことだった。

それよりも吉蔵は、明治六年、ウィーンで開かれた万国博に、政府が派遣した二十四名のうち、京都から二名が参加したことを山根から聞いて大いに興味をおぼえた。

うち一人は六十歳の高齢で現地におもむいた伊達弥助で、弥助は西洋の織物技術を短期間で必死に習得し、帰国後はフランス人ジャクアールの発明したジャカード機を西陣一帯にひろめ、これによって日本の紋織は能率的、経済的に飛躍したのである。

以前は、西陣のほとんどが空引機（そらひきばた）で、これは一般的な手織りの高機（たかはた）の上部に天神とか、鳥居とかいう座を設け、ここに職人が一人位置して文様を指示して経糸（たていと）を操り、その下で織手がその指示どおりに緯糸（よこいと）を打ち込むというものだった。

つまり織手の頭の上にもう一人糸を操る人がおり、二人して紋織を織っていたもので、これは吉蔵も以前、古い写真で見たことがある。

ジャカード機というのは、この頭上の一人に代って紋紙（もんがみ）がその役目を果してくれることになり、マシーンの針がひとりでに動いて、複雑な紋織も図案どおりらくに出来ることになったのだった。

西陣の機業界にとってこれは朗報ともいうべきもので、二人役が一人役でこと足りる機械とあればそれこそ質でも鉢でもおいて、というくらい、どの家もこのジャカード機を買ったという。

ざんねんながら山根の家には金銭の余裕がなく、相も変らず、しっかりした打込みでよその倍も時間をかけて織物をする。そんな山根のもとへこちらも相変らず通いながら、胸の内に次第に固まりつつあるものがあった。

*

明治二十六年の七月、その年はじめて淀川の川開きが行なわれることになり、珍しく早く西陣から帰って来た吉蔵に、母は浮き浮きした調子で、

「吉ぼん、今晩は花火も上るんやて。天満橋の下（しも）辺りで打上げかも知れへんな。ちょっとそこら辺りまで一緒にぶらぶら行てみいひんか」

と誘った。

このところずっと、朝星夜星（あさぼしよぼし）で母親ともろくに口もきいていなかったことを吉蔵は思い、たまには親を喜ばさな、と、

「そやな。辻長の粟おこしでも買いがてら行てみますか。わし、おごりますわ」

というと、たまは手の甲を口にあてて嬉しそうに笑い、

「そうか、吉ぼんがわてにおこし買うてくれるか。そうか、そら有難いこっちゃな」

といそいそと仕度を始めた。

井戸端に盥（たらい）を出して湯を張り、裸行水する吉蔵の背中を流したり、糊の効いた浴衣の固い衿を揉んでうしろから着せかけたり、しばらく遠のいていた息子の世話をするたまは、いかにも母親らしく嬉しそうだった。

例によって父親は家に居らず、二人して団扇片手に家を出たのは、もう花火の音もぼつぼつと聞えてくる時刻であったろう。

北船場のこの辺りはまだ人の往来は激しくはなく、ふだんよりは少しばかりざわめいているような感じであった。

吉蔵はたまと並んで、天満橋の空を見上げながらゆっくりと歩いていたとき、不意に左肩にどん、と重いものが突き当り、その拍子にたったたっと四歩ほどうしろに下って、どしんと尻餅をついた。

同時に、

「何しやがんねん。よう前見て歩かんかい」

と怒声が飛んで来たとき、吉蔵はその声に聞きおぼえがあった。

よろよろと立上りつつも、負けずに怒鳴り返し、

「自分こそ気いつけたらどうや。あほか。

染物屋……」

と浴びせると、商業学校時代の同級生だった篠崎は、

「何い。ぼて負うてふらふらしてるくせして。このしょんべんたれ！」

いまにも唾吐きかけんばかりの罵詈雑言に吉蔵真っ赧になり、拳を固めて飛びかかろうとしたとき、素早く中に入ったのは母親のたま。

吉蔵をうしろにかばい、

「ぼんさん、ごめんな、ごめんな。堪忍したってや。吉蔵は悪気があったんやありまへんさかい」

懸命に頭を下げるのを、篠崎はたまの手前、拳をおろして、

「ふん」

と大きく鼻を鳴らし、連れの男たちと去って行った。

吉蔵は憤怒にぶるぶる身をふるわせ、追いかけて行ってぶん殴ったろか、と思い、そしてまた、篠崎が向うからぶつかって来たのに、「堪忍したってや」とこちらから謝る母親にも腹を立てた。

しかしここは往来、ぐっとこらえて浴衣の両袖を腕まくりし、すれ違う人が避けるほどの早足でもと来た道を我が家へと引返して行った。

井戸端の水瓶から柄杓でごくごくごくと息もつかずにあふったあと、少し落着いて奥の茶の間の上り端に腰かけようとすると、大きな素足が二本にゅっと出ている。

「何や、お父さん。帰ってはったんですか」

と声をかけたところへ、団扇でぱたぱた煽ぎながら、母親のたまも戻って来た。

たまは暑さと興奮とで真っ赧になり、

「まあお父さん、聞いとくれやっしゃ。篠崎何いうたかいな。あそこのぼんつくが吉ぼんにわざと突当りましてな」

とさっきの行き違いを話そうとするのを、吉蔵制して、

「ちょっとわし、今晩はお父さんとお母さんに聞いてもらいたいお話、おますのや。よろしおすやろか」

と改まった口調に二人とも居ずまい正して、

「何や、おそろしな」

と、口ではいうものの息子の頼みを半ばは嬉しそうに耳傾ける。

吉蔵は唾を呑み込んで、

「お父さん、お母さん、うちの銭箱にいま一体何ぼ銭おますのや」

と聞いた。

二人は顔見合わせたあと、嘉助から、

「そやな。なんぼなんぼとはいえへんけど、親子三人、つましい暮しなら二年、いやそれほどは保たんかも知れへん。

しかし一年ちゅうことはない、思うわ」

と告げたとき、吉蔵もたまも声にならない驚きで「へえー」と息を吐き、

「たったそれだけ？」

と顔を見合わせた。

これではたまの最も恐れた〝お菰さんせんならん〟日も近いわけで、三人は言葉もなくしばらく押黙っていたが、やがて吉蔵が思い定めたように、

「お父さん、まことに申し兼ねますのやけど、その銭箱のお銭、皆、わしに頂かしてもらえまへんやろか」

と父の顔を窺った。嘉助は、

「そらな、うちにはあんた一人しか子ぉはいいひんのやさかい、わしらが死んだら家も銭も全部吉ぼんのもんや。

せやけど何かえ。繻子の商いうまくいってへんのか、借金でけたんか、いうてみい」

と聞くと、吉蔵はかねてから考えていたこととして、

「ぼちぼちだすけど、繻子はま、何とかやってま。

ただ、わし二年と少し裂地（きれじ）扱うてみて、もっと奥深うこの世界に分け入ってみとうなりました。

いま西陣では大ていの織工場がジャカードちゅう機械を据えつけて、紋織を研究してますし、他にもバッタン機とかドビー機とか、おもろいもん、いろいろおます。

繻子は繻子だけだすけど、舶来の機械を巧く使うたら、いろいろな紋織もでけて、商いも拡がるんやおまへんやろか。

わしはお父さん、繻子屋で終りとうはおまへんのや。織物の世界、見極めてみとうおますのや。

うちの銭箱、逆さにぶちまけても西陣にわしの織工場一軒、持たせておくれやっしゃ。そしてそこにジャカード一台、据えつけさせておくれやしたら、わしどんなに嬉しいか」

いいつつ吉蔵の瞼は熱くなり、ひとりでに両手をすり合わして父親を拝んでいるのだった。

それを見た嘉助は、渋面作って子を叱責するかと思いきや、顔中の造作が毀（こわ）れるかと思うばかりの笑顔になって、

「吉ぼん、あんた成長したなあ、えらいなあ。

わしらがこない甲斐性無しやさかい、踏んばってくれたんやなあ。

資本（もとで）のことなら心配しいないな。

なにここらが昔の菱久の名のたまものや。

まだなんぼでも金持ちの親戚、いてるさかい、片っ端から借りてもそのジャカードとかいう舶

来もん何台も買えるで。

安心しい。金のことなら任せとき」

と胸を叩いて景気のいい言葉を吐いたのには、吉蔵もたまも正直、呆気に取られたというのがほんとうだったろう。

ま、任せとき、とはいっても、そうおいそれと金の融通などしてくれるはずもないが、吉蔵にすれば、たとえ言葉だけであっても、自分の門途（かどで）を祝ってくれるのは嬉しかった。

たまはさすがにおろおろしつつも、

「ほんま大丈夫やろかいなあ。ぼて負うてまわって帯売ってたほうが安気（あんき）なんちゃうか」

などといっていたが、嘉助になだめられ、

「そやな。いざとなったら、わてらうどんの屋台引いてでも食べていけるもんな。吉ぼん、こうなったらしっかりとお気張りやす」

と激励のほうにまわったのだった。

＊

父母の了解をもらった吉蔵は、その足で大阪駅へ馳けつけ、最終便に飛び乗って西陣の山根のもとに向った。

頭のなかは、以前から二人で夢を語り合って来たジャカードの購入のことではち切れそうになっており、深夜訪ねて、山根がどんなに困惑するか、まだ若い吉蔵はそこまで思い及ばなかった。京都駅から西陣まで、吉蔵は浴衣の裾をからげ、筬音の消えている夜の町をどれほど走ったやら。

元北小路町への角の煙草屋の灯りも消えており、おや、と首かしげつつ山根の家に近寄ると、ここには煌々(こうこう)、とまではいかなくとも、電灯は灯されており、家の中で人影が動いている。訪(と)うと、すぐあらわれたのはいつも見掛ける女の子で、見れば顔いちめん涙と洟(はなみず)にまみれているのであった。

「お父さんは？」

と聞くと、

「兄ちゃん呼びに行かはりました」

といいさしてまた手拭いを顔に当てている。

「どないしやはったんですか」

と吉蔵の呼びかけの終らないうち、女の子はその場にしゃがみ込み、涙とともに、

「お母さんがもうあかんのです」

と告げると小刻みに肩をふるわせた。

そうやったんか、前から寝ついてはったのを、こっちも織物に夢中でお見舞もいわなんだし、

山根さんも一言も教えてくれはらへなんだ、お気の毒なことやけど、困ったな、どないしたらええやろ、と吉蔵が戸口に立って思案しているところへ、煙草屋の角を曲って走って来た男二人。

さすがに山根は動転していて、吉蔵にチラと視線を投げても反応を示さず、口を利かないまま、女の子の兄ちゃんという若者とともに内に入ってしまった。

吉蔵は、祖父の臨終の場を思い起したものの、こんなにあわただしいものではなかっただけに、どうしていいか判らず、呆然と廂（ひさし）の下に突っ立ったままであった。

狭い家のことだから、いく度も打返す末期の苦しみが高まるたび、枕頭の三人は名を呼んで取りすがるのが手に取るように判る。

この場合、他人の吉蔵がどうすればいいのか、何の考えも浮かばないまま時が経ち、やがて病人に安らかな死がやっと訪れたのは、有明の月が西に傾いたころあいであった。

家族三人の一きわ悲痛な号泣を聞いて、吉蔵は軒をくぐって入り、仏となった山根の妻の亡骸の裾のほうに坐ってじっと瞑目した。

この家では、これから野辺の送りをしなければならず、自分のようなよくものも知らない若造がいては邪魔になる、早々に退散しなければ、と思ったものの、昨夜の父母との話を一刻も早く伝えておきたかった。

しかしこっちはいわば目出たい話、悲しみのどん底につき落された山根に打明けてともに喜んでもらうのはあまりに酷というものではないかという反省も湧き、吉蔵はそっと山根の家の軒先

を離れた。

　昨夜からこの下に突っ立ったまま、考えていたのは織物のことばかり、ジャカードを入れるのはよいが、そうなると山根はいまのような賃機のやり方は変更しなければならず、それに伴うさまざまの問題も起きてくる。

　これなどはかねてから山根と話し合って来たことだから大きな難関ではないが、いま、連れ合いを失なって打ちひしがれている山根が、以前と同じ情熱を持ってくれるだろうかという疑問となると、少しばかり自信もゆらいでくる。

　しかしわしは負けへんぞ、と吉蔵は思った。

　まだ十八歳やけど、繻子の商いだけで終らへんで、もひとつ上行くおもろい帯、考え出したる、と吉蔵は気張り、西陣の町の甍(いらか)のあいだから差し始めた朝日に向って、両手を上げて走り出した。

お仙

　亡きひとの初七日でも済めば、また機(はた)に上ってくれるかな、と吉蔵は苛々(いらいら)しながらその日を待っていたが、山根にようやく正気が戻って来たのは、三七日(みなぬか)の仏事が終ってからであった。

線香上げがてら様子見に行った吉蔵に、山根は久しぶりに視線を合わせて頭を下げ、

「旦さんにはえらいご無礼ばっかり申し上げました。
お話ししようにも、右にも左にも体が動きませなんだ、声も出ませなんだ。
苦労ばっかりさした女房どしたさかい、せめて灰になるその時まではそばにいて欲し、とわいを金縛りにしてたんや思います」

　といいつつまた涙を拭っている。

　無理もないなあとは思いつつも、吉蔵は抑えに抑えていた織物の計画を打明けたところ、これにはさすがに目を輝やかせたが、そのあと山根は、

「なかなかむつかしおすなあ」

と腕を組んで考え込んでしまった。

山根は、繭など手にしたこともなく、繭から取った糸の計算と、染め、そして整経台を使って経糸を所要の長さに揃える、整経できたものを軸に巻き、次に綜絖に通した上で筬につなぎ、そのあとでやっと織りがこころみられる、ここまでの過程はすべて織元が拵え、山根はただ織るだけだったことを話し、ジャカード入れたらわいひとりではとても出来しまへん、と告げた。

吉蔵はその辺りはもう心得ていて、

「わし、自分では織れへんし、何ひとつあんたはんの手伝いにはなれしまへん。

そこは人なり機材なり、山根はんにすべてお任せしますよって、ええ商品作り出すためには何でも手に入れ、どうぞ気張っておくれやす。

お頼申します」

と頭を下げた。

帰りみち、吉蔵はたとえ難い熱い闘志が、体中をかけめぐるのをおぼえ、固く両拳を握りしめた。

菱村吉蔵、弱冠十八歳、まだ嘴のほん黄色い小倅やけど、これでも織元の一人やで、経営者やで。

まだ工場は一軒やけど、織物業界の王国、天下の西陣へたったひとりで殴り込みかけたとこだっせ。うちで織った帯を自分の手で売るのだっせ。

見とっておくれやす、見とっておくれやす、と終りはたまりかねて声に出しているのであった。

しばらくののち、山根が出して来た計画書は、広幅の丸帯まで織れるような大型のジャカード一台に前機械、綜絖、用具一式を添えたもので、それは舶来もの故、この節、家一軒とまではいかなくとも、それに近い値段だった。

同時に、陋屋（ろうおく）の内部にも手を入れ、行末あと二、三台機も入れられるような空間も作り、機屋の体裁を調えてくれたが、その上でもうひとつ頼みがあるという。

「実は葬式の折、お目にとまったかと思いますにゃけど、私には娘お仙の他にもう一人、男の子がおすのどす。

わいに似て小さいころから機織るのが好きでしたさかい、十になるやならずで織元に奉公させてもろたんどす。親の口からいうのも何どすけど、これがいまではなかなかの腕に仕上がりまして、わいも敵（かな）ん、と思うときもあるようになりました。

旦さん、もしお許し頂けるんやったら、この子善一をこちらで使うてやってはもらえまへんやろか。

それも私の下で走りまわって小役（こやく）するんやのうて、この機場全体の責任者として任せてやって頂けたら、どんなに喜びますことやら」

とおずおずいい出したとき、吉蔵は葬式の前後、顔を合わせた善一とやらを思い浮べた。

年は十八、と聞くのに、まあ無口なこと、無愛想なこと、挨拶のひとつもせずぶすっとしてい

るばかり、同い年でも揉み手して商いして来た身には、いけ好かんやっちゃな、と感じたこともおぼえている。

しかしこの場合、自分は経営者、任せるといったからには山根の推す技術者を信じる他はない、と咄嗟に考え、

「そらよろしおま。頼みまっさ」

と鷹揚にそれを受けた。

山根はもうひとつ、と頭を掻きながら、

「こんなこと、お願い申上げるんは罰当るで、と叱りつけたんどすけど、ま、お嫌ならもともと、伺うてみるだけでも、ちゅうんで」

とためらっていて、

「娘の仙のことどす」

と俯むいたまま、

「旦さんの大阪のお家に女子衆としてあの子を入れてやっては頂けまへんやろか。いえ、給金なんてもんは一文かて要らしまへん。旦さんの身の廻りのお世話さいて欲し、と本人、それはそれは熱心に」

とここまで聞いて吉蔵はのけぞるほどに驚き、

「そら何だすねん。織子やのうて、水仕として働きたいて？　家の内の仕事を希望してはるとい

うことどすか」

「恥しながらさよどす。旦さんのおそばについていたいて、いい張って聞かんのどす。あの子は兄と違うて、明るいといいますか、ともかく口数が多うて、一日中しゃべりやめんし、まあ機の手伝いも出来ひんことはないのですけど、何しろ病気の母親の看病ばっかししてたもんでっさかい、他人(ひと)さんのお世話するんが好きですわ。

あんまもなかなかうまいもんどっせ」

と聞いて吉蔵は苦笑した。

中船場の安土(あづち)町の家は狭くて、それだけに家事の手は母親だけでこと足りている。そこへ女子衆を入れるのは、これはたまの思惑も聞いてみないことには請合うことは出来なかった。

が、帰ってのち、折入っての話として打明けてみると、意外とたまはすらりと受入れ、

「菱久では女子衆さん仰山いて、わてら、ほんま楽やった。

給金要らんちゅうなら、家事見習いやな。

向うも口減らしでちょうどええやろ。

明日にでもさっそくその子連れて来とおみやす」

と乗気だった。

＊

　こうして話はひとつずつ決められてゆき、吉蔵の工場となったかつての山根の家に待望のジャカードが作動しはじめたのは、明治二十六年の師走であった。

　無口な善一は、任せてみるとてきぱきと仕事を捌き、それに西陣に十の年から奉公していた実績にものいわせて、話の通りをよくする才があった。

　たとえば糸の染めなど、外注のほうが能率のよいものはすぐに相手をさがし、手間賃も適当に値切って吉蔵を喜ばせたりする。

　約束の仙の身柄は、工場の隅の座が畳二畳ほどしか無くなったところから、本人の希望もあり、一足早く大阪へ移ることになった。

　出発の日のことを吉蔵はよく覚えているが、これまでここは我が家同然に出入りし、皆とひんぱんに接触しているはずなのに、

「よろしお頼申します」

と頭を下げて現われた娘を見て、吉蔵はびっくりした。

　吉蔵は、体は決して強くはないが、なかなかに恰幅のよい男で、ぼてを二段に重ねて背負っていても、誰が見て気の毒に思えるような弱々しさがない。

ところが、仙は頭を上げると肩の高さがほとんど対等、と見えるほど背が高く、その上、骨太のがっしりした体格だった。おそらく五尺二寸以上はあるかと見えた。

「お、これは立派な」

と思わずいうと、山根は照れて、

「間違うて伸びすぎましてん。どんなにきつう使(つこ)てもろうても、ちびもしまへん減りもしまへん」

と笑った。

そしてなお、

「申しわけおへんけど、この子、学校へやってしまへんのや。読み書きあきまへん。そやけど、旦さんのおそばで何でも手っ伝わしてもろてるうちに自然おぼえて行く思います。なあ」

と山根が振返ると、仙はこっくりうなずいて、

「うち、看板の字ぃも大分おぼえました。そのうち旦さんのお名前も漢字で書けるようになりますさかい」

と悪びれぬ口調でいい、風呂敷包み一つきりの自分の荷を抱えて吉蔵の前に立ち頭を下げた。

このころの京都では、子供の尋常小学の就学率はまだ四十パーセントそこそこで、「不就学児童の夥しき、近府県に於ても稀に見る処」という記事が新聞に載ったこともあったという。

無償の六ヵ年義務教育制度が実施されはじめたのは明治四十一年だから、このころは一般に、必ずしも通学しなくとも大きな恥とは考えていなかったのではなかろうか。

吉蔵は、初めて自分に仕えてくれるという体格のよい女の子を見て、何やら興奮をおぼえ、家へ連れて帰る前に、聞くだけのことは聞いておこうと思った。

「仙さん、かいな。年はいくつにならはる？」

「はい」

と仙は堂々と、

「十五どす。明けたら十六になります」

と聞いて吉蔵はうなずき、

「ほな、わしより三つ下やな。いままでずっとお母さんの看病してはったんか」

「お母さん快うならはったり悪かったりの繰返しどしたさかい、奉公には出られませなんだ」

「そうか。そらえらかったたな。そんで、何でわしのとこへ来たいと思いつかはったんや。女子衆ならもっとええ奉公先があるやろに」

吉蔵が問うと、仙は一瞬赧くなり、もじもじしていたが、自分の風呂敷包みの中から小箱を取

り出し、その中に折畳んであった古びた半紙を吉蔵に両手で捧げた。

「なんや、これ」

と首かしげつつ折目を開けてみると、それは極彩色木版刷りの芝居絵で、中央にかっと目をむいて描かれた役者は、たぶんいま大人気の市川染五郎ではないかと吉蔵は推察し、

「あんた芝居好きなんか。

この絵、誰にもろたんや。ただの字だけのビラと違うて色つきやもんなあ。大事に蔵うてあったようやし、何ぞわけあるやろ。

話してみなはれ」

というと、仙は最初ちょっと口ごもっただけで、あとは案外すらすらと、十五の娘の、ありのままの気持を語った。

家は貧しくとも、学校へは行かなくとも、世の動き、人の噂、さまざまの流行を肌で感じ取るのが若さというべきか、仙もこのごろの新京極の賑わいは何となく知っていて、一名芝居町とも呼ぶその辺りの演し物の話などは稀に、或いは折々、耳にして来ている。

殊に京都では抜群の人気を誇る初代中村鴈治郎など、ほんの一目でも見たいもの、と病人の隙を見てそこら辺まで走っていったのは、あれは十二くらいの年だった。

なかでも四条道場の角にある京角座は立派な建物で、一年に一、二度、東京歌舞伎が乗り込んで来て、本格的な芝居を見せてくれるので、京都の芝居好きはどれほどの楽しみであったことか、

とは噂に聞いている。

芝居の宣伝は、主に触れ太鼓やビラ配り、そして新聞にも載せられるが、まだ色刷りの普及せぬ時代、似顔絵も文字もすべて墨で、その墨のビラでさえ、撒いて歩く人を大勢の弥次馬が追いかけた風景は常時見られたもの。

吉蔵は幼いころ、亡き祖父に連れられて千日前あたりへはよく通ったが、主にそれは文楽で、芝居を見る機会は少なかった。

それでも、この似顔絵を見れば、これが「菅原伝授手習鑑(すがわらでんじゅてならいかがみ)」の松王丸(まつおうまる)の扮装であることくらいはわかる。

それに、のちに高麗蔵(こまぞう)、そして七世松本幸四郎となるこの男ぶりは広く聞えていて、堂々の風貌に加えて、朗々たる口跡と押し出しのよさは他を圧倒する魅力を備えており、当代一の人気役者といってよいほどのものだった。

それにしても、これがどうして芝居など見たこともない仙の手に、と聞けば、また少し恥しそうにして、

「あの、風に吹かれて飛んで来たんどす」

という。

何をバカな、と打消して、さらに問い糺(ただ)すと、このごろ賑わって来た西陣京極の近くを歩いていると、突然空からこの絵がひらひらと降って来、まるで仙を誘うかのように地上に落ちたのち

もさらに転がって、そして止まったのは、松尾神社の末社といわれる西陣の鎮守さまの高麗犬の台座であった。

もともとは、西陣京極の中の看板屋の表に貼りつけて乾かしていたものと思われるが、突風に剝がれ落ちたか、それとも誰かが盗もうとして恐くなり、捨てたものであったろうか。

吉蔵はふーむ、と首を振り、

「それで、その拾うた絵が、なんでわしの家の奉公と結びついたんや」

と仙の顔をのぞきこむと、仙は俯むいて、

「眺めてるうちに、うち、その染五郎さんを好きになってしもうたんどす」

「え？　絵を好きにて？」

と吉蔵が驚いたところで山根が割って入り、腰を低くして頭を垂れ、

「恥しお話どす。

この子、年ごろになっても一向に娘らしゅうならへんなと思うてましたら、とんだことになってしまいまして」

「いやあ山根はん、芝居絵に惚れるやなんいちばん安全でかいらしやおまへんか。まるでええ氏のお姫さんだすなあ」

「それが」

とたまりかねたようにわきから仙が口をはさみ、

「染五郎さんの絵は、旦さんにそっくりやったんどす。

はじめて家にお見えにならはったとき、あの芝居絵から染五郎さんが脱け出して、うちの前にあらわれはったんやとほんきで思いました。神さまがひきあわせてくれはったんや思いました。

そのあと、京極の絵双紙屋に何度も行て確かめたんどすねんけど、素顔の染五郎さんのほうが芝居絵よりもっと似てはって、ほんま生き写しどす。

それからというもの、うち、旦さんのおそばで一生死ぬまでお仕えさいてもらいたいと思うようになりました。

たとえ断られても、何べん断られても、旦さんのおいなる家の軒先でも土間でも置いて頂けたら、うちはもう何も要りまへん。

自分の食べ代(しろ)なら、お家の掃除、洗濯、お台所、病人のお世話、何なら日傭いさんでも何でもして働きますよって、どうぞどうぞ、旦さんにお願いして欲しと、ずっとずっと毎日、うち、お父さんにお願いしてたんどした」

「こんな理由(わけ)どしたんどす。幸い、ご寮人(りょん)さんからはお許し頂いたそうで、仙は運のええ子どす」

＊

頭の下げとおしの山根の前で、吉蔵はこの話を真(ま)に受けたものやら、「おもろい作り話やなあ」と笑い飛ばしたものやら、一瞬迷い、目の前の仙を改めて眺めた。

これまでたびたび会い、短い言葉を交わしているのに、女としての仙をまじまじと見るのはこれが初めてのように思えた。

体格のよさはよく判っていたが、改めて上から下へ視線を這わせてみると、のびやかな背丈、ちょっといかついと思えるほど張った両肩は物差しに似ているため指(さ)し肩と呼ばれるほどがっちりしている。

髷に結いもせず背中に垂れている無造作なお下げ髪、濃い眉、上気している豊頬(ほうきょう)、大きめの唇、なかでも吉蔵がどきんとしたのは、その双眼であった。

誰かの句に、「おそろしやのぞいて通る淵のいろ」とあるのが瞬間、頭に浮んだが、上下に張った大きな瞳は、いっそ無気味と感じられるほど深々と黒かった。

吉蔵は十八のいままで、男女の仲についてあまり関心を持ったこともなく、商業学校時代、級友たちが「スーちゃん」の噂に興じていても加わったことはなかったから、自分の容貌について真面目に考えたためしもなかった。

そういえば幼いころ、菱久の客たちが吉蔵を見て、

「役者にしたいような子やなあ」

「凜々しい顔してる。大きなったらさぞかしもてるやろ」

と口々にいうのをおぼろげに覚えているが、祖父の久兵衛はそういう話が嫌いなたちで、

「商人に美男子は困ります。身を過るもととなりまっさかいな」

と戒め、浮わついた噂は遠ざけていたこともある。

それというのも、久兵衛の母親はもと芸妓だったという風聞もあり、吉蔵の器量はそのひとゆずりだという話はのちに聞いた。

いま染五郎にそっくりといわれ、そのそっくりのそばに仕えたくて給金無しの一生奉公を熱望して許されたこの仙に、吉蔵はどのように対していいのか判らなかった。

仕方なしに苦笑しながら、

「嬉しいような話やなあ。せやけど、こんな話、うちの親にはせんといてくれるか。要らん誤解を受けんですむさかいな。わしも黙ってるし。

仙さんは約束どおり、ただの女子衆としてお母さん助けたってや。わしの身の廻りいうたかて、わし毎日外出廻ってるさかい、うちにはいててんしな」

というと、仙はすこし悲しそうな顔ではい、とうなずいた。

その夜、吉蔵は仙を連れ、安土町の家へ帰り、両親にひき合わせたが、嘉助もたまも、仙が体格よく、そして明るい性格なのをすっかり気に入ったようすであった。

この狭い家に、別に飾り立ててはいなくとも女の子一人加わったことはどことなく空気が花や

ぐもので、嘉助はすぐに、

「お仙、お仙」

と呼び立てて使い、たまはたまで、

「わての後についてて仕事おぼえなはれ」

とひきつけて離さなかった。

狭い家の中で、あっちから呼ばれこっちからも頼まれすると、さぞ大変だろうと思えるが、仙は何ひとつ嫌な顔をせず、手早く片づけてゆく。

父親の山根からよくよくいい含められていたものと見えて、奉公は初めてだというのに、女子衆の心得も結構弁（わきま）えているのには家族一同感じ入った。

たとえば、外出時、主よりは一歩下って供をすることや、食事どきは後に控えていて、必ず給仕をすること、おしゃべりだと聞いていたのに余計な口はきかないこと、このごろの若い者はさっぱり礼儀を弁えていないというのに、この仙だけはきちんと守っている、と夫婦二人はことあるごとに褒めるのであった。

ただ、本人が強く希望した「若旦さんの身の廻り」の世話はさせてもらえず、毎日ぼてを負うて出かける吉蔵を見送るだけなのは大いにあて外れであったろう。

ただし吉蔵は、家にいるといつもあの深い淵のような色の大きな瞳を横顔に背中に手に足に感じている。

染五郎にそっくり、と真剣にいわれたことは吉蔵の自尊心をくすぐり、これまで気にも留めなかった洒落心の芽生えをいつのまにやら自覚することになったのは年なりに自然のなりゆきであったろう。

髪も染五郎の素顔のように角刈りにし、呉服の流行はただちに取入れて、ときにはぞろりとした重ねの長着(ながぎ)を身につけるようになったのもこのころからではなかったろうか。

＊

商いも尻上りに成績をあげて来、それは善一にこの機場を任せたことが功を奏したこともあったらしい。

善一は寡黙なこと、この上なしだが、しかし作り出すものは意欲に溢れ、まずジャカードを使って紋織の黒繻子(しゅす)帯の生産を提案した。

紋織の繻子はいままでにもないこともなかったが、いずれも模様が小さいものばかり、善一が図案書きの織工に注文したものは、帯幅いっぱい大輪の菊や梅、蘭、あやめなど浮上り、華やかで斬新な感じがする。

こんな花模様ならば慶びの席にも出られないことはなく、善一の機場から生まれる帯は生産が追いつかないほどよく売れた。

販路が拡がれば吉蔵も忙しくなり、ときどきは山根のあの狭い工場の隅の座にごろりと横になって行くこともあった。

そして家に帰れば配達しなければならぬ商品が山積みになっており、二間しかない店の間もだんだん狭くなってゆくばかりだった。

ある日、父親が、

「吉ぼん、商いがうまく運んでるようで結構やけど、こんなに忙しかったらあんた体毀すで。どや。丁稚ひとり雇うてみたら。ぼてゝ負うてもらうだけでずっと楽になると思うけど」

と勧めた。

そういわれてみると、商いの規模は大分拡がっているのに、仕入れて小売に卸すやりかたは以前通り。商品の選択という大事な仕事の上に帳簿もつけ、金銭も取扱うのはなるほど一人では荷が重すぎる。

遅い夕飯どき、その話になり、三人は、

「こんなとき、心斎橋の大叔父さんに力になってもらうんが一番や」

「あそこの店の丁稚、一人ひき抜かしてもろたらよろしな。馴れてるさかい」

「明日にでも、わい行てみるわな」

と話している最中、突然仙が膝の盆をわきにどけて卓袱台に近寄り、

「その丁稚はん、うちに勤めさいてもらえまへんやろか。

うち、字はまだ全部は出来まへんけど、織物のことならちょっとばかり知ってます。

それに力持ちやし、走るんも早い。若旦さんのお役に立ちとうおす。お願い申します」

といささか声張りあげ、深々と頭を下げたのには三人おどろき、

「女子(おなご)の丁稚て、聞いたことないねんわ」

「吉ぼん人手にこと欠いて、女の子使うてるて、まわりからいわれへんかいなあ」

と顔見合わせたが、吉蔵だけはうなずいて、

「お父さんお母さん、お仙の希望、聞いてやったらどないでっしゃろ。

本人前にしていうのも何やけど、うちに来てもろて今日までの間、骨身惜しまずよう働いてくれるし、それになかなか賢い。

何よりも、実家が機場ちゅうのも我が家にとっては強味かと思います。

幸い、男顔負けの体格で力はあるし、お母さんの手伝いは減りますけど、わしがお仙をもろうてかましまへんやろか」

というと嘉助は一も二もなく賛成し、

「吉蔵のためになることなら、反対することないやろ。なあお母さん」

といえばもとよりたまも同意し、改めて女の目で、

「そやな。丁稚ともなれば、吉ぼんのお供もせんならんし、お得意さん廻りも大事な仕事や。

着るもん穿くもん、万事に気をつかわんならんさかい、これからは節季払いでもお給金は吉ぼ

ん、あげなはれ。女の丁稚は珍しよって、人はじろじろ見るやろけど、くれぐれもみっともない装（なり）はせんようにな」

との助言には皆うなずいた。

この新しい展開に、誰よりも喜んだのは仙自身であったろう。

これで念願の「旦さんの身の廻りのお世話」はほぼ叶うわけで、仙はその嬉しさを獅子奮迅の働きぶりに代えて、いままでに増してよく働くのだった。

いぼて二重重（かさ）ねを負うて一日中歩くのなど朝飯まえのこと、お得意さんの顔と名を覚えるのも早く、夜は皆が寝静まってのち、この帳付け仕事でおぼえた文字の稽古も兼ねて大福帳へその日の成績をきちんと記入してゆく。

こんなふうだから、家でも外でも仙の評判はすこぶるよいが、ただひとつならないのは大声でのおしゃべりであった。

ただしこれは、吉蔵と二人で外を歩くときだけで、いいかえれば、この貴重な時間を何ものにも代え難く喜んでいることとの表現に他ならず、それが判っているだけに吉蔵も大目に見ているところがある。

話はいつも他愛のないものばかり、たとえば、機場で飼っていた猫が機の柱で爪を研いでいるのをみつけたときの大騒ぎ、その猫を遠くの辻に泣く泣く捨てに行ったときの悲しさ、また草花の名をよく知っていて、好きな花ともなると、吉蔵が、歩きながら指折って、

「これで三つ目の筋を越したで。あといくつや」

とひやかすほどに長くなる。

ときにはうるさくて、

「ちょっと黙ってんか。わし頭痛がするさかい」

というと、

「へい」

としばらくは静かになる。

しかし少し経つとまたもとに戻り、さもうれしそうに吉蔵に聞かせるのだった。

ふしぎなもので、十六と十九、降っても照っても外廻りの仕事を続けているうち、何となく連帯感のようなものが生れて来て、肝腎のことはいわなくとも判り合えるようになって来ているのは同世代を生きる若さというものであったろうか。

一人っ子の吉蔵は、ときに仙を妹のように思うこともあればまた、少し距離をおいて菱久時代、大勢いた女子衆さんとも感じることもありで、おだやかな時は流れていった。

そして吉蔵二十三歳の春、ある夜、順慶町の浄土宗光雲寺の住職が突然、訪れて来た。

高張提灯

「夜分すんまへん、わて光雲寺だす。ちょっとお邪魔させてもろてもよろしございますやろか」

と如才ない挨拶とともに住職が入って来た。

居合わせた嘉助は、べつに顔見知りではないけれど、そこは船場同士のなか、こちらも愛想よく、

「これはこれはお住職さん、わざわざのお出まし、いたみ入ります」

と座敷へ招じ上げたが、内心は突然何かいな、お寺の寄付たのみに来たんやないやろな、と胸算用している。

春とはいえ花も未だしの季節、たまは火鉢の火をかきおこし、茶を入れに立ったが、その間、

「菱久さん亡くならはってもう何年になりますかいなあ。以前うちの近くに難波薬師さんあったころはようお詣りに来てはりました。

信心深いお方だしたなあ」

と当りさわりのない話をしていたが、たまが座に戻ると、

「ぼんさんまだお帰りやおまへんのか。

ご商売もなかなかご精が出ておいでのご様子。ええ息子さんだすなあ」

とだんだん吉蔵の話題に攻め寄せてくるのへ、嘉助は謙遜の一手で、

「いえいえ、まだまだどす。修業が足りまへんのですわ」

といっていたが、光雲寺はとうとう核心に触れて、

「ところでぼんさんは確か二十三とお聞きしてましたけど、お話、もう決まってまっしゃろなあ」

と聞いた。嘉助思いもかけず、

「お話って何のお話だす？」

と問い返すと、

「ここら辺りでは二十三はちっとも早いことおまへんがな。嫁御寮はんのことだす」

と聞いて夫婦は声を揃えてまあ、と驚いた。

「そんなん考えたこともありませなんだ。ほな何どすか。うちの子がどこぞの嬢はんとええ仲になってるてお話どっしゃろか」

と乗り出して聞く嘉助に光雲寺は手を振って、

「とんでもおまへん。話はこれからどす。もしお宅にその気がおありやったら、憚(はばか)りながらこのわたしにまとめさしてはもらえまへんやろか。こない思いましてな」

「へえ」

夫婦は顔を見合わせて、

「何やこう、わしらにとっては藪から棒、ちゅうようなお話でございますな。して、お住職さんのお眼鏡に叶ったええ嬢はんがいやはるのだすか。またお話を急がんならんわけでもおますのか」

と聞き返すと、

「へえ、これと思わはるようなええ嬢はんがお一人いやはります。べつに急がんならんことはおまへんのやけど、このせつ、世の中めぐりが早い。油断してるとさっととんびにさらわれてしまいますがな。早いこと糸印つけて、うちのもんやとしといたほうが安心やおまへんか」

「してその嬢はんは、どちらの？」

一膝すすめると、光雲寺は逆に一膝下がり、

「ま、お名前明かすのは、もうちょっと先にしまひょなあ。まだ始まったばかりやし、第一ご当人同士がどないいわはるか判らしまへん。

若いもんの意見も十分に聞いて、ゆるゆるやりまひょうなあ」

その様子は如何(いか)にも結婚の仲人は馴れている口調であった。

こんなことは初めての、まるで目をパチクリさせている夫婦に、光雲寺はものやわらかに家のこと、吉蔵のことなど聞き、

「ほな、また参じます」

と挨拶して帰って行った。

＊

突然降って湧いた話だが、考えてみればたしかにどこの商家の息子たちも二十を出ると、親たちはその準備にかかっている。

配偶者が出来れば、第一に悪遊びはしなくなるし、自覚も固まって家業に身が入るというもの。

何で早く気がつかなんだかと二人はその夜、おそく戻って来た吉蔵をつかまえて、光雲寺住職の持って来た話を明かした。

「へえ」

と吉蔵はおどろき、

「わしはいま、この商いがいよいよおもろなって来たとこだすのや。

嫁持つんは、却って邪魔くさいのとちがいますか。それにこんなに家も狭(せば)いし」

というのへ、夫婦はそれぞれ、

「まあ折角お住職さんがおいでてくれたんや。細かい話もきかずに二度目くらいで断る、ちゅうのは角が立つわなあ」

「いや、断るならいまやで。

向うの嬢はんのこと知ってのち断るのんはご当人をえらい傷つけまっせ。

どや吉ぼん」

いわれて吉蔵は、

「わしいま機(はた)のことより他、頭にありまへんのや。

悪いけど、お父さんお母さんでよろし決めておくれやす」

といい置いて井戸端へ立った。

そこには、さっきまで一緒だった仙が洗いものをしており、一瞬ふと、嫁のすることはもうこの仙がすべてやってくれている、と思った。

仙もこの家に来て四年余り、藪入りの日も西陣へは帰らず、まるで吉蔵の影のようにぴったりと従ってくれている。

一度も事を起さず、わずかな給金でこれほどよく働く子は見たことない、と吉蔵はいまさらのように思った。

嘉助、たまの優柔不断の結果というべきか、光雲寺は脈ありと見たのか、あれ以来しげしげと通って来て、少しずつ話は前進、こちらもそれなりの覚悟も定まって、やがて釣書を交換するまでになった。

それによると、

　西條むら

　大阪市塩町二丁目、曲尺（さしがね）商西條宗喜、妻ぶんの長女として、明治十五年四月十一日生まる。当年十七歳。

　二つ違いの妹、四つ違いの弟あり。

　身の丈五尺、十二貫。本人健康。

　近くの末吉小学校卒業後、高等科二年を修了。読み書きそろばんすべてにわたり、成績優秀にて学校中の模範生なり。なお、茶の湯、仕舞、裁縫など、女子一通りの心得あり。

この釣書を見て、たまは吐息をつき、

「なあお父さん、

これはえらい賢そうな嫁はんやなあ。

高等科で勉強してきはった嫁やったら、連れあいがあほに見えるんちゃうか。

吉ぼん尻に敷かれへんやろか」

嘉助とふたり、あれこれと心配する。

光雲寺はまことに気さくな人で、

「仲人は、七足片方(かたご)下駄穿きつぶすていいますさかいな。さいさい寄らせてもらいまっさ」

といいつつたびたび顔を見せてはくれるが、考えてみれば相手方は光雲寺の檀家の一人、世にいう仲人口で、いい話ばかり聞かせてくれるのではないかと、これも気を廻してしまう。

それなら公平な世間の評価が欲しく、たまはある日、塩町界隈をぶらぶらしながら、何となく曲尺屋西條の評判を聞いてみた。

「ああ、それなら何ひとつ文句のつけようもないおうちと違いますか」

「町内の寄付もびびりはらへんしな」

「嬢(いと)はんだっか。無口だすけど、挨拶はちゃんとできますわな」

「あっこは刃物も扱うてますやろ。このごろな、安うてよう切れる西洋剃刀に押されて、日本ものは買手が少のなったて、ご主人ぼやいてはりましたで」

というような話ばかりで、西條家には人も知るような大きな瑕瑾(かきん)のないことは判る。

釣書は、両家の格が均衡しているかどうかだが、これは嘉助も、

「向うさんは、お上から度量衡の立派な鑑札受けたお商売やし、うちは菱久いうたら世間に通るけど、残念ながらいまはあれへん。

それ考えたらこれはまああつろくしてまんがな」

と納得し、話はようやく出来上って明治三十一年秋の吉日、両家の婚礼を執り行うことになった。

肝腎の吉蔵は、このころちょうど仕事が混み合って来て目の廻る忙しさ、とても婚礼どころではないという有様で、仙以外の丁稚（でっち）も雇い入れ、機場も元北小路町以外にも二、三軒、増やしている。

吉蔵にすれば、も少し待てば店構えも整えられるような家に移りたいという気持はあるけれど、自分でその計画がまだでき上らないうちから、親たちは人手を借りてまで襖障子の貼り替え、畳表のとり替え、その他こまごまと、果ては家洗いまで、さも嬉しそうに騒ぎたてるさまは、まるで嘉助夫婦の婚礼支度のようだと思った。

だんだんと当日が近づいて来たころ、たまは吉蔵に、

「狭い（せば）家やけど、ここへ嫁はん迎えて盃事（さかずきごと）しまひょういな。

あんたそれまで、嫁はんの顔見んでもよろしいか。お熨斗（のし）の日もいなんだし。何なら理由こさえて一度ここへ来てもろてもええねんで」

と誘ったが、吉蔵はちょっと考えてから、

「一切お任せやさかい、いまのままで上等だすがな。

嫁はんには婚礼の晩、お目にかかります」

と笑ってから、一つだけ、とつけ加えて、

「お招きするお客さん、わしの友達なるべくぎょうさん呼んでほしいな。こんなときでないと会えへんさかい、校友会しょうな、って」

「へえへ、心得ました。その晩は皆さんに底抜け楽しんでもらいまひょ」

とたまは弾んだ声で受合った。

＊

当夜の光景を、吉蔵は明瞭に記憶している部分とおぼろに霞んでいる部分とがあり、いく十年ののちでもふと蘇ってくる折がある。

家が狭いので、帳場格子や小机や積み上げたぼてなど、すべて隅へ寄せて拵えた座敷の上り端で、嫁迎えの役を懇請して引受けてもらった大叔父が紋付袴で花嫁を待ち受ける。

大叔父は懐中時計の鎖を手繰ってときどきのぞき、少々焦立って扇子で袴の膝を叩きながら、

「遅いな。何でや。あちらさんはとうに出られはったやろに」

と首をのばしているのへ、入口に立っていた四、五人の声がかぶさり、

「あ、とうとう降って来たで。雨や雨や」

「あーあ、気の早い雨やなあ。

ほな早う門の提灯入れな。灯が消えるさかい」

「入れるてどこへ入れますのや」

「決まってるがな。ここの土間の中や」

「土間て、こんなに狭いとこへ人さんの履物いっぱいで入れられしませんがな」

「ごてごていいなや。はよしいや」

と入口に二流立ててあった高張提灯を、土間の履物片寄せて引き込もうとする。

狭い上に急な雨と来ては、門口で客と手伝いの者がもみあい、斜めに傾けすぎたのか提灯の柄から火が移って、

「あーっ」

というまわりの悲鳴のなか、菱村家の定紋菱鶴を描いた提灯はぼうぼうと音を立てて燃え尽きてしまった。

幸い軒先で燃えたので、他のものに移りはしなかったが、婚礼の晩、思いもかけず火を出したことに一瞬、居合わせた人は息を呑み、青ざめて言葉もなかった。

吉蔵もこの火の色は目に灼きついており、とくにその炎の舌がめらめらと菱鶴の図柄を呑み尽くすさまは何やら自分の胸を刺されるような感じがあった。

しかしさすがは大叔父の太一、間をおかず立上って大声で、

「心配ない、提灯の代りなら押入れになんぼでも蔵うてありますがな。ここは痩せたりといえども菱久の本家やもん。

嘉助さん、な、そうどすやろ。

どんどん出して来て。焼残りと並べるはげん悪いさかい、二流揃えてな」

と明るい顔で景気づけし、人々はほっとして眉をひらいた。

運よく雨も本降りとはならず、

「婚礼の雨は降って縁固まるていうさかいな。かえって縁起ええわ」

などといい合い、さっきの騒ぎなど忘れたように座は賑やかになった。

まもなく人力車で花嫁の到着。仲人に手を引かれて角隠しは終始深くうつむいたまま、金屏風の前に坐る。

が、片方の座蒲団にはまだ主はなく、呼ばれてその上に坐った花婿はすでにふらふら、八重桜の顔いろだった。

型通りの盃があり、吉蔵もその辺りまではぼんやりと浮んでくるが、あとは一切闇の底で、酔いがまわった体はまるで溶けてゆくようにだるかった。

たぶん、式が終ったとたん、校友会というほど集った友人の四方八方から盃が攻め寄せて来て、まだ二十三歳の花婿ではそれをかわし切れず、まともに受けてとうとう酔いつぶれたにちがいな

かった。

目覚めたのは障子が明るくなってからで、まだ夢とのあわいをゆらゆら揺れているとき、吉蔵はどこからか流れてくる得もいわれぬよい香りを聞いた。

ハッと気がついてみると、顎(あご)まで引上げている蒲団の感触は掛けも敷きもふかふかの八端絹蒲団、いつもの自分の絣木綿の夜具とは違う。

ああそうや、これは嫁入り蒲団、昨夜はわしの婚礼やった、とまでは手繰りよせたが、盃事は対面でなく、平行に並んでいたせいもあって花嫁についてはなお鮮やかに浮んでは来なかった。

こらあかんな、と寝巻きの前をかきあわせ、身を起したところで背後に気配がし、ふりむけば部屋の隅で鏡を立て、髪結いが花嫁の髪を取上げている。

「あら、まあま、これはこれは」

と白いエプロンをかけた髪結いは手に筋通しを持ったまま、

「このたびは若旦さん、つつがのうお式もすみまして、まことにお目出とうさんでございます」

と頭を下げたが、花嫁は昨夜の高島田を丸髷に結い直すため、髷の髪を背中に垂らしたまま、鏡を向いたきりでいる。

吉蔵は後から鏡の中をのぞき、

「あんたがおむらさんかいな。わしが吉蔵や。よろし頼んまっせ」

というと、鏡の中の顔は恥しそうに目を伏せて、

「むらでございます。不束者でございますけど、よろしお願い申上げます」

と蚊の鳴くような小さな声で答えた。

おとなしそうな子やな、となおしげしげと鏡をのぞくと、そこに浮ぶ顔は眉きっぱりと濃く凜々しく、蚊の鳴く声とはまるで反対の元気のよさであった。

このときの第一印象を、吉蔵は、

「まるで金太郎やったで」

とひやかすが、むらにすれば生涯の夫との初対面でどんなにか緊張していたことだったろう。吉蔵は、腕を組んでしゃがみ、鏡の中のむらになお話しかけたが、こちらも相手が鏡の中だからこそ気楽に話せたのではなかったろうか。のちに、吉蔵はふざけて、「わしら鏡の中の夫婦やで」ということもあったが、二人の対話はたしかに鏡の中が出発点となった。

高島田から丸髷に結い直したむらは、すぐ嘉助、たまのもとへ朝の挨拶に行き、いよいよこの家の若嫁としての日々が始まったが、評判通りに素直で賢く、そしてひどく無口であった。聞かれないことは何もいわず、自分から殊更に口を開くことは一切ない。娘を持ったことのないたまはすっかり喜び、

「女の子て、やさしいなあ。要らんことといわんし静かやし、ほんま助かるわ」

と来た人ごとに吹聴している。

二、三日ののち、ここら辺りの習慣だというのでむらの嫁入道具を店の間に飾り、近所隣に見

てもらったが、これも標準通りの拵えであった。

たまは、

「うちの嫁の実家は曲尺屋だっしゃろ。頭のもんやら小間物やら金気のもの一切、店の品そのまま持って来たと思われたら娘が可哀想やちゅうて、向うのお母さんが全部、べっ甲であつらえて下さったそうや。櫛笄から帯留まで、皆これ四つ橋のたいまいやのもんでっせ。見たってや。立派やろ。なあ」

とさも嬉しげに見せるのであった。

むらが加わって家族五人、この朝晩のあたたかな触れあいは、全く吉蔵の思い見なかったものだった。

嫁は親が勝手にもらうもの、と決めていたものがそこに一人加わって家族がふくらむと、意外に吉蔵の意欲を刺激してやまないものがある。

たとえば、この安土町の家の狭さも、これまでは意にも介さなかったものが、この家の主となって考えれば、これでは如何にも窮屈千万という気がする。

同時に、若くても妻帯者となればもっと商いにも身を入れなくては、と誰からか背を叩かれているような感じがしないでもない。

ちょうどそのころ、西陣の機場から生産される紋入りの帯も非常に売れゆきがよく、商いとし

ても拡張期にあった。

結婚の翌々年あたりから吉蔵の暮しの枠は少しずつ拡がってゆき、友人も増えれば付合いも増えて、織物業界でも名を知ってくれる人も出来た。

吉蔵は商業学校時代の友人、岩井栄之助を思い出し、彼の家とは一丁と離れない安堂寺町一丁目に引越した。

もっともそのころ岩井は商業学校卒業後、第四師団に入営し、一年志願兵として陸軍歩兵少尉に昇進しており、また続いて日露戦争にも召集されたから、ゆっくり話をする間もなく、借家の件は彼抜きで決めてしまったとおぼえている。

兵役は、吉蔵は丙種合格で召集は免れており、それというのも幼児時代からの腺病質の体質は未だ改善されていなかったのだろう。

＊

商いも広がれば使う人も増え、その一人一人にまで目も届かなくなってゆくなかで、あ、このひといてくれはったんや、と改めてその存在を認識させられるのは、何といっても仙であった。

婚礼の話が近づくにつれ、目に見えて元気がなくなり、あの持前の饒舌もぴたり納まっているのを吉蔵は知っていたが、やさしくいたわる暇もなく、いままでどおり仕事を続けるより仕方な

かった。

自分を好いてくれているのは最初から判っていても、いまのところは主と使用人、この関係はどう変化しようもなく、またそれ以上であることは固く禁忌であると思っている。

結婚の前後から交通や乗物も便利よくなり、難波から南海本線の支線も伸びれば神戸までは阪神本線も開通し、ぼてを負うての商いもこのころではずい分と楽になった。

あるとき、二人並んで電車に揺られながら吉蔵はふと、

「お仙にはうちの帯、一本もあげてなかったな。今度キズもん出たらあげるわな。帯屋が帯の一本持ってへんのも理屈にあわんしな」

というと、仙は、

「帯を頂いても、それに合う着物がおへんさかい、要りまへん」

「そないいいなや。着物はいま着てるその銘仙で上等や。帯はやっぱり紋繻子（しゅす）が合うかいな。今度善一の機場へ行て頼んどこかいな。運良うキズもん出たときの話やけど」

というと、仙の目はとたんに輝き出し、

「若旦さん、そんなら遠慮のういわして頂きますけど、女が着物着るとき、何が嬉しいか判りますか。

帯結ぶときどすえ。

体に巻きつけてうしろで引抜き、きゅうと締めあげるとき、何ともいえん心地どす。襦袢着て腰紐で決め、その上に伊達巻まいてぽんと胸叩く、『さあこれでどんなええ帯でもかかっておいなはい、わての体が待ってまっせ』て、こんな気持どすなあ。

そして好きな帯を足でまたぎもって体に巻きつけるとき、ほんまにええ心地どすわ。

結び終えて鏡で眺め、ぴったり形良う仕上ってたらとびとびしたいほど嬉しおすやんか」

と、商売ものの話となると仙はとたんに元気になり、このところの落ち込みを吹き飛ばすような勢いで吉蔵に告げた。

吉蔵のほうも、電車の中ということも忘れ、

「そうかいな」

とうなずき、

「そんならお仙、うちのいまの商品のなかでは博多織がいちばん人気あるのやな」

と合点した。

博多織というのは博多地方で生産される帯地で、経糸を細く強く張り、太いしっかりした緯糸を打込めば横畝が浮上って美しい光沢が生れるもの。

帯全体は硬く重いが、仙のいう結ぶときは擦れ合って得もいわれぬ絹鳴りがする。

女が喜ぶのは帯を結ぶとき、という言葉はこの博多織にこそ生きているもので、そう聞くと吉蔵は頭に閃き、すぐさま次の駅で電車を下りて善一の機場へと走った。

そこで改めて九州から仕入れた博多織の帯を広げてみると、どれもこれも縦縞ばかり、変化をつけてあるのは独鈷か花菱かで、他の模様が全くないのは、黒繻子の帯の場合と同じであった。

吉蔵は、

「帯を結ぶとき、こないきれいな絹鳴りのする博多帯や。この単純な柄のまま生産を続けてたら、買手の皆さんから飽きられてしまう。どや善一、折角のジャカード使うていろいろな模様、織り出してみいひんか」

といえば、

「やってみまひょ」

と善一もたちまち感応したのは、黒繻子の紋織が成功したからであって、新しいものに挑戦する闘志は、吉蔵にも負けてはいないほど熱心であった。

しかし、目論見はなかなか実現しなかった。経糸を整経して機にかけ、紋紙と較べながら織ってみるものの、胸躍らせながらわずか一寸織っただけで考えていたものとは全く違うものがあらわれ、つい二人とも大声を出すことになる。

「なんやこれ。横畝が盛上ってないと博多帯とは見えへんやないか」

「そやけど、あんたがこうせえいわはったやおへんか。わてはいわれた通り織ってるだけでっせ」

「阿呆やな。いわれた通り織るなら子供でも出来るで。何年機にしがみついてるんや」

唾を飛ばして罵(ののし)りあい、挙句、また整経からやりなおすことになる。

結局博多織の本場から本職の織手を招いて基本を教わらなければ前進できぬことが判り、吉蔵が長い手紙を書いて懇請したのは福岡の小島多一郎であった。

このひとに吉蔵の機場のひとつに滞在してもらい、複雑な模様を織り出すことに成功したのは思いついてから一年ほどのちであったろうか。

それでもまだ吉蔵は満足せず、さらに創意工夫を凝らして斬新な博多帯を考案した。

寝た間も新しい帯のことが頭を離れず、思いついたらがばとはね起きて図案書きの許へ走り込む。

あれこれと指示し、出来上ったものをジャカードにかけて善一に織らせ、自分は機のわきに立って目を皿のようにしてそれを見つめている。

自分では糸を繰ることも整経することも、まして機を織ることなど全く出来はしないのに、製品に対する批判の目は誰よりもきびしくて、織工は皆悉(ことごと)く、吉蔵を畏れているのは当然のことであったろう。

吉蔵は博多織の小島と提携して新しい柄の製品を売り出すとともに、明治三十七年五月に開催された「内国製産品品評会」にさまざまの模様を組み込んだ自信作を思い切って出品したところ、みごと二等賞牌を受賞した。

吉蔵はのちのち、数え切れないほどの賞を受けることになるが、以来このときの嬉しさに比ぶ

べきものはない、とよく人に話したことだった。

年はまだ二十九。十六で帯の商いをはじめ、十八で織物業界に足を踏み入れて十年、右を見ても左を見ても、これほど若い経営者にして製織業者はおらず、吉蔵の自信をいやが上にも高めたことであったろう。

女房のむらもこの年、安堂寺町の家で男児を出産した。

さきに長男を死産していたので、事実上この悠（ゆう）が長男の役割をつとめ、父吉蔵の片腕になるのである。

実用新案の登録

明治三十七年五月、「内国製産品品評会」に出品した博多単帯が二等賞牌を受賞したあの胸躍る歓びを、吉蔵はその後も長く長く忘れることはなかった。

忘れるどころか、この輝やかしさをいま一度、そしてもっと高みに登りたいという思いとともに、このころから吉蔵を捉えて離さないようになる。

博多単帯の試作の段階で、次々と面白い織りかたも発見しており、そのひとつに聚楽織（じゅらくおり）と名付けて、明治三十九年、大阪天王寺公園で開催された「戦捷記念博覧会」に出品してみると、これも意外に評判をとって堂々三等賞を受賞した。

同時に、二等賞牌を得たあの博多単帯をもう一度、京都岡崎の博覧会館での「凱旋記念内国製産品博覧会」に出してみると、同じ作品なのに評価が高く、これもまたもや銀賞を受けることが出来た。

これらは、いわばごく内輪での小規模な展覧会ともいえるものだが、たてつづけに三つの賞を

もらい、会場で見知らぬ人から肩を叩かれ、思わぬ賞讃の言葉をかけられたりすると、本人有頂天になるのも無理のない話であったろう。

このころから吉蔵の目のいろが変ってしまった、と心ひそかに思うのは単に仙ひとりだけではなかったかも知れなかった。

最初の試みがうまくゆけば、次々と夢は拡がり、教えてくれる人もあって、自分の生み出した聚楽織を保護するためにも、明治三十九年三月には実用新案の登録を出願した。

実用新案とは、その形、構造または組合わせについて新しく考案を加え、実用上の利便を増進することだが、基本からの創意工夫でないゆえに発明とは違い、また美術的考案ではない点で意匠と区別されるようになっている。

ただ、実用新案を登録した物品については、それを独占的、排他的に製作する権利が法的に認められている。

こうして法で護られれば、聚楽織は吉蔵ひとりのものとして製造も出来、販売も可能になるわけで、出願後、吉蔵はどれだけその早い実現を願ったのか知れなかった。

そして、届出た実用新案登録は、役所の複雑な手続きを経てようやく八月、許可が下りたのだった。

登録証を手にした吉蔵は、博多単帯が受賞したあのときとは違い、おそろしく緊張した面持で家を飛び出し、およそ十日以上も機場(はたば)にこもって大阪には帰ってこなかった。

自分の目指す方向は、従来の平面的な織物とはちがい、新しい技法を発明して立体的なものを作り出さなくてはならないという一種の使命感と衝動に追い立てられて、片時も休む暇のないような有様となってくる。

自らは機に上りもせず、梭も手にしたことはないけれど、織手の側に立ち、機にかけた糸をみつめていると、そこからはむくむくと新しい構想が盛上って来、これこそ大成功と喜び勇んで機にかけたとたん、全く違う代物となって絶望のどん底に突落されたりする。

織物とは、出来上ったものはどんなに複雑ではあっても、その構成のもととなるものは経糸と緯糸だけであり、こんな単純な組合わせでも、操りかたを工夫すればもっと立体的な模様が生み出せるのではないかと考えたのだった。

一旦思い到ると、わき目もふらずにひた走り、明けても暮れても西陣の機場に身を隠して他のことは何も考えられないという状態になる。

当然、吉蔵の着想を織物の上に具現する技術者との二人三脚となるわけだが、一作にかかる時間があまりに多いため、腕のよい、理解の早い、性質の素直な職人はいくらでも必要となってくる。

「ええ子いたらうちへ連れて来てや。満足のいくよう、手当ては考えるさかいな」

といって善一の尻を叩き、昔の同僚など引き抜いて来させるのだが、どの織工も一発で吉蔵の気に入ったものを仕上げたためしはなかった。

それは必ずしも織工の腕の足りなさゆえではなく、吉蔵の着想の段階で無理があったり、糸と糸を組合わせてみると思いもかけぬものに化けたりすることもあるのだが、思いどおりのものに仕上らなかった場合の吉蔵の姿は常人から逸脱している、という噂もぼつぼつ立つようになっている。

自分を悔い、落胆のどん底にあるときは床にぺたんと坐り、うつろな目を這わせているばかり、食事も摂らず眠りもせず、かと思えば突然立ち上って図案を描く下絵師の家に走り込み、自分の案をいく時間でものべ立てる。

人はこんな吉蔵を指差して、

「とうとう気が触(ふ)れたんかいな。気の毒なこっちゃな」

「若いのに展覧会で賞牌もろたりしたさかいな。ふつうに帯織ってたらよろしかったのに」

などとささやきかわすのであった。

しかし吉蔵の、全身全霊をあげて新しいものに取組む意欲は徐々に実を結び、吉蔵三十代で開発した織りは、

高浪織(たかなみおり)

纐纈織(こうけちおり)

無線織(むせんおり)

四明織(しめいおり)

推古織（すいこおり）
聚楽織（じゅらくおり）
相良織（さがらおり）
博紗織（はくしゃおり）
朧織（おぼろおり）
ゴブラン縮緬（ちりめん）
ゴブラン織

等々、六つの専売特許と三十の実用新案登録を取得して業界の話題をさらったのだった。

次々と新しいものを発明すればまたそれを販売する道も拡がり、多くの人手も要し、吉蔵は三十一歳の秋、創業の地西陣の一角に菱村織物を立ちあげた。

このころ、吉蔵は住所不定の輩（やから）となっていて、研究に没頭すれば妻子も時間も忘れ果てる有様だったので、嘉助、たまの二人も大いに案じ、京都は出町柳に一軒かまえて自分たちはそこへ移った。目的は、

「吉ぼん、京都で夜が更けたら、ここへ戻って来て寝なあかんよ。

このごろ、菱村の帯もちょっとは評判になってるようやさかい、用心するに越したことないわなあ」

といつもながらの親心を見せる。

「へいへい、そうさいてもらいまひょ」

と逆らわず安心させるが、三十代からの吉蔵は夜更けて両親の家へ泊りにゆくような余裕はなかった。

いまや西陣の機場だけでも第三工場まで拡がり、吉蔵の発明研究のための機はもう六十機近くまで増えている。この大世帯を率いるのはなかなかの苦労で、吉蔵の表情が目に見えて険しくなっていると嘉助とたまはいう。

＊

ある夜、久しぶりに船場に帰ろうとして梅田の駅近くを歩いていると、ぽんと肩を叩かれ、

「よう、吉ぼんやないか」

と声をかけられた。

このごろぽつぽつと点きはじめたネオンサインの灯りですかし見ると、それは幼なじみの画家久靫彦であった。

「おう、靫彦やんやないか。生きてたんか」

「生きてたんかとはご挨拶やな。どや、久しぶりに新地ひやかしてみんかい」

「相変らずやな」

といいつつ吉蔵も気持が動き、

「それもええな」

と向きを変えて靫彦の後に従った。

久靫彦は吉蔵より二つ下の鳥取藩の士族出身で、父大次郎も四条派、岸派の画家として名を成し、ひところ一家をあげて堀江に住んでいたことがある。

吉蔵とはどういうきっかけで友達となったのか、記憶にないが、たぶん子供同士、堀江と船場に分れて石けりや騎馬戦などで遊んだのがはじまりであったらしい。

もっとも、体の弱い吉蔵は見物者で、靫彦のほうはそのころから矢立を腰に差して写生していたから、遊びに加わらない者同士、何となく感応するものがあったのかも知れなかった。

その後、吉蔵は靫彦の家へ出入りし、その絵を見せてもらったりしたが、靫彦が高等小学校を三年で退学し、父に代って襖絵などを描いて生計を立てるようになってからは往き来も間遠になっていたのだった。

もっとも二人とも二十過ぎのころ、二、三度出会ったことはあり、そのときも今夜のように誘い合って宗右衛門(そえもん)町へ繰り込んだのだったが、茶屋に上るははじめてだった吉蔵に較べ、靫彦は遊び馴れていて、うまく座を取りもってくれたことなど思い出す。

吉蔵は、胸のうちで、

「今日の席はわし持たしてもらおな」

と考え、そしてはっと気がついて後を振返った。

「お仙、今晩は女子の行くとこやあらへんさかい、あんたもうお帰り。お疲れさん」

というと、仙は、

「へえ」

とうなずいたが、しばらく歩いてまた後向いてみれば、雑踏の中に仙の頭が見える。

吉蔵は舌打ちしながら立止って仙を待ち、

「今日はもうあんたは要らんて。

お茶屋へ女子のお供連れて行くと、ええ笑いもんやがな。

頼むさかい、去んでや。なあ」

懇願すると仙は、

「旦さん、うちのことなど構わんといとくれやっしゃ。

そのうちそーろとお先に消えますよって」

といつものように意にも介せぬふうなので、吉蔵はそれ以上強いるのはやめにした。

靫彦は道々、

「お父さんお母さんは息災だすか」

とか、

「おうちいまでも安土町にいてはりまっか。引っ越さはったて噂を聞いたような気もするけど

な」

とか、久方ぶりの会話を交わしているうち、二人の足は宗右衛門町に入り、「丸屋」と行灯のかかった磨かれた玄関の格子戸を開けた。

「お越しやす」

「いらっしゃいませ」

という弾んだ声に迎えられて座敷に通り、久靭彦と吉蔵は改めて顔を見合わせ、久しぶりの挨拶を交わし、盃をあげた。

邂逅の機会はなくとも、互いの消息くらいは心得ており、靭彦はその後、画業は父に、国学は鎌垣春関に、漢学は山本桜崖に学び、歴史風俗画としての一派をひらいて若き俊英として活躍目ざましいものがあるのは吉蔵も聞いている。

このとき、靭彦は大阪城の壁画を依頼されて取組んでいる真っさい中で、その打合わせやら報告やらでこの南地のお茶屋はたびたび利用していたらしい。

また吉蔵も、狭い業界内だけの評価ではあっても女性の衣裳に深く関わるだけにその名はよく知られており、菱村商標の独特の帯は女性たちの憧れの的となっているのは靭彦もすでに承知のことであったろう。

そんな経歴から年は吉蔵よりは下でも場馴れしており、この夜も席に就くなり、

「五、六人見繕うて芸妓呼んでや。

今夜はな、高麗蔵さんがお忍びでおいでやちゅうたら、皆喜ぶで」

と吉蔵を披露した。

吉蔵は照れて首筋を叩きながら、

「これはどうも」

としきりに恐縮している。

話題はやはりお互いの仕事のことで、しみじみとした雰囲気だったが、酒がまわるころになると三味も入ってお座敷遊びで賑やかになった。

狐拳や宝恵駕籠もどき、果ては東京の花街との競合で生れた「牡丹餅」をしようといい出し、二人が向い合って、

　東京の空で、ハ
牡丹餅投げたハ
どちらへ投げたハ
めっちゃくちゃに投げたハ
牡丹餅やあんだらけハ
下町やあんだらけハ

で互いの頬を叩きあいするのだが、その所作がいかにもおかしいので、演じる二人も見物人も笑い転げるのである。

吉蔵も一緒になって笑っていたが、ふと座敷の隅にひっそりと坐っている妓をみつけた。

それは、この賑やかな空気のなかで、そこだけほうっとたそがれの名残りがまだ残っているような明るい感じがあり、そのまん中に坐っている若い妓の姿が浮き上っている。

装束は舞妓でもなく、一本の芸妓ふうでもなく、髪は桃割れに、着物は中振りを着ているところからすれば半玉、というところか。

色白の品のいい顔立ちで、まるで借りて来た猫のようにきちんと坐り、手を膝の上で重ねている。

それでいて暗いかげはなく、座がわあっと笑えばついてほほえみ、拍手して応援すれば同じように手を叩く。

吉蔵は何やら気になって仕方がなく、自分の脇で酌をしていた妓に、

「あそこにいてる妓、どこや」

と聞くと、

「へえ、富田屋の抱えや思います。

昨日今日出たばっかりで気が利きまへんさかい、堪忍しとおくれやす。

ここへ呼びまひょか」

というのへ手を振って、

「かめへん、かめへん。しかしもの静かな妓やな。名はなんて？」

と聞くと、

「おふく申しますねん。ちょっと代りますなあ」

とかたわらの妓は立ち、おふくのそばへ行ってぽんぽんと肩を叩いた。

あたりまえなら、

「おおきに、すんまへん」

と賑やかに寄ってくるはずだが、ふくは頬を染めてうつむくばかり、その様子がこの場にそぐわず素人っぽくて吉蔵は思わず笑いこぼれ、

「ええがな、ええがな。べつに用事はあらへんねん」

というと、まわりの芸妓たちは、

「お茶屋は用事するとこでっせ」

と大爆笑だった。

しかし、客にサービスを売るべき芸妓が、座敷の隅にちんとかしこまり、酌もせず話し相手もせず、まして手踊りのひとつも見せないとは、いくら新店（しんみせ）の妓とはいいながらも、この南地とはのんびりしたとこやな、と吉蔵はそんな感じを持ち、これからの遊びの場としてここは自分と水が合っているかも知れないとも思ったのだった。

この夜は何かしら胸の内に熱いものをもらったような気がして吉蔵はすっかりいい気持になり、帰りぎわ、丸屋の玄関で下駄を穿こうとしたとき、驚いたことに先に待っていたのは仙だった。

「こっちから頼まんことはせんでもええて、あれほどいうてるやないか。しつこいで」

と、少し声を荒らげると、仙は珍しく口答えして、

「うちは、好きでやってることどす。旦さん何もお気にせんでもよろしやぉへんか」

「そやかてお茶屋までついて来られるんはうっとうしいてかなん。後生やさかい、もうやめてんか。

仙は仕事助けてもろたらそれでええんや」

「うちは、機織りの仕事も好きどすけど、それに打込む旦さんも好きどすねんわ」

それを聞いて吉蔵は大きなため息をついて黙り込んでしまった。

確かに仙の働きは他人が真似のできないほど献身的であり、感謝している。が、反面何も彼も知られていることの弱味もあり、自分に好意を持ってくれているならなおのこと、茶屋遊びの姿までさらけ出したくはなかった。

それにいま、吉蔵の胸のうちは以前のように平らかではなく、小さなきっかけがあればすぐ爆発しそうなものを抱えている。

それというのも、つぎつぎと新製品を発明して注目を浴びる吉蔵に、同業者の嫉視(しっし)が次第に集まり、そのうち公然と模造する者もあらわれ、吉蔵はいまや、制作のみに没頭するわけにはいか

なくなっているという事情が生じているのであった。

＊

最初、高浪織（たかなみおり）を生み出したとき、吉蔵はいく月も自宅に帰らず、不眠不休で糸の研究から始めた。

あれこれ試した結果、拗（よ）りの強い糸を使って縮む性質を持たせ、一方ではこれを突っ張る糸を用いて布面に凸凹を作って模様を織り出す。こうすれば、完成品はみごとに立体感を伴い、帯地にはうってつけの美しさをかもし出す。

またゴブラン織の機械化も考案し、本来をいえば手工芸的であったゴブラン織に三色乃至（ないし）五色の糸を加えて機械的に織れるようにしたものであった。

これらの実用新案登録を取った直後、織物業者の小さな寄り合いが西陣の集会所であり、吉蔵少し遅れて行ってみた。

西陣は、そのときどきの景気にもよるが、盛時には織物業の営業所、工場が千五百、賃機（ちんばた）業者が約四千、準備や仕上工程者が約千という大きな社会組織となっており、互いに密接な連絡を取りあって仕事を進めているところ。

この組織は、地域や分業の内容によって細かく分れており、吉蔵は創業のときの元北小路町の

組に入ってはいるが、これまで熱心に出席したことはあまりなかった。が、この夜はこのところ高騰の気配が見える糸についての対策を話しあうというので末席にでも、と出かけて来たのだった。

場はすでに開会中で、かなり賑やかに言葉が飛び交っていたが、そのなかに自分の名がいく度もあがるのを聞いて、入口の戸のかげに身を隠して耳を澄ます。

「高浪織て大そうな名、つけましたもんやなあ」

「素人はこれやさかい困るんやて。

撚りの強い糸を縮ませたり突っ張らせたりして織る方法は、昔からおしたもんどっせ。うちは親父さんに以前聞いたことがありましたもんなあ」

「新製品の発明ちゅうて宣伝してますけど、あれ、発明でも何でもおへんのどす。昔の織り方を真似しただけどすがな」

「まあまあ、我々と違うてここの土地のお人やないさかい、変ったこともしてみとうなったというとこやおへんか」

「いやいや、商売どすがな。売れると見たら発明でも特許でも何が何でも取り込んで、攻めまくるんがあの人のやりかたどっしゃろ。

ほんまかないまへんなあ」

「大体大阪のお方は商いが汚ない。

汚なく儲けてきれいに使うのが身上やそうどすけど、きれいに使うの見せてもろたことはおへんがな」

と口々にいいたい放題にいうのを聞いて、吉蔵は自分の顔色がありありと退いて行くのが判った。

西陣に限らず、京都人の「お口べっぴん」には商いの上でもう馴れっこのはずなのに、やっぱりよそもんは弾き出されてしまうのか、と咽喉（のど）もとを熱い塊が通り過ぎる。

この高浪織の新技法を編み出すのにどれだけの時間と辛労を重ねたか、これがあんたたちに判るか、と、この集会のどまんなかで啖呵切ってやりたい思いで体中がうずく。

西陣は三代続かぬ、とはいうものの、ここに生れた人たちは、子供のころから機の音を聞いて育ち、年ごろになれば当然のように機に上り、父親からの見よう見まねで家の商品を織り上げる。

これといった心意気もなく、何気なく機を織って帯を作りあげ、そこそこに暮している、そんな機織りはわしはいやなんや、と滾（たぎ）る思いはおさまらぬまま、吉蔵は集会所をとび出し、足を早めているのは、やっぱり創業以来の同志ともいうべき元北小路町の善一のもとであった。

父親の英吉は昨年ごろから白内障が進んで一人で何もできなくなり、仙が京都に来たときは介添えして用を足している有様だが、いまもこの機場を離れようとはしなかった。

「旦さんお戻りやす」

の仙の声に機から下りた善一が近寄って来て、

「寄りはどんな具合どしたんか」

と聞いてくれたのを機に、吉蔵は胸のうちの噴き上げそうな腹立たしさを親子三人の前でぶちまけてしまった。

三人にはしばらく沈黙があり、やがて善一が、

「このこと、旦さんに申上げよかどうしようか、と迷うてたんどすけど」

とおずおずと打明けてくれたのは、実は聚楽織の模倣品があちこちにずいぶん出廻っており、しかも小売価格は菱村希望価格よりぐっと安いという。

それを聞いたとき、吉蔵は目の前が真っ暗になり、危くその場に倒れるところであった。

「何やて？

もう一ぺんいうてみい、もう一ぺん」

と善一に詰め寄ると、善一も真っ青な顔で、

「私が見たんは、烏丸（からすま）の菊屋呉服店どした。しかも端切れには菱村家紋の菱鶴を織り込んであって、それを山積みにして投げ売り同然で」

と善一が皆までいわないうち、

「このどあほう」

と怒声とともに大きな平手が飛んで来て、善一はその場に叩きつけられた。

その上、倒れた善一の背中を土足にかけて踏み躙（にじ）り、自らも目は吊り上ってまるで全身おこり

のようにぶるぶるとふるえつつ、

「この西陣てとこは、人の真似衆しか出来へんのか。真似衆して、人が苦心して特許取った品でも何でも、売れると見れば無視するってわけか。それが西陣に生れた者のやりかたか。そうやって大阪ものをここからいびり出すってか。おお、それならそれでやってみるがええ。これからは菱村、誰も真似衆できへん難しもんばっかり作ったるで。いまに見とれ」

とまるでけだものの咆哮に似た勢いでそういうと、あらあらしく戸を開けて表に走り出てしまった。

残された三人は一瞬言葉もなく、吉蔵の出て行った戸口を見つめていたが、善一はようやく衣服の塵を払って立上ると、暗い声で、

「お父さん、今日という今日は、わし旦さんの気持よう判りましたわ。どんなに旦さんをお助けしたかて、わしらしょせん西陣のもんや。菊屋呉服店の件は、わしの口からお知らせせんでも、これだけ偽物が出廻って来たらしぜんお耳に入るやろ、と思うてたんや。わしをどあほう、と叱りはったんは、同じ西陣の者同士、裏で手を組んでると推量なさったんちがいますか。

わしそれほど信用してもろてなかったんかと、今日は悲しなりました」

と肩を落した様子に、英吉は白濁した目を見張って、

「旦さんを怒らせたらあかんで。偽物のことはすぐ謝って許しをもらいや」

となだめるのへ善一はふりむきもせず、

「仙、お前ももううちへ戻れ。

わしとお前が賃機でも織れば、お父さんの目くらい医者に診せてあげられるさかい。

この先、どんなに働いたかて、西陣の人間である限り、どこまでも疑われるんは決まってる。

仙、もう大阪へは帰るな」

と、仙に呼びかけた。

その言葉を聞くや否や、仙はいち早く自分の荷物を小脇に抱えこみ、

「そんなん無理え。

私は旦さんのそばにいなあかんて決まってるやん。

お父さんを頼みまっせ」

というなり、身をひるがえして吉蔵のあとを追った。

一方先に機場を出た吉蔵は憤怒の形相でやみくもに急いでおり、ふと気がつくと川の瀬音が高く聞えている。

どこをさまよったか鴨川のほとりまで来ており、さすがにさきほどからの興奮も少しずつ引い

ていて、土手の草の上に腰をおろした。

夜ふけの川風は身に沁みる寒さだが、いまはむしろそれが快かった。落着いてみると、さきほどからの怒りはまだ消えないものの、何やら緩ろいだ気分になっている自分を感じる。

はっと気がつき、こんなときは仙をからかってみようかと辺りを見廻してみたが、吉蔵の足が早くて追付けなかったとみえて、仙は見あたらなかった。

一人で出町柳の両親のもとまで迷わず行けるかなとちょっと気にかかり、指折ってみると、

「わしが三十五やから、あいつもう三十二にもなるんか」

と思い、そして何となくおかしくなって、

「それにしては色気のない子やな」

と呟いた。

こんなとき、柔らかな絹の布で自分をたっぷりと包み込んで、そして安らかな眠りに誘ってくれるような、そんなお人があらわれるとええなあ、と思いつつ吉蔵は立ち上り、電車に乗っていつものように梅田で下りた。

そのあとは、まるで何かに手繰り寄せられるように辻待ちの人力車を拾い、南は丸屋へと向う。

丸屋とは、先夜画家の靫彦と一緒に遊んだだけのここでは一見さんに等しい吉蔵だが、断られれば断られたときのこと、と肚を決めて玄関に立った。

すると四、五人、わらわらと赤前垂れの仲居に取り巻かれ、

「まあようこそ、ようこそ。
西陣の高麗蔵さん、あれからずっとお待ち申し上げてましたんどっせ」
と手取り足取りの歓迎で座敷へと通された。

蓮の花

大阪は商いの町であると同時に、花街の盛況も全国に響いており、すぐに指を折ることのできる歓楽境だけでも南地五街、曾根崎、新町、堀江、松島、飛田、など気安く遊ばせてくれる茶屋が軒を列ねている。

このなかでとくに有名なものは宗右衛門町、櫓町、阪町、難波新地、九郎右衛門町で、この五街を総称して南地、或は単に南、といい、「この地には容、芸を兼備した名妓多し」というふれこみで知られている。

吉蔵が靫彦に連れられて上った丸屋も、富田屋、伊丹幸、大和屋と並んでこの一角にあり、このような大楼に心臆しながらも玄関に立った吉蔵を、仲居たちはまるで抱きかかえるようにして座敷へ案内したのだった。

船場の旦那衆は、花街で顔の利くのを一種自負しているところがあり、まわりの者もそれを分限者として一目置いているのも、いわば古い商人たちの慣わしのようなものでもあった。

吉蔵が三十すぎまで一人で茶屋へ上ったことがなかったのは、これまで業界の人たちとの付合いがあまり親密でなかったことも関わっていたのかも知れなかった。

しかし、茶屋は男たちを心地よく遊ばせてくれる所、座敷に通った吉蔵に恥をかかせまいとして仲居たちが群がり、やれ座蒲団よ、煙草盆よと気をつかい、さてどんな遊びにいたしまひょ、といわれて、はた、と詰まった。

京都からここまでふらふらと帰って来たのは、いつか靫彦と遊んだとき、気になってならなかったあのおふく、という妓に会いたさだった、といまはっきり判る。

が、何といっていいやら、

「そうやなあ、まず一杯もろうてから考えよか」

といえば、

「そうでっか。

ほなお酌する妓、呼びまひょなあ。ご指名おますのでっか」

「いや」

とは一旦首振ったものの、思い切って、

「おふくちゅうたかなあ。

まだ若い妓やった。あんまりしゃべらへん、おとなしい妓で」

「へえへ」

と仲居は胸を叩いて、

「任せといとくれやす。空いてさえいればすぐ参じますよってに」

と下って行った。

そのあと、吉蔵は得もいわれぬふしぎな気分に襲われて、手焙りをひきよせ、両手をかざした。帯などを扱えば、十代のころから女性に一入の関心を持たざるを得ないが、それは皆、「このお方にはどんな帯が似合うかな。こっちゃかな、いやこっちゃがええなあ」などと商売がらみの話ばかり、あるとき同業者のひとりが、

「後ろ姿のな、それも腰の辺りがふるいつきたいほどのええ嬢さんに人を介してめぐり会えたんやて。

『わてに似合う帯選んで欲しい』ていわれ、その男、帯の山のなかからああでもない、こうでもない、と汗だくになって探し、ようやくぴったりのもの見つけて、『嬢さん、おましたで。わいが結んでさし上げまひょか』と差出したところ、『そらおおきに』と振向いたその顔はあばたもあばた、みっちゃもみっちゃ、へちゃむくれの二目と見られへんもんやったて。

男は腰抜かしたそうや」

と面白おかしく話したところ、仲間たちはまた口々に、

「それでどうや、ちゅうんや。帯は売れたか売れなんだか、ちゅうんや」

「腰抜かそうが気絶しようが、一本でも売らんならんと違うか」

と弥次が飛び、結局はおのおの合点して商いの道を考えるのだった。

ということからすると、今夜ふらふらとここに上り、あの妓、と名指した自分のやりかたは、商いからいえば少しばかり外（そ）れているのではないかと思うと、何やら背筋の辺りが冷たくなり、この場から逃げ出したくなってしまうのだった。

しかしそのとき、廊下にさやさやと衣ずれの音がし、よい匂いがふんわりと漂って来て襖が左右に大きく開いた。

「今晩は」

と手をついたのは三人、いちばん年嵩（としかさ）らしいつぶし島田の妓が、

「旦さん、お呼び頂いておおきにでございます。ふくちゃんまだ新米だすさかい、姉と妹で応援させてもらいに来ました」

との挨拶どおり、目あてのふくを真ん中に挟んで、年増のつぶし島田と、舞妓装束の若い妓が控えている。

吉蔵は何やらほっとし、

「そらご苦労さん。さ、みなこっちおいで」

と膳のまわりへ手招いた。

座はたちまち賑やかになり、他愛ない話に笑い興じ、吉蔵も注がれるままに盃を重ねて次第にいい気分になって行った。

ふと気がつくと、つぶし島田も舞妓も消えてふくと二人だけになっており、ふくは膝の上に固く手を組んでかしこまっている。

酔いのまわって来た目には、その姿が何とも可愛らしく映り、手をとって引き寄せたい衝動を抑えて、

「あんた、わしに呼ばれて嫌やなかったんか」

と聞くと、ふくは一瞬目を見張って吉蔵を見つめ、そして激しく首を振った。

「そうか。それはよかった。ほなな、これからはときどき遊びに来るさかいな」

と吉蔵がいえば、ふくはさも嬉しそうににっこり笑って、

「おおきに。よろしお願い申します」

と手をついた。

しかし話題といえば結局それだけで、身上話を聞くのも失礼かな、と遠慮すればふくは黙ったまま徳利を傾け、酌をするだけとなる。

勧められれば受けざるを得ず、小さな盃でも続けざまに呷(あお)れば酔いはしたたかまわり、吉蔵、婚礼の夜の泥酔以来、と思うほど酩酊して、その場にながながと横たわってしまった。

＊

気がついたのはもはや深更、柱暦は翌日となっており、夜具をはねのけて身を起してみると、かたわらにはふくが初対面のときのように膝も崩さず控えている。

「えッ、これは」

とばかり驚いて、

「どうなってんのや」

と聞くと、

「一眠りなさいました。

お茶漬けお持ちいたしましょうか」

と静かに立って行った。

このときの光景も、吉蔵はよく記憶しており、遊里に仮眠して女に手を出した様子もなかった自分のもの馴れなさを思い起すたび苦笑を噛み殺すのだった。

吉蔵とて、宗右衛門町の大楼に上り、初会で芸妓に枕の相手を求めるほど野暮ではないし、それだけにふくに近づくのにどういう手段を取ったらいいか、迷ったらしい。

この夜は、人力（りんりき）を呼んでもらい、暁方南船場の家に帰ったが、そのあとどうにもふくを忘れることが出来ず、二、三度続けて同じように酒の相手をしてもらうために上っている。

茶屋で遊ぶのにはしきたりがあり、目ざした妓と枕を交わすようになるのには、馴染みの客というところに先ず漕ぎつけなければならぬ。

茶屋での信用と、相手の妓の同意を得てのち、はじめて同衾できるわけで、このしきたりを詳しく教えてくれたのはやはり靫彦だった。

教えてもらったというよりも、ふくが目当てで通ってくるのは判っているのに、それをいい出せず、ただもじもじと、酒を呑むだけで帰ってしまう吉蔵の様子を、ええ、焦れったい、と思う仲居のひとりから聞かされた靫彦が一夕、また吉蔵と落ち合って助言してくれたというのが正しい。

それによると、遊里に身を落す芸妓たちは大なり小なり借金のかたにとられているのが実状だが、南地五街のような格のある場所ではそうとばかりもいえないところがある。

即ち、子供のころから目立つような器量よしは、茶屋や置屋のお内儀たちが早くから目をつけ、ぜひともうちの養女に、と懇請して籍ごともらい受けるのである。

この場合、本人はまだものの道理は判らず、大人の口から夜毎豪華な衣裳を身にまとい、酒の座に侍って面白おかしく過す芸妓の日々を聞かされてみれば、まだ幼い子供の頭では疑ってかかるのが無理というものだろう。

身売りの契約ができてのち、遊里に引き取られてみれば、はかない幻影を描いた自分を悔いて泣きくらす子もいれば逆に、「なにくそ」と芸に励み、この世界で名を挙げて女子の出世、と羨まれる子もいないでもない。

ふくの家は幸町で父親が筆を拵えて小さな筆屋を営んでおり、豊かではなくとも、さりとて

日々の糧に困るほどの家ではなかった。

父の池田広尾は若いとき、広島熊野町の筆屋に奉公して熊野筆作りをおぼえ、この幸町で遊女たちの文の代書屋に筆を売ったのがはじまりといわれている。まことに実体なひとで、嘘をつくのも嫌い、人のかげ口を叩くのもいや、という気質だけに曲ったことは何ひとつしない善人だった。幸町はもと新地遊廓のあったところで、ふくが生れたころにはもう他へ移転していたが、それでも夕景には化粧した女たちが客引きにあらわれるような町ではあった。

ふくはもの心つくころから厚化粧した女たちを見て育ち、大人たちからは、

「お、こりゃあべっぴんさん。大きなったらさぞかし男を泣かすやろ」

などといわれつけていると、いつのまにか自分もいつかは綺羅を飾る身になれるのではないかという気になってしまうのであった。

何しろ、一日筆を作って地味に暮している父親の広尾までが、鼻の頭をこすりこすり、

「うちは財産ちゅうては何もあらへんけど、あるとすりゃ、おふくかな。いやこれは少々天狗が過ぎますかな」

と照れくさそうに笑うのである。

しかし、いずれは花柳界で名を売るだろうという大方の予想どおり、ふくが十五の年、近所に世話する人があって一緒に富田屋を訪れたが、その場で女将に気に入られ、抱えられて芸を仕込まれることになった。

ふくはのちにこのときのことを、

「うちにも運が向いて来たんやとうれしゅう思いましたんどす」

と吉蔵に話したことがあるが、親姉妹と泣き別れして仕込みっ子に入るのと違い、父広尾と母ためと妹のしげからは祝福され、笑顔で送り出されたのだという。

それというのも、仕込みっ子というのはふつう借金のかたの年季奉公の身売りであって、親たちは能う限りその金の高を釣り上げてもらおうとし、抱え主はできるだけ安価に、しかし年季は長く、を希望する。

広尾はその話が来たとき、金はびた一文要りまへん、といい、

「ふくに芸を仕込んで頂けるだけでありがたいことどす。どうぞ可愛がってもらえるよう、女将さんにお願い申上げとくれやす」

の一点張り、一方それを伝えると女将はたちまち機嫌を損じ、

「借金のない仕込みっ子は正直いうてお断りだす。

芸妓の修業はな、それこそ血の出るほどつらいもんだっせ。

うちの秀千代も八千代も、いまは日本中に名を挙げた妓になりましてんけど、これ皆、親に背負わされた巨額の借金あってこそや。

一文の借金もなしにうちに来て、自由気儘、勝手放題にやられるのはまっぴらごめんや。

その子、ちょっとないほどのええ器量してるさかい、山ほどの借金あってもすぐ返せますがな。

ともかく、親御さんになんぼ欲しいか、しっかり聞いて来とくれやす。

ええな」

と世話人から聞かされて父親は思案投げ首というていで、

「この世に生れて銭の嫌いな人はあるまいやろが、娘売って親は左団扇ちゅうのもなあ」

と考えた挙句、

「おふく、お前も花街に入るからには何事も女将さんにいわれたとおりせんならん。逆ろうてはあかん。

銭の高は向うに決めてもろて、それはそっくり貯金しておこうやないか」

とこのせつ世間には珍しく殊勝なことをいい出し、世話人は何度も行き来して、年季は五年、額は一千円、で手打ちが出来、ふくは富田屋の抱えとなったという。

靫彦はこの経緯を吉蔵に伝え、肩を叩いて、

「おふくちゅう妓は、ええ妓やなあ。

南へ来てもう四、五年は経つちゅうのに、汚れてもせんし、擂れてもないなあ」

というと、吉蔵は自分が褒められたかの如くに照れてしまい、しきりに首筋を叩きながら、

「靫彦やん、あんたもそう思うか。

わし初めてあの妓見たとき、泥田の中にまっすぐに咲く清らかな蓮の花かと見紛うたで。

ひょっとして仏さんが下界に下り給うたかと」

「あほやなあ」

と靫彦は腹を抱えて笑い、

「商いにきびしい吉ぼんの目尻下げた顔、初めて見たで」

とひやかしたが、実際、美を競う大ぜいの芸妓衆のなかにいても、ふくだけはすうーっと清涼の気が立つようなさわやかさがあるように吉蔵には思えた。

その後、懇意になった仲居に聞けば、半玉にしては年くってはいるが、まだ決まった旦那という人はいないという。

「おふくちゃんなあ、お上手がいえまへんやろ。もう一押しというとこで、折角のごひいき筋をいつも逃してしまうんどすわ。見ててはがゆおっせ。芸もそこそこ出来るし、あの器量であの姿で、客あしらいがもそっとうまければ、富田屋一の売れっ妓になるとこどすねんけどなあ」

と他人事ながら口惜しい話として耳打ちしてくれたこともある。

たしかに、他の芸妓たちのように強引に客を取り合うこともないらしく、そういうことはいわれなくともすぐ見てとれる。

吉蔵は、ふくという内気な半玉を、胸いっぱいの思いでいじらしいと感じ、そしてかわいいと思った。

できるなら自分が力になってやりたい、困ったことがあれば助けてやりたい、と胸戦(そよ)ぐ思いだが、いま吉蔵の立場は複雑で、本来なら妓楼の半玉になど関わりあう余裕はないはずであった。第一、めったと戻らぬ吉蔵の留守を守って奮闘してくれている妻むらに対していいわけもたたぬし、何よりも商いの上では模倣品の問題がもつれにもつれている。

いまの吉蔵は、いわば武器を持った敵に取り囲まれている状況に似て、どこからか飛んで来るに違いない弾丸の用心に心身をすりへらさねばならない毎日であった。

高浪織(たかなみおり)の模倣品もまた、人気上乗の一方で、小売店の店頭に増えつづけ、しかもそれは制作元の菱村の価格よりもはるかに安く、場合によっては赤札をつけているところもあった。

小売りの呉服屋も、作り手の織工場も、吉蔵のもとに了解を求めに来る人など一人もなく、同じ西陣の顔見知りでありながら、このごろでは道で会っても向うから横町へ曲ってしまう例も多い。

吉蔵の憤怒は日々膨張し、とうとう耐えかねて組長の西村の家へ直談判に乗込んで行こうとしたところ、風をくらって西村は裏口からはだしで逃げたという噂もある。

このいわれのない苛(いじ)めに、一体自分はどう立向って行けばいいのか、寝ても覚めても頭のなかはそれに如何にして打勝つかをあせるばかりであった。

皮肉なことに、模倣品が拡がる一方で吉蔵創作の品は「菱村の帯」として名が挙がるばかり、呉服屋の店先で、偽物が大事そうに積み上げられ、その脇でほんものは隅に押しやられているの

を見ると、吉蔵は髪の毛が逆立つほどの怒りがこみ上げてくる。

しかし業界の中には吉蔵に同情する少数派もあり、そのうちの一人からこの経緯を客たちに知ってもらうためにも、新聞広告を出したらどうかと勧められた。

吉蔵は決心して京都日日新聞を訪ね、広告部に依頼して、

向後、菱村が実用新案権を持つゴブラン織、聚楽織（じゅらくおり）、高浪織の類似品、模倣品を製造、販売した者に対しては、それ相当の手続きを取ることにするため、ここに警告する。

との警告文を大きく掲載してもらった。

これは吉蔵がはじめて取った公的な挑戦状だったが、拳（こぶし）を固く握って身構えていたにもかかわらず、掲載後一ヵ月経っても何の反応もなかった。むしろ、吉蔵の戦法をあざ笑うかのように以前にも増して模倣品は拡がり、吉蔵は生ぬるい警告の紙面掲載よりもいっそ法廷闘争を、と望み、弁護士と相談の上、京都地裁に提訴した。

吉蔵は、自分の二十代からはじまる新案の織物にどれだけ大きな犠牲を払って来たかを考えると、ここで後へ引くわけにはいかなかった。

馴れぬ法律の書物を読み、弁護士のもとに日参して裁判に立会ってみたが、敵もさるもの、争点の異る個所を衝いてくる。

吉蔵側は実用新案権の侵害に当る点を挙げて攻めるのだが、向うは実用新案権としては認めようとせず、逆に、菱村の製品こそ我が国に伝わる美術織物の模倣だと反論する。

裁判は遅々として進まず、馴れぬ人達との折衝に加えて何しろ煩瑣な書類作りに忙殺され、げっそりと痩せてしまった。

一方では商いにも目を配らねばならず、職人たちへの給金日はすぐに追いかけてくる。

吉蔵は菱村織物の大世帯を抱えて夜な夜な眠れなくなっており、天井から吊り下げた五燭の豆電球をじいっと見つめたまま、朝まで目を閉じないこともしばしばであった。

かと思えば、夜半突然飛び起きて坐り、空に向ってげんこつを振廻したりすることもあれば、また夜の町を何時間も彷徨する折もあった。

たしかに常軌を逸しているのは自分でも判るが、かといってこの荒れ狂った心を癒すすべもない。

それはたしか明治四十三年の夏、その夜も眠れず、寝床の上を輾転としていたが、とうとう苦しさに耐えかねて蚊帳から出、庭下駄を突っかけて通りへ出た。

もうかなり更けており、さしもの船場もめっきり人影は減っている往来を、吉蔵は魂の抜けた人形のようにふらふらと歩き、いつのまにか稲荷神社の境内へと入って行った。

ここはもとの菱久の隣にあり、幼馴染みのなつかしさもあって吉蔵がよく立寄るところ。

辺りには夜霧が立ちこめ、見通しは利かないが、目を上げると女が一人、何やら祈願を込めているいる様子、どうやらお百度を踏んでいるらしく、本殿と灯籠のあいだをぴたぴたとはだしらしい足音を立てて往復している。

お百度とは奇特なことよ、としばらく後から眺めていたが、ふとその髪形に見おぼえがあるような気がして近づくと、果してそれは仙であった。

「お仙やないか」

と声をかけると、人影は飛び上り、それから参道にうずくまると、両膝のあいだに首を突っ込むようにして泣きだした。

「どうしたんや。こんな夜更けに。

何の願かけてんのや。いうてみい」

と顔をのぞき込むと、仙は手拭いを出して顔を拭き、鼻をかむと、

「何でもおへん。暑うて寝れなんだだけどす」

といい、立上って帰ろうとした。

その態度がいつもの仙とはちがうように見え、何やら腑に落ちぬまま、

「お仙、ほんまのこというてみい。

夜中詣りでお百度踏むんはただごとやないで。え、いうてみい。何や？　何でや」

と吉蔵は責め、仙の片手を取ってきつく握りしめた。

「ほんまどす。

ひとつは旦さんの病いがはよ快うなりますようにとお願いしました」

「わしは病気やないで。そんなん嘘に決まってる。白状しい」

「ほんまのこというたら、旦さん怒らはるに決まってるさかい、いえしまへん」

「怒らへん。怒らへんよっていうてみい」

「へえ」

仙は遠くに目を投げていたが、心を決めたように深くうなずいてから、

「旦さん、南のおふくさんの許へ、もう行かんといて下さい。

おふくさんのこと忘れて下さい」

「ええっ」

と吉蔵は驚き、

「お前、おふくのこと何で知ってるのや」

「仙は旦さんのことなら何でも知ってるて、申上げてるやおへんか。

一番最初、旦さんが丸屋へ上らはったとき、仙はついて行きましたやおへんか。

あのときおふくさんを見ましたんどす。

おふくさんを見て仙は泣きました。南の往来のまん中でわあわあ泣きました。

神さんは意地悪で、おふくさんには観音さん、仙にはお仁王さんのお面しか下げてくれはらしまへん。

旦さん、仙もおふくさんのようになりたい。きれいにかいらしいになりとうおすにゃ」

「ええ加減にせえ」

吉蔵は涙の訴えを聞いて、大声で制した。

仙という子は賢くてものの弁えがよいからこそ今日まで腰巾着同様に連れ歩いたのに、色里の芸妓と自分を見較べるとは。仙も三十路になって、とうとうおかしくなったのか、と考えるのはすでに織物業を営む主の顔に戻っていたらしい。

吉蔵は浴衣の衿元をしゃんとしごき、自分自身の気持も立てなおして、

「お仙、夜なかにこんなとこ見られたら人にどないいわれるか。商人は信用が大切なこと、判ってるやろ。早う去に。

こんな時刻やさかい、わし人力弾んだるわな。そこらの辻で拾うて、さっさとお帰り」

といいつつ吉蔵は紙入れから円札を取出して仙の手に握らせた。

仙は鼻をすすり上げつつ、

「要りまへん。歩いて帰ります」

と吉蔵の手を振切るや、下駄の音を立てながら小走りに遠ざかって行った。

吉蔵はその後ろ姿を見送ったのち、境内の馬つなぎ石に腰をおろし、ゆっくりと巻煙草に火をつけた。

頭のなかはまだ裁判の文書のことでもやもやと煙のようなものが立ちこめており、そのなかで一つきっかりと鮮明なのはいまの、

「もうおふくさんには会わんといて下さい」
の言葉だが、それは仙よりの懇請というよりも、吉蔵自身の反省を強いるものとしてまっすぐ胸を刺しとおしてくる。

しかし吉蔵は、煙草をふかしているあいだ、夜詣りのお百度まで踏んでの仙の意見にもかかわらず、そうか、そら悪かったな、とただちに悔い改めようとは思わなかった。

むしろ、そういわれればいわれるほど、ふくのことが思い出され、いまはむしょうに会いたかった。

よし、いまから南へ行こう、と懐中時計をまさぐって常夜灯ですかし見れば、針は大小重なり合ってちょうど真夜中の一時すぎ。

煌々たる灯りもそろそろ看板のころあいだが、ただ肝腎のふくがいるかいないか、考えていればまた気も詰んでくる故、いなければしょせんは縁のないものとあきらめるべし、と吉蔵は何かに向って突進するように一歩をふみ出した。

しかしその夜、ことは成就しなかった。

丸屋はもう火を落しており、路上の床几（しょうぎ）など片付けている顔見知りの仲居に小声で、

「いてるか」

と聞くと、気の毒そうに鼻先で手を振って、

「あきまへんねや」

といい、

「昨夜（よんべ）ならお茶挽（ひ）いてましたんやけどな」

とつけ加えた。

昨夜の話やないわい、今夜のいまの話やないかい、と吉蔵はむかむかし、下駄で路上の石ころを蹴とばした。

おふくよ、お前が廓の女やちゅうことは最初から判ってる、しかし今夜、お前と枕を並べて寝

てる男はどこのどいつや、よし、こうなったらその男からお前を奪うたる、その男だけやのうて、大阪中の男たちには指一本触らせへんよう、わし一人のもんとしたる。

いまに見とれ、ええか、ええか、と吉蔵は呟きつつ、それがだんだん高声になるのを気がつかなかった。

大手をひろげ、宗右衛門(そえもん)町の柳のあいだを縫って吠え、走る吉蔵のこの夜の姿は二、三人の人に目撃され、菱村もとうとうおかしゅうなってしもた、いまに自分の作った帯で首縊(くく)るで、こわいなあ、という噂がぱあっとひろがって行った。

一方商いのほうも流れが滞りがちになり、そうなるとどの工場も何となく空気が澱んでくる。

ある晩、イライラと胸の辺りが苦しくなり、何べんも唾を吐いては休み休みして船場の家に帰ったところ、帳場のわきでむらが帯も解かずに待っている。

帰宅時間の判らないわしを待つことないで、と日ごろからいい聞かせてあるのに、何やと怪訝(けげん)な目で見る吉蔵に、むらは改まって、

「旦さん、ちょっと聞いとくれやす、え」

と呼びかけ、

「さし出たことだすけど、うちの職人さんにもう先月からお給金あげてないってほんまどすか」

と吉蔵を見上げた。

「それが何や」

「もしほんまどしたら、うちのお勝手のお銭、みなあげたらどないでっしゃろ。わてらはどないでもつましゅうできますけど、職人さんたちにはおかみさんもお子さんもおますし」

と皆までいわないうち、上から大きな平手打ちががーんと振りおろされ、小柄なむらはその場へころころと転んで帳場格子の角に激しく突き当った。

うめくむらに吉蔵はありったけの声で、

「女子（おなご）が商いに口出すなちゅうて、あれほどいうてあるんがわからへんのか。どない困ったかて、お前に助けてもらお思うたことなんか、ここから先もありはせんわい。思い上るな」

と浴びせると、起き上れないむらの腰を蹴り、奥の寝間へと入っていった。

実際、菱村の帯は評判が上るかたわら、模倣品の攻勢によって売上げ高はぐんと落ちており、むらが気付く前から職人の給金遅配は続いているのであった。

むらを殴ったのも、そのせつなさを一番感じているのは他の誰でもない吉蔵自身であって、やり場のない苛立たしさをそんなかたちで捌け口にしたのかも知れなかった。

かよわい女房を打擲（ちょうちゃく）したことで吉蔵の気はよけい昂ぶり、そこら辺りの小道具を畳に打ちつけておいて、表へと取って返す。

胸の閊（つか）えは咽喉（のど）もとまで突き上げて来ており、片手でそれをさすりさすり歩いていて、やはり

目前に浮び上って来るのはおふくのこと。

目の前にもやのかかったような、こんな状態ではとてもあの子には会えぬ、と思っているのに、足はやっぱり宗右衛門町へと向く。

先夜とは逆に、今夜は何故か、

「おふく居てたらあかんで。居んときや」

と祈る気持があるのに、運命は皮肉なもの、

「へえへ。

他の座敷だすけど、これ付きあいやさかい、じき空きますわ」

といとも軽く、馴染みの座敷へと通された。

所在なさに火鉢の灰をかきならしていると、ほどなくして襖が開き、馴染みと認められたか今夜はふく一人があらわれて敷居際に手をついた。

挨拶をしたあと、目を上げたふくの顔は嬉しそうに輝いており、

「ようこそお運び下さいまして、ありがとうございます。

しばらくお見えにならはらなんださかい、ひょっとして、おあんばい（病気）やないかと」

というのへ、

「おあんばいというたらま、おあんばいやな。それも重いおあんばいや」

と冗談まじりに訴えて、そのあとすらすらと、

「今晩、わしここで泊らしてえな。ええやろ」

といってのけた。

とたんにふくは目もとにぱあっと桜いろを散らし、両手をついて、

「おおきに。うれしおます」

と礼を述べた。

その夜、妓楼の奥の二階ではじめて明かす時間は、吉蔵の魂を夢とうつつのあわいを出たり入ったりしながら、やさしく遊ばせてくれたようだった。

常によい香りが身のまわりを包み込んでおり、それは著しく五官を興奮させるかと思えば、また、ちょうどよい湯加減のようにひたひたと肌を撫でさすって溢れてゆく。

香りのひとつは、目の前に火花の散るような感じがあってつい手を上げてしまったむらがずっと常用している丁字油。

むらは、新婚当時のように日々髪結いに行って丸髷に結うことなどいまはほとんどせず、自分でくるくると無造作に束ねて、それで過している。

朝、例の鏡台の前に坐ると、腰まである髪をさっと梳いて手早くまとめ、ときにはべっ甲の櫛ひとつ挿してそれで出来上りだが、夫婦となってもう彼これ十二、三年、そのさっぱりした髪かたちを吉蔵は好ましいものとして眺めて来た。

しかしいま、もうひとつの香りのなかに身を置くと、吉蔵の心は昂ぶり、めくるめく思いにな

る。

香りの主はかたわらの、一筋の乱れもなくつやつやと結い上げたふくの結綿（娘島田）から発せられるびんつけ油で、蒸せ返るほどに鼻をついてくる。

ふくはむらよりもさらに無口だし、ようやく枕を交わすことになった今夜も、恥しがってうつむいているばかりなのだが、そういうふくの姿態は、なおいっそう吉蔵を刺激してやまなかった。

やがて枕許の障子がほんのりと明るくなったころ、吉蔵は身を起して寝床の上で巻煙草を一本喫った。寝不足勝ちな一夜だったので、さぞ苦い味かと思っていたが、煙草は意外にうまかった。

気分は爽快で、たとえていえば体中の毛穴から黒い欲望の塊が煙となって立ち上り、消えてゆくように感じられる。

ふくの姿は見えず、吉蔵は自分で着物に着替えると、時計、鞄などの持物を下げ、玄関に下りた。

出会いがしらに、茶道具を運んでくるふくに会い、

「あ、ちょっとお茶だけでも」

ととめるのを振り切って朝もやの往来に出、誰もいない花街の朝を肩で風切るようにして大股で歩いてゆく。

さっきの煙草の味同様、すっきりとすがすがしく、心地よかった。体の中の憑きものが全部落ちてゆくような気がした。

吉蔵はこのときの気持をそのまま行動に移し、即日弁護士を訪ねて、次のような申し入れを行なった。

かねて係争中のゴブラン織、高浪織（たかなみおり）の実用新案登録を、西陣織物同業組合に寄付する、ということにしたのだった。

吉蔵のこの譲歩によって、裁判は一挙に解決を見たのである。

この結末を見て、菱村の職人たちは、

「これでは菱村の商標はもう無いのも同然や」

と嘆く者もいるかたわら、また西陣の人々には、

「菱村さんのことや。また新しもの考えてはるのとちゃうか」

と期待する向きもあった。

ともかく、これで当面の紛糾はいっとき収まったかたちとなり、関係者一同ほっとしたことは事実だが、吉蔵の才能を知る関係者たちはこれでめでたく終結とはなるまいと見ていて、心から打解ける様子は見られなかった。

＊

吉蔵はあの日から、足繁く宗右衛門町に通うようになり、ふくと向き合う時間をこの上もない

楽しみとして待ちかねるようになった。

思うに、裁判の問題、機工場経営の問題、新しい商品開発の問題、さまざまな問題がいっときに押寄せて来て頭の中は乱れに乱れ、同業者たちへの怨念、我が作品への果てしない模索などで迷路のなかに入り込み、あえいでいたとき、救ってくれたのはふくの笑顔だったと信じている。

あのとき、思い切って丸屋へ上らなんだらひょっとして自殺してたかもしれん、という思いはそれからのちの吉蔵に取り付いて離れず、再びあの悩みを払拭した気分になりたくて足は丸屋へと向いてしまう。

ふくは、会うごとにその気質の良さ、やさしさが増してゆくようで、吉蔵は彼女と一緒にいると浮世の汚なさをすっかり忘れてしまっているのであった。

それというのも、ふくも仙同様、読み書きそろばんは出来ないが、仙が歯をくいしばってそれらを学び、いまでは帳場に坐って帳付けも出来るようになって来たのとちがい、ふくは自分をひたすらに恥じ、なるべく周囲に隠そうとする。

それでいて吉蔵の上を案じることも人一倍で、或る夜、涙を溜めた目で吉蔵に向い、

「旦さん、うちが口賢しゅうこんなこと申上げて、嫌な女子やと思わはったらおゆるしなされてくださいませ。

旦さんがこんなにたびたび通うて来てくださること、ふくはどれだけ嬉しいか知れまへん。

有難うに、もったいないのうに思うてます。

そやけど旦さん、こんなお店へ上らはるのは仰山お銭が要ります。私の花代、お部屋代、お祝儀、あわせるとたんとたんとお銭を積まんなりまへん。

もし旦さんが、このふくを女子衆(おなごし)でもよし、しばらくお使いくださるやったら、いっそのこと芸妓稼業をさっぱりと落籍(ひか)しては頂けませんやろか。大きな口きいて恥しおすのどすけど、ふくの富田家への前借はいまはもう、ほとんどありまへん。

残りはうちのささやかな積立貯金で賄える程度や思います。

そのほうが旦さんにご負担かけずにすむやないかと、うち考えましたんだす」

とおずおずと述べたとき、吉蔵はかーっと胸が熱くなり、思わずふくを引き寄せてその背を撫でた。

「ふくよ、お前かわいいことをいうてくれるやないか、わしの懐がいま火の車で、この丸屋のつけもずい分溜まってること、わし知らんわけやない。そやけど、わし、お前に会いたいんや、こうしてお前に触れていたいんや。

お前と会うてると目の前の仕事の暗雲がぱあーっと晴れてゆくんや。いやいや、これは自分自身へのいいわけやな。

何はともあれ、わし、ふくが好きなんや。ふくが好きなんや」

とそのせつなさに男の目からぽろぽろと涙をこぼしながら吉蔵はふくを一そう強く抱きしめた。

丸屋へ上りはじめのころ、お茶屋のしきたりが判って来るにつれ、何て銭のかかる遊びやろ、

と目を見張ったことを思い出す。

目当ての妓と同衾するまでには、どれだけ多額の祝儀をばら撒かねばならないか、先ず抱えの姉芸妓妹芸妓、朋輩、仲居たち、それに旦那ともなれば、年二回の温習会は丸抱えにしてやらねばならず、出演する役の衣裳一切から配りものまで、莫大な費用を負担することになる。

それを悠々とこなし、この世界では、

「何と甲斐性のある旦さん」

と評価が定まれば、これぞ男の勲章、と胸を張れるところがある。

吉蔵にそれが判らぬではないが、名が知れたといってもまだ小商売のうち、身の丈に合わぬ遊びをして身代潰す恥は掻きたくない、との戒めは持っている。

にもかかわらず、現実にはいま、商いよりもふくに傾くこの気持を自分でも持ち扱いかねているのであった。

ふくとの逢瀬にかかる費用は、その都度小者たちに心づけを与えねばならず、これまでは仲居に渡す祝儀はふくがひそかに自前で手渡しており、花代はつけにしていて、その請求書は西陣の事務所に郵送されていることは吉蔵も十分承知であった。

ふくはきっと、巷で噂している菱村の不振をあちこちで耳にしているに違いなく、こんなかたちで、しかも女のほうから提案されたことに吉蔵は体中灼けただれるほどの恥を感じたことであったろう。

しかし吉蔵は、さすがに右左(みぎひだり)その申し出を受け入れることは出来ず、一日(いちじつ)、久靱彦(ひさゆきひこ)を訪ねてこの経緯を打ち明けた。

靱彦は感じ入ったように首を振りながら、

「おふくさんという女子は見上げた妓やなあ。遊女に操つうものがあるのかどうか知らんが、いうなれば操正しい遊女というべきか」

といっていたが、実はこのころから、自身も富田屋一の看板芸妓八千代と互いに愛し合い、その進退をめぐって話が縺(もつ)れ込んでいる最中であった。

靱彦は、すでに画家として名を挙げており、とくに彼が最初のころ住んだ堀江界隈の風俗を描いた作品は高額で売れるとあって、八千代の前借がどんなに嵩(かさ)んでいようとも、払って払えぬことはなく、靱彦も八千代を落籍させて素人にもどし、並みの夫婦として暮したかったらしい。

しかし富田屋としては、大事な金(きん)看板を持って行かれるのは大きな痛手であり、かつは八千代が踊りの名手であるところから、祇園の都をどりにも匹敵するあしべ踊りにもなくてはならぬ存在として、検番や芸妓組合が強力に引き止めている。

この問題はなかなか形がつかず、それは靱彦自身にも八千代を落籍せてぬか味噌くさい女房にしてしまうのも忍びなかったろうし、また八千代のほうも、華やかな脚光を浴びつつ万雷の拍手のなかで踊る自分にも、まだまだ未練があったことと思われる。

つけ加えておくと、二人はその後もなお熱烈に愛し合い、とうとう結婚に漕ぎつけたのは靱彦

四十歳、八千代三十一歳のときだったという。

こんな困難を乗りこえての二人の結婚に南地の関係者皆どよめいたことだったろう。しかし運命の神は冷酷で、結婚生活はわずか七年、八千代は病いを得て惜しくもはかなくなってしまうのである。

こういう事情を抱えていたせいかどうか、靫彦は吉蔵を慰め、励まして、

「わしが八千代を生き甲斐としてるように、おふくさんは吉ぼんにとって心の助けの神やないか。男は究極のところ、自分の仕事の完成を目ざすのが真の生きかたつうもんやないやろか。いまどき、芸妓が身銭切って旦那に入れあげる話なんてどこにもありはせんで。吉ぼん艶福(えんぷく)ありやな。羨ましことや」

とさかんに焚きつけてくれるが、吉蔵にはいくら考えても答の出ない問題がまだ立ちはだかっている。

靫彦は独身だが、吉蔵にはむらが居り、この二人をどう扱えばよいか、考えていると迷路に入り込んだようになる。

一夜、思い切って吉蔵はそれをふくに話し、

「わしにはむらがいてるの、お前知らんわけやないもんなあ」

というと、ふくはかぼそい肩をふるわし、声を上げて枕に泣き伏した。

「ご寮人(りょん)さんにはほんまに申しわけございまへん。もしこのことをご寮人さんがお気付きにならら

はって、ふくを折檻したいと仰せになるなら、ふくはどんなに痛い鞭でも棒でも、お気のすむまでお受けするつもりでおります。

それから、」

と涙の顔を上げて、

「旦さんがこの先、もしふくをお嫌いにならはったら、遠慮せんと捨ててもろうてよろしございます。

道端でも、山の中でもかましまへん。

ふくは旦さんのお相手にはふさわしない子ですよってに」

というと、また枕に突っ伏し、声を忍んで泣いた。

それを聞いた吉蔵は胸が張りさけそうにふくがいとしくなり、にじり寄って抱き起しながら、

「ふく、泣きやめなさい。

わしがお前を捨てるて誰がいうた？

ふくはわしの商いになくてはならん観音さんや。

心配せんかてええ。心配せんかてええ」

とその背をさすりながら、これでもうふくとは未来永劫、別れる日はやって来はすまい、という予感で身ぶるいする気持であった。

＊

まもなくふくは、富田屋の前借をきれいに始末し、玄人の世界から身を退いた。

芸妓の退職は、ふつう派手な落籍祝いをし、この世界に住む隅々の人にまでお祝儀を配って去ってゆくのがしきたりだが、ふくはそういうことは一切せず、或る日ふっと、かき消すように見えなくなったと人々は噂し合った。

落ち着き先は、実家と同じ幸町の素人家の二階の六畳で、ふくはここでままごとのような所帯道具をかまえ、毎日姐さんかぶりをして吉蔵のあらわれるのを待っていたという。

むろんこれには、筆屋の父広尾や、働き者の妹しげなどの助けがなくては叶わず、吉蔵も改めてふくの家族には挨拶したことだったろう。

実体な広尾は、娘を身軽にしてくれたことや、名のある帯屋の旦那に情をかけてもらったことをこの上もなく喜び、吉蔵を大切にもてなすのであった。

吉蔵は商いの暇を見つけてはこちらに通い、ふくの作る手料理で茶漬けをかき込みながら、世にこんな幸福があっていいものか、としみじみ思う。

むらとの新婚生活は、両親との同居もあって一種の儀式みたいなものでもあったけれど、ここでは全く自由で、何をしても誰に咎められる恐れもない。

ただ、この生活が家の女たちに知られるのは何ともめんどうで、そのときの紛争を考えただけで寒気がしてくる。

ひょっとすると、仙はもう知っているのかも判らないが、それにしたらこのごろ仙は妙におとなしい。

それというのも、ふくの問題がかたがついたためも関わって、吉蔵の不安定な気分もめきめきとよくなり、笑顔もたまさか見せるようにもなっている。それは、肝腎の帯の売れゆきがこのところ伸び、とくに纐纈織（こうけちおり）の人気が昂まって来たこともある。

纐纈とは、飛鳥奈良時代に行なわれた絞り染めのことで、最も古い技法だが、菱村から発売されたものは織物であるのに鹿の子絞りの味わいがあって優美で、そして立体感がある。

これは吉蔵が数ある機工場のひとつでいく日も寝もやらず職人に指示し、生み出したもので、発売するや大流行となった。

注文が多くて生産が追いつかないのが悩みだが、これによって傾いていた菱村も徐々に建てなおされてゆく感がある。

ある夜、吉蔵は久しぶりで元北小路町の機場へ立寄ってみた。

長い間善一に会ってはおらず、それというのも善一は会議や打合わせに始終京都の壬生（みぶ）の事務所に出かけており、機に上っている姿を近ごろ見たことがないからであった。

仙は、元北小路へ行ってみる、という吉蔵の言葉を聞くと何故か真っ青になり、しきりに止め

ようとしたが、吉蔵はかまわず表戸を開けて入って行った。

この機は昔どおり三台、しかし織手は誰もおらず、善一が寝泊りしていた二畳の座はそのままにある。吉蔵はその端に腰をおろすと、わきに積み上げられたボール箱の蓋を開けた。

中には糸の束が入っているとばかり思っていた吉蔵がそこで見たものは、何と纐纈織の織り端に貼るレッテルであった。

まん中に菱村の家紋、菱鶴をおき、菱村織物という製作所と纐纈織であることを明記してあるこのレッテルは、ほんらいここにあるべきものではなく、壬生の事務所で出来上った織物を検査官が厳重検査の上、しっかりと貼りつけ、そして帯の問屋に荷送りするはずであった。

裏に糊を刷いてある丸いレッテルは、くるりとまくれ上ってぎっしり詰められており、それはこの場所でレッテルが貼られているのを証明するようなものであった。

吉蔵はつとめて冷静に己を保とうとしながらも声はふるえ、仙に向って、

「知ってたんやな、お仙は」

というと、うなだれていた仙はべったりと土間に坐り、

「仙を討首にしておくれやす。兄に代ってどんな罰でも受けますさかい」

と頭を地につけたまま動かなかった。

吉蔵はそんな仙の姿を見ると、何を聞かなくともすべてが判ると思った。

きっと善一は、吉蔵が開発した纐纈織を剽窃してここで量産したに違いなく、そんな器用な真似のできるのは、善一以外にちょっと思い当らなかった。

吉蔵は下腹から噴き上ってくる怒りを抑えて、

「で、いま善一はどこや。ここはもう引払うてるのか」

と聞くと、仙は蚊の鳴くようなかぼそい声で、

「江見さんのおうちにおります」

と答えた。

江見というのは、これまで吉蔵の生み出すものを次から次へと模倣しては商いの邪魔をして来たひとで、名を聞いただけで胸が悪くなるほど吉蔵とは合わないのであった。

吉蔵は歯をギリギリと噛みならせながら、

「飼犬に手を噛まれたとはこのことやな」

と思い、仙に向って、

「怒らへんさかい、知ってること全部いうてみい」

と促すと、仙はすっかり観念したていで兄の寝返りの顚末を明かしてくれた。

織職人は誰でも、といっても、特別に技術の拙劣な人は別だが、普通一人で一本の帯を仕上げられるようになると、自分の腕にそれなりの自信を持つようになってくる。

織元はそこを見込んで工賃を積み、ひそかに引き抜いて自分の機場に来てもらうのだが、こん

な動きもあまり派手になると西陣全体の非難を浴びることになる。

善一は、菱村織物の最初から吉蔵とともに売れる創作帯を模索して来ただけに、常日ごろから、かげでは、

「もっと金が欲しい。給金上げて欲しい。菱村は工賃が安すぎる」

と口ぐせのようにいい、仙はずっとそれをたしなめて来た。が、いつぞやの組合の寄りの帰り、いきなり吉蔵に殴られてからは、一気にその不満を募らせて来たようであった。

「判った。善一はわしの手のうち皆知ってるさかいな。他の模倣も皆、やつが噛んでたんや」

といかにも口惜しそうに呟く吉蔵に、仙はなお頭を下げつづけ、

「旦さん、仙もどうしてもお暇になってしまうんどすやろか。ほんまいうと、仙はそれがいちばん辛うおすにゃ。

兄は仕方おへんのどすけど、仙だけは今までどおり旦さんのそばにおいて頂くんは無理ですやろか。何でもして働きますさかい。土間の隅なりと、倉庫の隅なりとかましまへん。

いまもここへ」

と仙は自分の胸を叩いて、

「染五郎のあの芝居絵も、肌身離さず持ってます。

どうぞ、私だけは追い出さんといてください」

と思いつめた詫びの仕様であった。

刷新のとき

仙のその詫びの入れかたを見れば、討首覚悟とはいいつつも、よりいっそう吉蔵に寄り添って忠勤を励みたい気持であることは、痛いほどよく判る。

仙自身が悪いわけじゃなし、昔の武門のように懲罰は一族の端々にまで及ばなくても本人だけでええじゃないか、と思う一方、いやしかし、しかし、と過ぎ去った日々が目の前に浮んでくる。

昔、二人とも若かったころ、破れたシャツを着た善一と、汗まみれになってぼてを担っていた吉蔵の話題は、新しい帯を生み出す、そのこと以外には何ひとつありけしなかった。

よい桑を食(は)ませたよい蚕の話からはじまり、その蚕が吐き出す強靭な糸、そして糸にとって染めはいのちだから色についての長談義、そしてやっと整経ののち、いよいよ織るとなるときの緊張感、梭(ひ)をくぐらせ、筬(おさ)で叩いたあと、出来たものをのぞきこむ二人の目は血走っていて、そのあとは必ずといっていいほどいい争いであった。

「おまえが悪い」

「いや旦さんのほうが間違うてる」

唾を飛ばして互いの意見を述べたあと、また一からやりなおし、のこうしたやりとりを、いったい何十ぺん、何百ぺん繰返したことだったろう。

そのなかから高浪織（たかなみおり）も生れたし、ゴブラン織も商品にまで高めることが出来た。

この喜びを、善一はいったい何と思うておるんや、自分ひとりの手柄にして銭に代えたかったんか、創ることの満足より銭のほうが好きなんか、と考えていると、怒りよりも悲しみが胸の底からつきあげてくる。

以前は、この機場（はたば）で模倣品の話をすぐに告げなかった善一に腹を立て、その場で殴り倒したけれど、今夜は醒めた気持のほうが強かった。

「お仙」

と、まだひざまずいている仙に、

「お前これから江見の家へ行って、善一に伝えなはれ。

明日からはもう菱村へは来んかてよろして。

たぶん善一は今夜、わしがここへ来たこと察してるやろから、自分の身のふりかたは考えてる思うわ。

わしはこれから出町柳へ行く。

久しぶりに親の顔、拝ましてもらうつもりや」

と帰り仕度をしかけると、仙は弾かれたように飛び上り、

「仙は、仙はどうなりますんや。仙もいままでどおり出町柳へお供してよろしございますやろか」

と裾にとりすがらんばかりなのを、吉蔵その手を払い、怒気を含んだ声で、

「そのうち考えて決めることにするさかい、つきまとうのやめてんか」

といい置いて機場を出ようとすると、仙は素早くその前にまわり、

「旦さんお願いどす。これだけは聞いとくれやっしゃ。仙をいままでどおり、おそばに置いてくれはるのやったら、仙は、仙は」

とせき上げるものを抑えつつ、

「命をかけておふくさんを守ります。ご寮人（りょん）さんには決して知られへんよう、幸町のあの家は仙が一生かけて守ってみせますさかい」

というなり、これはよほどいい難い言葉であったと見えて、ふたたびその場にしゃがみ込み、袖口を目に当てた。

吉蔵は思わずたじたじとなりながら、両頬にほつれ毛を張りつかせて泣いている仙をじっと見つめた。

この子、ほんまに並大ていの根性やないなあ、路次の奥のあの小さなふくの二階家を、いつどこで嗅ぎつけたやら、いまさらに参った、と思うよりない。

「こうなったら、何も彼もお話ししますけど、おふくさんの家を見つけたんは、兄の仲間やと思います。

たぶん丸屋の筋から洩れた思いますにゃけど、ちょうど織賃の支払いが二月も溜まっていたときやったし、皆いきり立って、いまから押しかけておふくさんを痛めつけよやないか、と口々にわめき、いまにも幸町さして走り出そうとしたとき、それを必死で止めたんは兄どした。

兄は大声で、

『やめとき、その女のとこへ攻めて行てどうなるんや。

わしらの給金をその女に旦那が貢いでるよって抗議するってか。

そらな、そうかも知れへん、けどそやないかも判らんやないか。

証拠もないのに、このごろ流行りのストライキ紛いの騒ぎ起したら、それこそ菱村まるつぶれや。つぶれたら元も子もないで。

そんなことして旦那いじめるより、旦那には好きなことさして、ええ帯作らすほうが長い目で見たら得、ちゃうか。

いやわしかていまの給金では食って行けん思うで。この腕買うてくれるお人いてたら、そこで喜んで働かしてもらお思うてるわ。

げんに江見さんにはお世話になってるしな』

兄がそう呼びかけると、なるほどと思わはったんか皆静まり、一まず納まったんどすけど、こ

のままですむとは考えられしまへんやろ。うちのあちこちの機場でも、仕事やめて皆集り、旦那に談判しよやないかと騒ぐこともありましたとか。

この仙におふくさんを守らせてはくれはらしまへんやろか。

まさかの場合、ご寮人さんは旦さんや事務所の方たちがうしろについていてはりますけど、おふくさんはひとりぼっちやもん。

うちがどれだけおふくさんを庇いきれるかどうか判りまへんけど、少なくともうちはこの先まだ旦さんのおそばに置いて頂ける、そう思うたら、ない知恵絞って勤めさしてもらいます、これはあまりに勝手ですやろか」

と話し終り、仙は深く頭を垂れた。

いま仙が述べたことの内容は、吉蔵にとって、薪ざっぽうでいきなり足もとをすくわれたほどの驚きであった。

第一に、兄弟同様に思っていた善一にみごと裏切られ、その大きな原因に給金が少ないという不満があったこと。善一に限らず機場に就職するひとは、皆機織るのが好きやからと思っていたのに、そればかりではなかったというのが現実であった。

第二には、商人なら妾の一人や二人囲っても決して珍しい話ではないのに、職人の給金を削り取ってそれを妾に注ぎこむと思われたがために、いまにも暴動が起りそうな気配にまで昂ぶっていること。

ふくの落籍はほとんど自力で始末し、吉蔵が菱村の金を使ったのはわずかな金額であったのをおおかたは知らず、そのために誤解が重なり、吉蔵の、部下からの信頼は落ち、非情な人間と思われていること。

など、いままで考え及んだこともない金銭や経営の難問題が押寄せて来ているのであった。

繻子（しゅす）売りの商いから織物業に転じ、運に乗ってここまで来たが、よく考えてみんといかんかもしれんな、と歯ぎしりしながらもそう吉蔵は思った。

＊

今夜、久方ぶりに両親の膝元でゆっくり手足をのばし、いままでの自分のやり方を改めて考えてみれば妙案も浮ぶかもしれんとも思う。それは一族のうちのただ一人の男児として我儘に育てられた吉蔵がはじめて遭遇した自らへの省察の気持だったといえようか。

出町柳では嘉助、たまともに相好をくずして喜び、「久しぶりに川の字になって寝れるわな」とはしゃぐのを適当にあしらって、一間に入り、蒲団を頭からかぶって体をのばすと、不覚にも瞼が熱くなってくる。

思い出すのは何年か前の唐華文金唐革錦（からばなもんきんからかわにしき）の丸帯が完成したときのこと。

かねて吉蔵は茶の稽古の折や、美術館の前を通ったときなど、美しい織物、とくに華やかな錦

に惹かれてならず、いつまでもみつめているという癖があった。

金唐革というのは、江戸時代以降にヨーロッパから船で運ばれて来た装飾革の一種をいい、これにさまざまな模様を空押しして金箔を飾ったものを、そう呼んでいる。

吉蔵は金唐革を一目見るなり、その豪奢、力強さに魅せられ、これを帯に織った日を夢見てさっそくに試し織りからはじめた。

むろん織るのは善一でなくてはならず、吉蔵は機台のわきに突っ立ったまま、怒鳴り、指示し、ときには癇癪を起こして織ったものを引裂き、善一を叱咤、また叱咤、ひたすら鞭打って仕上げたものであった。

それだけに、完成品は帯とは思えないほどどっしりと重厚で且つ華麗、人の目をいつまでも引きつけずにはおかぬ美術品のおもむきを出している。

たまたま、所用で京都へ来ていて、ふと機場へ立寄った心斎橋の大叔父太一がこれを見てたまげ、

「吉ぼん、お前これほどになったんか。

よし、これより後はわしが引受けたる」

といってただちに百貨店の社長、小松逸郎に紹介、小松社長もいたく感嘆して、次の上京の際、それを持参して東京美術学校長の青木正彦氏に披露した。

青木氏は東京帝国大学法律科を卒業後、数々の政府要職を歴任、渡欧ののち明治三十四年八月

同校長に就任後、三十余年間にわたって日本美術界に貢献したひとであった。人柄もよく、単に絵画彫刻のみならず、工芸美術の分野まで広く理解を示し、また数奇者としても多くの交友があった。

小松社長とは以前から親交があり、青木氏は吉蔵の作品を一瞥するなり、驚嘆の声を挙げた。

「これが織物ですか。ほんとうに帯ですか。何という複雑な、いや繊細な、といったほうがいいでしょう、素晴しい作品ですな」

はじめて青木氏は「作品」という言葉を使い、そしてためつすがめつ金唐革錦を眺め、

「これは我が国織物業の革命ですな。

作者はどのような方でしょう。いや私もぜひ一度お会いしてみたいものだ」

と大そう乗気で、さっそくこの新進気鋭の織物作家を各方面に紹介することを約してくれた。

これを聞いた吉蔵はどれほど嬉しかったことか。いままでどんなに褒められてもしょせん業界内の声ばかりだったものが、これでたとえ織物といえども美術の域に上れたも同然、と吉蔵いささか鼻を高くしたのも当然といえば当然だったのかもしれない。

大分時期はずれるが、この青木氏の賞讃がきっかけで、東京までその名が聞えはじめた吉蔵は人気も昂まり、政治家の浪浦奎伍をはじめ数々の、美術に理解と関心をもち、そしてなお且つ財力のある上流社会の人たちが支持の声を挙げてくれた。

なかでも、若き日の作家、芥川龍之介は機会があって菱村の船場の店を訪ね、そのとき接した

吉蔵の作品に大きな感動をおぼえて、さっそく東京日日新聞に大略すれば次のような一文を載せた。

「菱村さんの帯には、従来の織物の常識を超えて、あるものは堆朱(ついしゅ)のように、あるものは金唐革のように、またあるものは螺鈿(らでん)のようにさまざまな芸術的表情を備え、不思議な輝きに揺らめいていた。

私の感服したのは、単にそれらの芸術品を模し得た面白さばかりではなく、その特色を巧に捉え得たがために、織物本来の特色がより豊富な調和を得た、ほとんど甚深微妙とも形容したい、恐るべき芸術的完成であった。

私は何よりもこの芸術的完成のために、頭を下げざるを得なかったのである」

と最高級の讃辞で紹介したが、この一文もあって、菱村の帯は高く位置づけされ、大きな評価を得たのだった。

青木校長の知遇を得たのがたぶん明治も四十年ごろ、吉蔵三十歳を二つ三つ出たころではないだろうか。

芥川の讃辞はこれより十年ほど後のことであったかと思われる。

各方面からのこんな拍手喝采を浴びると、当然吉蔵ひとり浮き上り、話題とはなっても営業はともなわず、先の見通しの立たないまま、機場の人心はゆらゆらと揺れ、且つ荒れはじめて収拾がつかなくなってしまう。

今日の仙の報告は、この状態をまざまざと突きつけられた感じだが、しかし吉蔵はどうすればいいか判らなかった。

＊

出町柳に泊ったその夜、朝まで吉蔵はまんじりともしなかった。

朝日が射しそめたころ、ふと頭に浮んだのは大叔父太一の存在で、このひとならいまの吉蔵のこれからの方向を指し示してくれそうに思えた。

太一には数々の恩があり、まず何よりも吉蔵を織物の世界に導いてくれたし、また自身も明治三十一年秋、第一回の大阪市長選挙に打って出てみごと当選、政治の世界にもずい分知人が多くて、広い視野を備えている。

いまようやく菱村の帯、として名の出始めた吉蔵の事業と研究が挫折しかかっているのへ、最も適切な助言を与えてくれそうなのは、商いの道を知り抜き、政治の苦衷をも経験したこのひと以外にありそうもなかった。

吉蔵は朝飯もそこそこに父母の許を離れ、まっしぐらに船場の家に帰ると、大叔父宛てに長い手紙を書いた。

善一に裏切られた衝撃も包み隠さず記し、そして思案の末、ふくの人生の責任を負うことにな

っている現状をも訴えた。

大叔父は市長職をすでに退き、いまは公職ばかりでなく、呉服の仕事からも身を引いて、六甲の麓にひっそりと暮している由、聞き知っている。

現職の忙しさから解放されたせいか、大叔父からの返事はすぐに届き、それには、

「当方いささか老い候えども、昔なつかしき吉ぼんの悩み事などお聞かせ候わば、若き活力ともなりぬべし、
一日(いちじつ)のご来駕をお待ち申候」

と達筆の候文で書いてあった。

吉蔵は手土産を提げ、選挙運動にはほとんど手を貸さなかった詫びをまずいうと、大叔父は手を振って、

「事情はよう判りましたで。

機場が騒がしいのは、吉ぼんひとり褒められるせいやちゅうのがまず第一やな。

どの新聞見ても、吉ぼんの名ばっかりで、その善一っちゅう名は一字も出て来いへん。

なるほどこれなら給金もさることながら、名も欲しいやろ。

吉ぼんなあ、これからは共同制作にしいや。

名を並べて出して相手にも花持たせたら納得しはるし、これからの仕事に精も出るやないか」

といい、次には、

「ストライキは恐いで。

給料あげたら納まると思うかもしれへんが、それだけやない。

小商売してると、世間の評判も味方につけなあかんしな。何度も何度も話し合うて、向うに承知してもらうんが一や。一歩手前で食い止めること考えなあかんで」

とこれを繰返しいい、それから、

「組織固めというか、組織替えちゅうか、職人の並べかたも考えてみなはれや。

菱村は織物一辺倒で、職人の身分を大事にせなんだのやないか。そのひずみがいまごろになって噴き出したともいえるやろ。

例えば、部や課や係にちゃんと分けてるか。いまはもうぎょうさんの人数いてるやろ。五、六人に分けてただ主任、とだけの役名じゃまとまりが出来へんのと違うか。

たとえ三人の組でも、課長と次長と主任、こない分けたほうが励みがつくやろ。

どやな」

とさすが大阪市の職員の頂点にあっただけあって、吉蔵がびっくりするくらい、新しい意見だった。

そして最後に、

「なあ吉ぼん、悪いことはいわんさかい、これだけは聞いて欲しねんけどな。

そのおふくとやらの女子(おなご)とは、別れたらどうや。連れててもあんまり金のかからん女子やちゅ

うんは手紙を読んでよう判った。

しかしな、わしもな」

と大叔母のいる奥を窺ってから、

「ま、いろいろあちこちで遊ばしてもろたけど、銭で繋がってた女子は切るのもたやすいが、銭など要りまへん、命がけどす、なんて女子は厄介や。

吉ぼんなあ、あんたも名が上るにつれ、身辺気をつけなあかんよ。女とのいざこざで死ぬの生きるの騒ぎになると、信用も落ちる。

おむらさんというしっかりした嫁はんもいてることやし、綻(ほころ)びの見えんうち、きれいに別れたほうがええとわしは思う。

なあ、そうしなはれ」

と太一は吉蔵の膝の上の握りこぶしを我が手で包み込むようにして、親身な意見をしてくれた。

有難いことや、身内でのうて誰がこんなに真(ま)っ直(すぐ)な言葉をかけてくれる、と思うと、いまさらに涙が溢れてくるような感じがあった。

しかし、と吉蔵は帰りの電車の中でじっと目を閉じ、腕を組みながら、さきほどの助言をもう一度、胸のうちで繰返してみる。

まず、共同制作として相手の名も並んで挙げるということ、これについては断じてそれは出来へん、と思う。

高浪織も纐纈織（こうけちおり）も、それを考えついたのは自分ひとりであって、善一はこちらのいうまま糸を引っぱったり、強い撚（よ）りをかけた糸を使ってみたり、試しているうち、吉蔵の頭に描いた織物に近づいてはじめて二人で相擁して喜んだだけやないか。

実用新案登録を申請したのは、あくまでも菱村吉蔵の、改革欲、或いは創作欲、それに発明欲も加えて、すこしでも美しいものへ前進しようとする意欲が根底にある。これは何といってもわし一人のもんや、人には分けられへん、まして善一のような名誉欲の下心を持った人間と何で共同制作や、と吉蔵は心のうちでいきまいた。

ただ、組織化することについての忠言はたしかにその通りであり、これは早急に固めねばなるまいと思う。

これまでは、大きく分けて、技術畑は紋紙を作るひと、整経に関わるひと、綴（つづれ）専門のひとなどそれぞれ得意分野のひとたちが集まり、ほかに経理を含めて三、四人の事務員がいる。

善一が辞めれば急ぎ補充しなければならず、これは組織を作りなおして大きく改革しなければならなかった。

そして最後の、心をこめた忠告の、

「おふくとやらとはきっぱり別れなはれ」

については、涙のにじむ思いがし、

「たとえ大叔父と義絶されようとも、これだけは聞くこと出来へん」

わしが庇ってやらなければ、おふくはどうやって生きてゆく。毎月手渡すわずかな手当てを押戴き、まず神棚に祀ってつましくつましく使っている。

一度使った茶殻は干してまた使い、着物の躾糸でさえ二度役に立て、ちり紙一枚でも決して無駄にはしなかった。

それだけでなく実家に帰る折には、倹約したその銭で父親の好きな一口饅頭を提げてゆき、

「これ旦さんからお父さんにて」

と差出しているという。

素人の家の娘でもこれほどにきっちりした躾はできまいに、まして浮かれ気分の廓暮しでこんなに行き届くとは、と吉蔵一度だけそれを口にすると、ふくは少し赧(あか)くなって、

「旦さんお気にさわらはりましたか。

うちのお銭は皆、旦さんから頂いたものだすさかい、うかうか使われんと思いまして」

というのを聞いて吉蔵は、

「この子のためにうんと働いて、お手当てももっともっと増やしてやらんならんなあ」

と考えたことなども思い出す。

＊

吉蔵がこうして思い切って大叔父太一の指導を仰いだあとは、菱村織物の改革は目ざましかった。

先ず下絵、図案を書く画家たちに委嘱を乞うことから始まり、歴史画では関西第一の誉れ高かった谷口香昂に助力を求め、堂山関象、山川信一、不動横山、木田晩山、西村霞月、奥村林泉、斎藤春光等の逸材を揃えることが出来た。

なかでも堂山関象は、前後八年間も図案を担当し、菱村の市価を高からしめたのである。むろん親友の久靫彦も協力を惜しまず、のちに吉蔵畢生の仕事も、この友人とともに制作することになる。

次に、八方手を尽してジャカード機を使う新しい織手を求め、これは東京美術学校長、青木先生の推薦によって金沢工業学校から熟練の製織技師永井進を招くことが出来た。

永井は青木先生の推奨を裏切らず、新しい感覚と卓抜した技量を持ち、のちに吉蔵はこのひととなら共同制作という発表も可として、全幅の信頼を置くようになったのである。

また若手の図案家や技術者の獲得に熱を入れ、自ら京都市立美術工芸学校や、京都高等工芸学校に出向いて卒業生を積極的に採用した。そして染の秦泉寺七郎を加えてのちには菱村の三羽がらすといわれるまでに整った。

このように人材が充実してくると、自然に組織のかたちも仕上って来るもので、吉蔵は父親に乞うてもとの菱久の帳場をあずけてあった服部の息子庄吉を招き、会社一切の経理を任せること

にしたのだった。

服部庄吉は吉蔵より一つ上で、船場の菱久を父親とともに手伝っていたもので、数字に強いだけでなく口の堅いことも右に出るものなし、といわれていた誠実この上ない男であった。

さて、ここまで来て、残る気懸りは仙のこと。

吉蔵から何の指示もないまま、兄善一が去った菱村の家で、いままでどおり過している。改めて考えてみれば仙の立場は非常に微妙で、吉蔵の影の如くに常についてくるだけでなく、むらを手伝って台所に立つこともあれば、商品を届けがてら営業の仕事もこなしてくる日もある、しぜん顧客の顔も取引先もすっかり呑みこんでおり、かと思えば機場へ入って見廻りもしたり、ときには職人同士のいざこざの仲に割って入り、まるく納めるという手腕もある。

いまや菱村の内外、仙の存在はなくてはならぬものとなっており、いまこれを排除すると、ぽっかりと穴が空くことは目に見えているのであった。

それに、詫びの言葉とともに、一生おふくさんを守ります、といったことにも、吉蔵は心のうちで引かれている。

むらは店の職人とほとんど顔を合わすことなく、下使いの女子衆たちと台所仕事にいそしんでいるが、同じ大阪の、歩いてもゆけぬことはない場所に夫が女を囲っていると知った日にはどうせただではすむまい、との予想には吉蔵つねにおびえている。

仙ならばむらは気に入っているし、自分との緩衝地帯としてこの子にいてもらったほうがいい

のではないかと吉蔵は思った。

一日（いちじつ）、京都駅前のそば屋に仙を誘い、

「お前が望むんやったら、この先ずっとうちにはいててもらってええで。但しやな。仙が幸町のもとへ出入りしてることを誰にも知られてはあかんのやけどな」

と告げると、仙は口の中のそばを危く咽頭（のど）につまらせかけるばかりに喜び、

「おおきに、旦さんおおきに。このところずっと旦さんの顔いろばっかり窺うてました。お暇出されたらうち行くとこもないし、どないしたらええかと」

と頭を下げるのへ、

「そうか、仙は行くとこないさかい、うちにいるってえかい」

とからかうと、仙は頭を激しく振って、

「そやないんです。やっぱり旦さんのお役に立ちたい思いますさかい。これまた叱られるかもしれまへんけど、仙はもうおふくさんに会うてきました。おさとの筆屋のおやっさんにも会いました」

と聞いて吉蔵は、

「ええっ」

と飛び上り、

「なんでまた」

と大声挙げたくなるのへ、

「おふくさんから、うちを旦さんのそばへ置いて頂けるよう、頼んで欲し、と思いましたよって」

「そんな」

と吉蔵は怒りおさまらず、

「勝手なことしくさって。

おふくもさぞかし仰天したやろ」

なお叱りつけようとすると、仙はなだめるように片手をあげて、いきなり、

「おふくさん、赤子が出来はったんどす」

と一息でいってのけた。

吉蔵はこれにも息の根が止まるばかりに驚き、

「そんな大事なこと、どうして先にお前に打明けるんや。

場合によっては許さへんで」

とテーブルの上で双(そう)のこぶしを固く握りしめた。

上　京

そば屋の小座敷で、まわりの客が驚いてこちらを見るほど大声を出した吉蔵は、ようやく気を鎮め、

「いつ、どないしてそんな大事な話、聞いたんや。お前、おふくに迫って根掘り葉掘りしたんやな」

といぅと、仙ははげしく首を振って、

「そやないんです。たまたま仙が行き合わせたというだけで」

というのは、仙は何としても菱村に置いてもらいたく、それにはふくに口添えしてもらうのが、いちばん効きめがあるのではないかと思い、臍(ほぞ)を固めてひとつ乗り込んでみよう、と思ったという。手がかりは以前聞いた善一の、

「荒物屋の角の路次を入ったとこの家やて。何でもその女、夕方になると豆腐を一丁だけ買うてその家へ帰るの見たて人があるそうや」

との言葉だけだが、仙のカン働きか、その家を見つけ出し、外側にある梯子段の下からいく度も声をかけてみたがあいにくと留守らしかった。

仕事の合間を縫って来ている身なら長居は出来ず、

「仕方ないか」

と着物の膝を叩いて帰ろうとしたとき、若い娘が風呂道具を抱えて通りかかった。

思い切って聞いてみると、

「ああ、筆屋のおふくちゃん。うちへ帰ってるんちゃいますか。すぐ近くやさかい」

といとも簡単に、実家を教えてくれたのだった。

親の許へ帰っているふくを訪ねて頼みごとをするについては、いかな仙でも平気な顔で、というわけにはいかなかったらしい。

行きつ戻りつためらっていたが、幸か不幸か、小さな店にはあいにくと誰もおらず、筆を並べた木箱も隅に片寄せてある。

仙は敷居をまたいで狭い土間に入ると、しばらく立ったまま聞耳を立てた。店の隣の間では誰か泣いているらしく、仙の推測ではどうやらそれはふくであるらしい。

父親とおぼしい男の声で、

「お前ひとりで決められることじゃなし、やっぱり旦那に話さなあかんで、なあ」

といえば、鼻をすすりながら、

「そんでもうちはいえへん。いうことできへん」

「何でや。お前だけの責任やないやないか」

とそこまで聞いたところで、仙はこらいかん、大事な話や、と思って引返そうとし、つい足音を立ててしまった。

「お客さんや」

といいつつ出て来たのは、どうもふくの妹らしく、しかしこちらも仙の身装(みなり)や雰囲気などから、吉蔵の家の者と察した様子で、すぐ引込んで父親を呼んだ。

これはこれは、と頭を低くして出て来た父親に仙はどう挨拶していいか判らず、あたふたしながら逃げるようにして帰って来たというわけだった。

吉蔵は腕を組んで、

「よし、判った。その話が赤子のこととまだ決まったわけやない。

お仙、お前はこのこと誰にもいうたらあかんで」

と念を押し、用をいいつけて先に帰してしまった。

ふくは従順で、吉蔵の精神生活を常にやわらかく慰撫してくれる存在だが、その守り神から子供が生れるなど、吉蔵はいまのいままで考えたこともない迂闊さを思った。

仙のいう、ふくと父親のひそひそ話のなかには、赤子のあの字も出てなかったようだが、いま

までの迂闊さを悔いる胸のうちでは、それは間違いなく妊娠だという直感があった。

今夜ふくに会ってたしかめるのもいいが、しかしふくに子が生れれば、むらの生んだ子たちとは当然のことながら兄弟姉妹となる。

いま、南船場の家には、悠がおり、そしてさらにむらはいま、五ヵ月の身重であった。

吉蔵は、日々さみしさに涙の出そうだったあの菱久の家の孤独を振返ると、我が子孫が少しずつ殖えてゆくのは大いに喜ばしいことだと常々歓迎している思いがある。

ただ、人知れずふくが子を生み、育ててゆくことについては、恐ろしい冒険のような気がしないでもなく、それに向って突入してゆく勇気が自分にあるかといえば、しばし腕を拱いてしまう。

しかし仙の想像が当たっていれば、父親に向って泣いてふくが訴えていたとすると、この妊娠に彼女が困惑しているに違いなく、それならば即刻駈けつけて慰めてやらねばならぬ。

大体ふくは、吉蔵を敬うあまり、悩みごとはすべて自分が抱えこむ傾向があり、芸妓落籍のときの段取りも、嫌な話や金のことはほとんど吉蔵には聞かせていなかった。

その夜、更けてのち吉蔵は足音をしのばせて梯子段を上ると、部屋はもう豆電灯に灯りを落している。

「おふくいてるか」

と訪うと、あわてて内側から閂が外され、ふだん着のままのふくがあらわれた。

「部屋暗うして何してたんや。

お仙に聞いたで。

子供できたんやて」

といっきにいってのけた吉蔵の声音も心なしか元気がなかったらしい。

ぺたんと坐ったふくは冴えない顔いろをしており、いいよどみつつも、

「うちら芸妓仲間では、決まった旦さんのいてるひと以外は、早いとこ流しますのどす。

裏道に掻き手術専門のお医者さんいてはって、入院もせんと、その日のうちに帰れますさかい、
困ったひとはよくお世話になりますとか。

また、お腹(なか)があんまり目立たへんひとは月満ちるまで身にもってて、生んだらその場から里子
に出しますそうや」

とそこまでとぎれとぎれに話したあとは、さすがにこらえ切れずに袖口を目に当てた。

ふくが妊娠、と知っただけでずっと混乱していた吉蔵は、いきなり訴えられたこの二つの処理
方法を聞くとさらにとまどいつつも、かろうじて手をあげて押しとどめ、

「ま、ちょっと待ってみ。

誰が掻き手術せよだの、里子に出せだのいうたんや。

わしまだ何もいうてへんで。

第一、お前から子供出来た話も何も聞いてはおらんやないか」

というと、ふくは驚いたように目をあげて、

「そんでも、このこと世間に知れたら、旦さんどんなに困らはるやろと。もうここへは来て下さらへんのやないかと心配で」

と俯くふくを見て、吉蔵はやっと気持がほぐれ、

「こない夫婦同様の暮ししてると、そら子供も授かるわな。そんなこと考えもせんと、せっせと通うて来たわしが悪かった。いや、別れようというのやないで。子は鎹（かすがい）ちゅう世間の諺（ことわざ）に倣おうやないか」

「そんなら、あの」

「そうや。生んでみい。何とかなるやろ。ええ子に育ったら、菱村も手っとうてもらわんならんわな」

とそういうと吉蔵は急に気持が軽くなり、低く声をたてて笑った。

「旦さん、おおきに。おおきに。ありがとうございます」

ふくは涙まみれになった顔のまま吉蔵の胸に飛び込み、しゃっくりのような引息を立てて泣いた。

＊

そのあと、ふくの前で見得を切ったものの、家の外で自分の子供が生れることの不安は長いあいだ、吉蔵の頭のなかを揺曳（ようえい）しつづけた。

むらが身ごもったときには、喜びこそすれ不安など格別感じなかったものが、いまは仕事の合間などにふと、真っ暗闇のなかを手さぐりで歩いているような心細さに取りつかれるときがある。

その心細さは何かといえば、ふくの出産が世間に知れたときの反応であった。それも、自分に関わりのない世間の噂なら受流しも出来ようが、むらに聞えればただではすむまいとは容易に想像ができる。

むらは、これまで一度も吉蔵に口答えなどしたことのない従順な妻だが、それだけに、一旦夫から裏切られたとなると果してどんな態度に出るか、思いも及ばないだけに怯えてしまう。

こんな自分を、吉蔵は案外小心で臆病だなといまごろになって気がつき、苦笑している部分があった。

いまやたくさんの従業員をあごで使い、一本百円以上もの高価な帯の取引をする菱村の経営者でいながら、明確な解決策を摑み得ぬまま、くよくよしつづけるのであった。

逆にふくのほうは、出産の許しを得た安堵からか、少しふっくらと肥って顔つきも明るくなってはいるものの、自分からはなお子供の話はしなかった。

ただ、予定日は来年四月とだけは聞かされており、だとすると準備にはまだ六ヵ月以上の猶予期間がある。子供をどこで生ませるか、生んだあと、赤ん坊はどこで育てるのか、出生届はどう

するか、などすべて自分が引受けてやらねばならないことがまことに多い。

ある日、吉蔵は押入れの襖の端から麻の葉模様の産着が見えているのを目にとめてはっと胸をつかれ、

「おふく、もうこんなもん縫うてんのか」

と聞いた。

ふくはそのとき珍しくきっぱりと、

「赤子（やや）は裸で出て来るのやさかい、着るもんなかったらかぜひきますがな。うちお針が下手やよって、生れて来る赤子に恥しい」

とうれしそうに笑った。

なるほど、と吉蔵はふくの顔をまじまじと眺めた。

ふくはいま、数えてみれば二十四歳、蓮の花の清純さをそのままに、まだ生娘のようだと見ていたが、その内には身ごもった子を庇（かば）う母としての力が少しずつ加わって来たのだと吉蔵は思った。

母親たるふくがこれだけ決意を新たにしているのに、父親の自分がまだ具体的には何もしていないのは、ふくに対しても申しわけが立たぬ。

こういうとき、真っ先に思い出すのは久靫彦（ひさゆきひこ）の存在で、ここしばらく音信不通ではあるが、手さぐりでいま大融寺町と聞くその住居へ訪ねていった。

噂では富田屋の八千代との結婚も、邪魔が入ってすらすらと進まず、本人相当くさっているとのことだったが、捜しあててみると靱彦は仕事で上京中ということであった。

置手紙をして小女に頼み、船場の家に帰ってみると、むらが待ち兼ねていたように、

「ほんま珍しこと、さきほど吉田さんのご隠居さんわざわざ見えはりまして、旦さんにちょっとお会いしとうおすて、そないおっしゃっておられました」

とのこと、吉蔵は首をかしげながら、

「ずい分長いことご無沙汰やさかい、ちょっと敷居が高いな」

といいながらも、子供のころから祖父に連れられて茶会などに寄せてもらった大先輩のこと、自分の足を恃んで大急ぎで吉田家へと駈けつけた。

いまは吉田のご隠居、と皆に呼ばれているが、このひとの骨董、とくに茶道具にかけての鑑識眼はすでに定評がある。

かつて吉蔵はこの家の蔵の虫干しに、祖父の「羽織下の子猫」として伺わせてもらい、はじめて名品をいくつか見せて頂いた。

そのとき、古美術にかけては日本一といわれる、寿老人に似た徳光博正翁にまだ子供の吉蔵を引き合わせてくれた吉田幸兵衛翁には、以来、稀にではあるものの何かの集りの折には声をかけてもらっている。

吉蔵、骨董の楽しみは祖父ゆずりで、幸い祖父の遺産分けのとき、五つの蔵を、子供たちに均

等に分配してもらったものが、いまなおこの南船場の押入れのなかにかなりの数詰まっている。

吉蔵は気が詰んで来たとき、ひとりその骨董の山を崩しては畳に並べ、しみじみと眺めるのが好きであった。

水差しや茶碗、茶入れもいいけれど、一入心を紛らわせられるのは掛物類の表装で、本紙の上下に横に貼ってある一文字という裂の美しさについ見とれてしまう。

吉蔵がこれまで、さまざま創作してきた帯は、この一文字を眺めていて想が湧いたといってもよく、そこから発して想は遊び、芥川龍之介のいう堆朱のような、螺鈿のような、はたまた七宝と紛い、金唐革とも見える豪華なものへと伸びて行ったことなど思いおこす。

吉蔵はふくの妊娠を知ってのちは、とくに骨董類をいつくしみ、手に取って長いあいだ眺めていることがあった。

その様子は、商いもうまくまわり、家の内もおだやかに納まって余裕たっぷりの日々に見えるけれど、その実、心の中では来るべきふくの出産をどのように迎えるか、思案に余っての所作といえるかも知れなかった。

そんなある日の、吉田のご隠居の来訪だったので、吉蔵は取るものも取りあえず、というていで吉田邸を訪れた。

「おお吉ぼん、ずい分久しやないか。

何せまあご繁昌で結構、結構」

とご隠居は満面の笑みで出迎えてくれた。

ご隠居は吉蔵の亡き祖父久兵衛と懇意だったから、もう八十前後のはずだが至って元気で、安堂寺町まで供一人連れ、杖をついて歩いて来たのだという。

「いやいや、用事ちゅうんは他でもないけどな、吉ぼんの腕を頼んでぜひとも聞いて欲しいことがあるねん」

というのは、ご隠居たちの茶の集りではこれまでにもしばしば菱村の帯のことが話題に上り、あの裂で掛物の表具や、袱紗(ふくさ)などに使うたらこれはまたええなあ、という声がしきりに聞かれていたと、いう。

その話が具体的になったのは、つい先だってのこと、仲間の一人である元大名で侯爵の橋田家の執事、加藤献太郎がいうことには、

「前々から考えていまして、思い切って殿様に提案しましたところ、お許しが出ました。お許しが出たというよりも、殿様が大そう乗気でいらして、家の蔵を開けてその者に見せよ、と仰せられたのです」

それは、百万石といわれた加賀の橋田家に伝わるおびただしい茶道具の管理だが、なかでもいたみが激しいのは仕覆(しふく)と呼ばれる茶入れの袋だという。

茶道に関わる人たちは皆、茶道具を尊び、大切に扱うのが倣いだが、とりわけいつくしむのが濃茶用の茶入れである。稀に例外もあるが、大ていは焼き締めた陶器で作られてあり、大事にす

るあまり、どの茶入れも仕覆すなわち茶入れ袋に入れ、口は打紐で飾り結びにしてある。誰が決めたわけでもあるまいが、値打ちの高い茶入れほど仕覆も立派なものを着せてあり、逆にいえばその仕覆の良し悪しで茶入れの価値も推し測れようというものであった。

加藤執事は、少しいいよどんで、

「ちょっと申し上げ難うはございますが、当家の仕覆はそれぞれ年代を経ておりまして、最近のものはまず見当りません。

我が橋田家の殿様の、菱村さまへのお願いと申し上げますのは、これら仕覆を新しいものに取替えるというのではなくて、すべてその時代をそっくりそのまま復元して頂きたいという願いなのでございます。

昔のものが、長い時間が過ぎてもそのまま我が橋田家の蔵に保管されてある、ということでないと意味がありません。一瞥して偽物では困るのです。あくまでもほんものそのものでなければ復元のお願いはいたしません。

これができるのは、日本広しといえども菱村さまお一人ではございませんでしょうか」

と座の一同に執事は諮った。

時代を飛び越し、真物そのままに、ということについて皆、腕を組み、首をかしげたが、それは織物の専門でないため、とっさには判断がつかず、どういうふうにしてことを運んでよいやらわからないためであった。

結局、当の菱村吉蔵を東京へ呼び、橋田家の蔵のなかのものを見てもらってからの話ということに落着いたのだという。

吉田のご隠居のその説明を聞いて、吉蔵は体の内部で何かが熱く燃え上ってくるのを感じた。我が菱久の持物のなかにも茶入れはいくつかあり、そのなかには名品とまではいかなくてもかなりよいものに着せた立派な仕覆も目にとどめている。

しかしこれまでは、帯の紋様とか新しい織り方しか念頭になかったものが、いまご隠居にそういわれてみると、ふと胸に風穴がすうーっと通ったような気がした。

なるほど、古え(いにし)の復元、そういう方法もあったのか、と思うと、いまこの話を逃せばこんな機会は二度と巡ってはこないのではないかと焦り、

「ご隠居はん、光栄なことだす。ぜひこの吉蔵にやらせてみておくなはれ。むずかし仕事のようだすけど、吉蔵懸命に取組んでみとうおます」

とすり寄って頭を下げた。

吉蔵のこの意欲はさっそくにご隠居から橋田家へと伝えられ、折返し執事からは丁寧な封書で、「是非一度、お越し願いたく」の招請状が届いたのだった。

＊

東京の、しかも名だたる橋田百万石の蔵の中のお宝を拝見できる、拝見ばかりでなく、それらを手に取り、研究させてもらえる、出来るかどうか判らないが、こう考えただけで吉蔵は胸弾むうれしさであった。

万端の打合わせが進み、吉蔵はいまは片腕とも頼む永井進に同行を求め、というよりも共同研究の相手として是非とも見ておいてもらわなくてはならず、二人とも生れて初めて乗る汽車にすっかり興奮しながらまず三等車の客となったのは、大正はじめの師走のことであった。

このところ、吉蔵はふくの出産のことが頭を離れなかっただけに、鉄輪の音、蒸汽の煙、旅行鞄を持った人々の群がひどく珍しく、聞耳を立てると、さまざまな地方の言葉がとびこんで来る。

このころ、東海道線急行は朝暗いうち神戸を発てば深夜には新橋に到着するほど便利になっており、プラットホームには初対面の加藤執事が目印の白い袋を持って立っていてくれた。

その夜は二人とも学生下宿のような本郷の旅館に泊り、翌朝、近くの橋田侯爵邸へと向う。橋田邸は七、八年ほど前、渡辺譲設計で本郷に立派な建物が完成しており、二人はその応接間に通された。

あらわれたのはやはり執事で、捧げ持った黒塗りの盆には茶入れらしいものを三つ、載せてある。

執事はうやうやしくそれをテーブルに置き、「ごらん下さい」というように両てのひらをひらいて二人に示した。

そこにあるのは話に聞く名物裂(めいぶつぎれ)の仕覆を着せた茶入れではあるものの、仕覆の布はいずれも経(たて)糸(いと)が裂けて口が開き、糸はほつれて、いまにも崩れ落ちそうな無残な姿であった。

二人は驚きを隠しつつも、作法通り扇子を前に置き、拝見の礼をとってそのひとつに触れようとしたところ、執事はあわてて手を振り、

「いやいや、年月経ておりますので、復元の作業ご承諾願えれば作業場へお持ちいたしますので、そこでご覧願いたく存じます。

何しろ空気の震動にさえ残布の糸が切れはせぬかと案じられますので、いきなり手でさわるのはもっての外でございます」

と禁じられた。

二人はうなずいて、高さ十センチばかりの茶入れの前にまわり、後ろに行き、真上から横からしっかりと見て、

「これは唐物の間道(かんとう)という縞でございますな。

まず繊維と組織を分解してみんことには、どういうふうに作業をすすめてよろしいやら、判りません。

ひょっとすると、同じものは作れへんかもしれしまへん」

と永井が見解を述べると、吉蔵もうなずいて、

「何しろ、中国の宋のころのもんやとすると、いまから八、九百年の昔のことどすなあ。

とすると、繭も桑もいまのもんとは違いますし、染料となるとさらにむずかしい。折角ご下命頂いても、失敗してはご当家へご迷惑かけることになりはすまいかと」

と尻込みの気配を見せる。

それを聞いて執事は深く首(こうべ)を垂れ、

「むずかしい作業であるのはごもっともですが、当家には国の宝とも申すべき名品をかなりの数、秘蔵いたしております。

いずれもしっかり保管はいたしておりますものの、とくに仕覆の繊維は空気に弱く、朽ちやすいので、放置すればただのボロ切れ同然になってしまいます。これではこの国の宝物をいたずらに朽ち果て去らんか。そこで古物の裂地にご専門の先生方から、かねてより当家殿様は復元の事業のお勧めを受けておりました。そして多くの方々から、菱村さんのご推挽(すいばん)を頂いたわけでございます。

殿様はこの宝物の復元を、これは一橋田家のみの事情ではない、我が国全体の問題であると仰せられておいででございます。

如何でございましょう、お引き受け頂けないものでしょうか」

と誠心をあらわして深く頭を下げた。

吉蔵はうーむ、とうなって腕を組み永井はテーブルの上の茶入れをみつめたまま、まばたきもしなかった。

これは二人とも、これまで成功した発明の織物とは全く勝手の違う難事業だとは、すぐに理解は出来たにちがいなく、それだけに軽々しく承諾はできなかったろう。

長い時間が流れ、吉蔵がようやく口をひらいて疑問点をいくつか質したのは、一、門外不出の品ならば、むろん大阪へ持帰るのは許されまいが、それなら作業場は当家に作ってもらえるかどうか、二、作業員は少なくとも十名は必要かと思われ、その宿舎の用意は如何(いかが)、三、またこれら一切の作業に関わる道具類の運搬については、等々、実際この仕事を引き受けるとなると当然生じるさまざまな問題をたずねた。

執事はいく度か奥の事務室との打合わせを繰返しながら、吉蔵の申出のほとんどを呑み、協力的であったが、ただひとつ、作業員数名の宿舎の用意は少々むずかしいので、できれば夜行列車を使って東京へ通って欲しいという。

これら条件を聞いて吉蔵と永井はその夜の汽車に乗って大阪へと帰った。

このころまだ寝台車はごく限られた人しか乗らず、一般は三等車の二人掛けの固い椅子に揺られて長時間の旅であった。

吉蔵は窓枠に肘をのせ、後ろへ後ろへと流れる窓の外の灯を見ながら、ときどき眠り、ときどきはっと目覚めてはこれから展開するであろう未知の仕事への武者振いを感じている。

考えることは、これから何年かかるかまだ予測もつかないが、その間、京都の仕事を終えてのちこの夜行列車に飛び乗り、夜明けとともに橋田家の作業場へ直行して仕事にとりかかる。

こんなきびしい繰返しが果して続行できるであろうか。

織物の仕事はひどく微妙で、糸の染めかたひとつ間違えても全体が全く違ったものとなる経験はいく度も重ねているので、数人の職人たちにはなるべく体調もよい条件で臨んでもらいたい、とすると、東京の、それも本郷の近くに菱村の拠点を確保しておけば、皆ここで泊れるし、くつろぎも出来る。

そうや、家一軒借りよう、と思ったとき、ぱっとひらめいたのはふくのことであった。

例によって、仕事に没入すると他の一切を忘れてしまう吉蔵のくせで、頭のなかからはこのところしばらくふくは遠ざかっている。

すこし前、ちらりと寄ったとき、ふくは不安げに、

「おなかの中で何やら動いたような気がしますねんけど、かまいまへんやろか」

というのを笑って慰めたことだったが、あれが胎動の始まりであったらしい。

そうや、これから先、自分は橋田家へ日参することになればふくは大阪でひとりになる、ならばいっそふくを東京へ移したら当人も自分も安心やねんか、と吉蔵は思った。

こうすれば自分が留守のあいだにむらに気付かれる心配もないし、その間、落着いて仕事にも取組める、第一初産のふくがどれだけ心丈夫にその日を迎えられるか、と考えると、これはこの上もなくいい方法だと思った。

そしてもう一つ、ふくの移転、出産に関する一切の雑用を仙に任せようとも考えている。

仙なら女同士だし、健康だし、東京は初めてではあろうが、なに若いのだし、すぐに馴れよう、また万一、橋田家の仕事が長びき、ふくの子が二歳になり三歳になればなったで仙は子守り兼教育係としてふくからは重宝されよう、と想像すると、仕事と同時に、長い間垂れ込めていた暗雲がすうーっと晴れていくような心地だった。

＊

しかし、吉蔵の考えているように事は簡単に運ばなかった。

帰ってのちに打明けてみると仙は頭から嫌だといい、

「うちは旦さんのそばがええさかい、ここで働かしてもろてます。

おふくさんの下女やおまへんで」

とこのごろずけずけものをいうようになった四十近い女はそうはっきりという。

ふくもその話を聞いてふるえ上り、

「お仙さんにめんど見てもらうんは、怖うてかなんわ。

それに右も左も知らんひとばっかりの東京で赤子を生むやなんて、これもおそろしこっちゃ。

旦さん、ふくがお荷物なら、筆屋へ帰りまひょか。お父さんもう年とってはるけど、赤子一人くらい口を養えんことない思いますさかいに」

とこれも珍しく強硬に主張する。

吉蔵は頭を抱え、見るたびせり出してくるふくの腹部を見てはため息をつくのだった。

何しろ上京の日は迫っており、このまま放置すればむらに悉く知られ、家は爆発、という有様になるのは目に見えている。

鬱ぎこんだ吉蔵に思いがけず強力な助け舟を出してくれたのは、やはり信頼している永井であった。

日頃無口で仕事以外あまり口を利かないが、東京行きの荷物を送り出す段になって、

「社長」

と吉蔵に呼びかけ、皆が帰ったあとの事務所の一隅に招いて、

「さし出たことですけど、昨夜お仙さんが泣いてたので、社長との別れが辛かろうか、とわし声かけましたら、それだけやないということで、東京行きの話も皆、聞いてしまいました。おふくさんのことは、事務所の者、前からよう知ってますのやけど、社長がええ仕事なさるためのもんやったら、誰も、口が裂けても他言はいたしません。

わしどもの東京行きの日も迫ってますし、そこでこの話、そっくりわしに任せては頂けませんやろか。

古い裂類の復元はわしとて胸が躍るほどの大きな仕事です。おふくさんがそばにいてもらってこそ出来る仕事です。

もちろんお仙さんも引連れて、東京で仕事場をかまえましょう。私は金沢の出だから少しはよその土地のことは判りますが、東京は初めてのお仙さんには、家さがしや出産のお世話は無理でしょう。

お仙さんはこちらでのように、社長の秘書として付添ってもらえばよろしいではないですか」

と、訥々（とつとつ）として話す永井の顔を吉蔵は改めてじっと見た。

信じ切っていた善一に裏切られてのちは、腕のよい職人を見ると一抹、猜疑心が掠（かす）めてゆくのは否定できなかったが、それを「どうせ他人やから」と割切って来た吉蔵だった。

永井が菱村の技術者の総括責任者となって五年が経ち、その間仕事以外何の干渉もせず過して来たが、吉蔵のかたわらで、その暮しぶりから仕事のすべてをしっかりと見て来たにちがいなかった。

吉蔵の胸の内に、永井を信じようとする強い思いが生れて来たのは当然だったろう。

東京の暮し

菱村織物の事務所では、組織の改変をしたとき、名称だけは吉蔵を社長、永井進を専務、服部庄吉を経理部長と定め、あとはそれぞれの部署での責任者をおやっさんとか、先生とか勝手に呼んでいたが、実質は少し規模の大きい家内工業みたいなもので、以前の機(はた)工場の時代とはあまり変らなかった。

社長と専務の間柄をいえば、ふつう経営について密接な関係であって然るべきだが、吉蔵と永井の仲は一応そうではあってもいつも行きつく先は製品の話ばかり、そろばんずくのやりとりなどはほとんどなかった。

また私的な話さえもお互いにめったとしたことはなく、それというのも、吉蔵が心から敬する東京美術学校長、青木先生の推挽があったからこそで、そのためこのたびの東京行きが決まったいまでも、仕事以外の永井については何も知らないことを吉蔵は改めて思った。それについては永井もなお語りたがらず、ただ、

「機の修業については、桐生（きりゅう）やら十日町（とおかまち）やら、あちこち覗かせてもらいましたが、金沢がいちばん長かったですね。もともと流れ者ですから、この先、どこの土地で仕事しようともちっともかまいません。

それに社長、私は女は苦手です。生涯かけて女房なんか持つ気は全くありませんから、存分にこき使って下さい」

と淡白ないいぐさで、それはいまの吉蔵にとって頼りやすい条件であった。

大体、西陣地区のまわりには、全国を渡り歩く流れ者の機織りが多いと聞いていたが、永井はそういう根無し草のたぐいでもなく、一応学校にも通い、糸について、機についての学術的な勉強もしたらしい。

少し老けてみえるものの、明治十三年生まれで吉蔵よりは四つ下、がっしりした体格ではあるが人に威圧感を与えるような暗さはない。機については自ら「朝昼晩、くらいついて離れない時期がありました」というとおり、その爪には、綴（つづれ）を織ったころの縦の割れめがかすかに残っているのが判る。

訛りはあるものの、東京に近い言葉を話すことも、これから上京しようという吉蔵には信頼できそうに思えた。

一切を任された永井は一足先に上京し、留守のあいだの打合わせをすませて吉蔵たちがそのあとを追ったのは、約一ヵ月後であった。

新橋駅に迎えに出た永井はもうすっかり馴れたふうで、一行をまっすぐ本郷の橋田邸に案内し、執事に会わせて邸内の隅にある蔵の中の仕事場に落着かせた。

そのあとで永井は吉蔵を誘い、すぐ近くの西片町の閑静な一角にあるちょっと風情のある小さな門をくぐった。

ここは空家だが、永井は下駄を脱いで上り、

「社長、ここが社長とおふくさんの家です。どうぞ」

と各部屋を案内した。

一見ふつうの素人家だが誰か心ある人がもと住んでいたものか、小さな中庭もあり、間取りにも、二階にも工夫があって、大阪の商家ばかり見馴れた目にはまことに居心地よさそうに見える。

「しかし永井、おふくは東京は嫌やというてたはずやけど」

「社長、ご心配いりません。もう東京行きの荷作りしてるはずです」

「そらまた何でや」

と急転直下の変りように吉蔵があわてると、永井は、

「思い切って奥の手使いました」

というのは、経理の服部と相談して、今後少々金はかかるがこの家にはふく一人のみでなく、筆屋の家族全部を連れて来て同居させてはどうかという。

一見頑固そうなあのおやじがそんなこと承知するはずもあるまい、という吉蔵の言葉に、
「それが二つ返事とまではいかなくとも、さして嫌がらず、幸町の店はたたむといっています。あの一家はなかなかいい了簡で、同居すれば赤子も入れて五人の口を旦那一人に糊してもらうんはもったいなさすぎる。

わしもまだ目と手先には自信があるから、ぼちぼち熊野小筆を作って夜店にでも売りに行こか、なんていっていましたよ。

おふくさんも両親と妹が一緒なら心丈夫でしょう。社長もこの家から橋田邸へ通って来て下されば私らも安心ですわ」

という、至れり尽せりの手の足しようで、吉蔵は安堵よりも永井の手腕にすっかり舌を巻いてしまった。

それに、永井が「奥の手」という金の問題は、ちょうど菱村の業績が上向いて来たときではあり、社長の住宅や事務所の拡張など、服部経理部長の腕の見せどころとして、東京での家一軒くらいは何とか工面がついたことだったろう。

*

東京行きの作業組は資材の準備が大へんで、総指揮の永井は昼夜兼行で働き、また留守を預る

服部も折から話が進みかけている社長宅を数ある候補地のなかから神戸周辺にしぼり、その土地の取得交渉など、目のまわる忙しさであった。

或る晩、むらが何やら心細げな様子で、

「旦さん、東京からはいつお帰りやすのどすか」

と聞いた。

商いには口出すな、と日頃からいい聞かせてはあるが、今度のように予定の立たぬ長期出張ははじめてだけに、ふとおぼつかなさを覚えたものでもあったろう。

「そら判らんがな。向さん次第やさかいな」

「ほな、一年もそれ以上も滞在しやはることもおすのどすか」

「さあ、それも判らんな」

との吉蔵の答えは少し冷たすぎたのか、むらは珍しく袖口で目を押さえ、

「そんでも、水盃を忘れなや、東京は近いようでも遠いで、ていう人もおますし。いざというとき、間にあいませんわなあ」

と曇った声でいうのを聞いて吉蔵はふっと胸を衝かれた。

商いの話なら、

「あほ、甘えたこといいないな」

と叱るのだけれど、このたびは仕事ばかりではない重いものを背負っている。

無理に作った笑顔が歪んでいるのを意識しながら、

「水盃やなんて縁起の悪いこと、誰がいうたんや。わしが東京へ行ったきりになってまうと、こっちの商いどないなる？　しょっちゅうあっちこっちするつもりやがな。東京まではこの船場と西陣よりか遠いけど、いままでと同じこっちゃ」

というと、むらは、

「そしたら、仙はこっちゃへ置いといてくれはりますなあ。あの子、いまは結構頼りになりますさかいに」

といわれて吉蔵はぎょっとした。

実は永井から、

「社長もお仙さんに東京までついて来られては迷惑でしょう。ご寮人さんもさびしかろうし、お相手にはちょうどですから、私、説得してみます」

と聞かされていたが、案の定、永井は首振りながら、

「全く耳かしてもらえませんなんだ。こうなると私なんざ後入りですから、女といえども先輩の言葉には従わざるを得ませんでした」

といかにも済まなさそうに訴えた。

吉蔵は笑いながら永井のその肩を叩き、

「あんたが謝ることはないいて。あの子はいい出したら梃子でも動かんさかい、こっちゃが負けるしかないわな。断っても必ずついてくること判ってる。ええわ。しょうがない」

と自分でも苦笑しながら、このいいぐさはそっくりそのまま、むらにも伝えて納得してもらおうと思った。

いってみれば勝手にこの菱村に押しかけて来てもはや家族同様となっており、その間、気は強いくせにふしぎと周囲とは軋轢のひとつ起さず過しているのを考えれば、案外、東京暮しにも順応性はあるかもしれなかった。

しかし肝腎のふくとの相性は考えると案じられてならないが、それについては永井、胸を叩いて、

「こちらは当方の妙案どおりに参りました。筆屋のご家族全部、社長がお引受けすればよいのです。

おふくさんも喜んでますのや」

というのは、知らぬ土地に出産の不安を抱えて住むのも、大阪に居るのと同様に両親と妹こみで移れば心丈夫というもの、父親の広尾も、

「旦さんの深いお情を、どうして嫌じゃなんどといえまひょか。有難いことだす。家族四人、これでまた一つ屋根の下で暮らせます、おおきに」

と感謝しているという。

とはいえ、この幸町に小さな筆屋を出して三十年、住み馴れた土地を離れるについてはさまざまの思いがあろうと察せられるが、広尾は何ひとつ愚痴はいわなかった。

ここまで準備万端手を足しておいてもらえば、あとは池田一家に月々のお手当てを渡すだけで、父親がうまく廻していってくれるだろう、と思えば、吉蔵は肩の荷が下りる気がした。

幸い、家業は順調で、これまで取得した専売特許が順次実を結んで来ており、得意先からの勧めもあって、吉蔵の研究室を兼ねた居宅の新築が事務所でも話題となっているころではあった。

吉蔵は、上京まえの忙しい時間を割いて候補に上っている土地の検分にも小まめに出かけた。場所としては大阪の煩雑さを離れ、商売上、関係の深い西陣の地にも比較的近くて永井や服部の推奨する、宝塚あたりがいいのではないかと思った。

ここは武庫(むこ)川のほとりの閑静な土地で、すぐ近くにはのちに山登りを始めた手ごろな山もある。ただ、二年ほどまえ、宝塚には女ばかりのレビューを演じる少女歌劇団が出来、人の往来も激しくはなっているが、それは住宅とは関係のないこととして、吉蔵は珍しくむらの同意も得ているのであった。

それに国鉄の福知山線宝塚駅や、阪急宝塚駅も目と鼻の先にあり、まだ空地も多く残っているところからこの地に決めた。

＊

事務所の者たちに留守をたのみ、いよいよ東京へと旅立ったのは、春まだ浅い大正五年の二月、吉蔵四十一歳であった。

早朝新橋に着き、寒いころとて人力車を弾んでまず西片町の家に向ってみれば、何と、水を打った玄関には、ふくと並んでにこやかな顔の仙も跪（ひざまず）いている。

そのうしろには広尾夫婦に妹のしげもかしこまっていて、揃って手をつき、

「お帰りなさいませ」

と挨拶したのには驚いた。

ぽかんとしている吉蔵の身には八方から手がのびて来て帽子、インバネス、鞄がもぎ取られ、中庭の見える階下の床の間に坐らされたあと、まず仙から、

「旦さん、うちな、ご寮人さんには実家の父が病気やと申上げて参りましたんどす。

仙は旦さんについて、今までどおり東京と大阪、あっちゃこっちゃさしてもらいますけど、こっちゃにおる間は、憚（はばか）りながらこの家をあずからしてもらいます。

皆さん承知してくれはりました」

との口上で、続いてふくは言葉少なに、

「何も彼も永井さんとお仙さんのお計らいでこのような大きなおうちで暮すことが出来まして、私も親たちもしやあせもんでございます。おおきにおおきに」

と礼を述べれば、両親としげもともに深々と頭を下げた。

仙の説明では、二階二間は吉蔵とふくのもの、階下表座敷と控えの間、茶の間と玄関は仙を含めた家族のものとされ、これでは船場の菱久時代以来の広さだと吉蔵は思った。

それについて永井は、

「おふくさん若いから、これからどんどん子供さんは増えるでしょう。これでもすぐ狭く感じるようになりやしないかと」

といい、吉蔵はそのとき、何となくひやりとした感じを抱いたことを思い出す。

そのあとふくの世話で、ふだん着の紬(つむぎ)に着替えた吉蔵の前に仙はぴたりと坐り、

「旦さん、東京て、おもろいとこどすなあ。

朝、豆腐屋がラッパ吹いて売りに来るし、牛乳屋も瓶をカチャカチャいわせて配りにくる。それから煙管(キセル)の羅宇(ラオ)替え屋が辻に店開いて湯気も立ててる。

東京て、もっともっと人が多うて混みあってるとこかと思ってましたけど、意外と人はいてしまへん。ここら辺りはお邸町やさかい、ほんででっしゃろか」

と、とめどもなく東京の印象をしゃべりはじめるのは、仙もここの暮しが気に入っている証拠

だと吉蔵は思った。

仕事のほうは、翌日、バラバラに上京して来た菱村組と落ちあって、いよいよ橋田邸に向い、目ざす土蔵の中に入った。

加藤執事のいうのには、

「いわゆる名物裂（めいぶつぎれ）の仕覆は、当家の他には尾張徳川様や熊本の細川様などもたくさんお持ちでいらっしゃると思われますが、どのお邸でも損傷を心配するあまり、発表はなさいませんし、従って外へはお出しになりません。

当家の殿様は、菱村さんのご努力が実って、見事復元が完成したらば、それが呼び水となって次々と他家でも復元をお頼み遊ばすかもしれないとおっしゃっておいでです。

何しろ立派な裂の仕覆というのは、日本の宝なのですから」

とくどいほど聞かされた。

要するに、大切に扱えということなのだろうと菱村組はかしこまって承り、昼間も電灯を点した土蔵の中で作業を開始した。

執事は、

「仕覆の裂はとても有難いもので、本来ならば裂のなかではいちばん位の高いとされる錦で作るといいのですが、錦は地が厚いために仕覆には適しませんのですね。

今回まず、復元して頂きたいのは、今後、使う機会もあると思われる間道（かんとう）でございます」

といって、朽ちた箱をそろりと扱いながら中からぼろぼろになった仕覆を取り出した。

茶道具の名器を知るには、松平不昧（ふまい）公の『古今名物類聚（ここんめいぶつるいじゅ）』や、また名人の茶会記などに見えているが、これらは漢籍塾で身につけた知識で拾い読みし、吉蔵は記憶に灼きつけている。

間道というのは一般に縞・格子の織物を指してそういうが、字を宛てると広東・漢東・邯鄲などを指してもいるので、もとはといえば唐渡りか、或いはインドの木綿までその中に入るのではなかろうか。

縞というのはふつう普段着に用い、改まった席にはあまり使われないものだが、これが茶席に置かれるとただの縞ではなくなり、名物の間道、と呼ばれるようになる。

吉蔵の目の前に並べられたこれらの間道は、朽ちてはいるものの、これから制作する者たちの興奮を煽らずにはいられなかった。

時代はしかと判らないが、室町時代のものまであるとすると、これらは少なくとも四百年の時間を経て来たこととなる。茶の湯の愛好者の手から手に渡され、こんにちまで伝えられて来たかと思うと、それらをいま、もとの姿に呼び戻そうとする人間にとって、大きな緊張と歓喜が打寄せて来る。

吉蔵は作業に入るまえ、菱村組の職人たちを集めて、

「ええか、わいらはな、執事はんの示された古い仕覆の裂とそっくりそのままのもんを作り出す、それだけではないのやで。

五百年近い昔の、これを織ったひとたちの技術を、新しくこさえる過程で盗み取る、或いはその心構えや目論見を推察する、そこまでやらんと完全な復元とはいわれへん。そやから、この復元作業の終るころには、わいらは皆そのころの職人さんに決してひけをとらんような、現代の熟練工にならんといかんのや。

皆、励んでや」

といい聞かせた。

順序としては、まず顕微鏡を入念にのぞき、拡大して組織と繊維とを分解する、そのなかから染料と織技の検証をする、と口でいえばたやすいが、染料ひとつ取っても、これがどこの何の草木のものかを割出さなくてはならないから、おびただしい時間がかかる。

もちろん、菱村の西陣の工場でも日々何百色の糸を染めているから見当はつけやすいが、ただ、いくら首をひねっても判らない染料があり、そういう色は唐渡りの舶載もの、つまり船に載って我が国に入って来た染料であると判る。

また、糸は、同じ日本のものではあってもそのころの桑の葉は硬かったため、非常に強靭に出来ており、いまこのような桑の葉を得るのには中国四川省しかないことを知り、伝手を頼ってそれを取り寄せたりした。

縞とはいっても、なかには金の筋を入れてあるものも発見し、この金糸についても古色を出すために宋代の金の生産地まで訪ねて材を輸入し、箔を打たせたりしたのである。

吉蔵のやりかたは、どの職人の仕事にも目を光らせ、自分の感性に合わぬものが出来ると大声を出して怒鳴りつけ、一からやり直しをさせるなど、いかにもきびしいものであった。

しかし選ばれた職人たちは、半ば滅び去ろうとしている美術品を自分たちがいま甦らせようとする作業に参加している喜びを嚙みしめており、誰も生き生きとこの気の遠くなるような悠長な仕事に取り組んでいるのであった。

その上、これらの基本的な資料が揃うと、蔵には機（はた）がおけないので京都へ送って織ってもらい、試織品を東京に送り返して吉蔵が検（あらた）め、執事を通じて専門家に見てもらい、それからのち、やっと京都に返して織り上げるという、めんどうな手順を踏んでから、完成品を目ざすのだった。

こうして、もはや日本の中ではお目にかかることの出来ない間道の、船越間道をはじめ弥兵衛間道、吉野間道、日野間道、鎌倉間道、弥左衛門間道、青木間道、鶴ヶ丘間道などを次々に甦らせた。

＊

東京での吉蔵の暮しをいえば、もう仕事以外何の興味も湧かず、西片町へ帰っても、ふくが話しかけても返事も出来ないほど考えこんでいるときさえあった。

間道が一作出来上ったときはそこら中、飛びはねたいほどにうれしく、逆に何度、京都から試

織品が送られて来ても、気に入らなければ二度、三度、或いは五度までも一から全部やり直させる。

東京という土地への興味など、間道の復元を目ざす吉蔵にとって、そこに橋田家の物がある、ということ以外、何の意味も持たなかったろう。

こういう任務を背負っていれば、ふくとの毎日も決して楽しいばかりといえないところもあったのではなかろうか。

ふくは上京後、仙と家族の助けを借りてまず近所で産婆を見つけて診察を受け、来るべき出産の日に備えて変りなく機嫌よく過しているが、それだけに吉蔵はかえって抵抗を感じることもある。

夕闇が下りるころ、吉蔵が帰ると、水を打った玄関の式台にふくとその家族に仙が加わって五人、必ず揃って手をついて迎えてくれる。

「風呂は」「夕飯は」と手順よくすすめられ、箸を取るばかりの食卓のわきには、大きな腹を抱えたふくが侍って、何くれとなく世話をやいてくれるのである。

こんな風景、どこかで見たかな、という気が頭のなかに始終あり、ああそうや、と思い出すのは、船場の家での両親とむらとの団欒の図。あちらでも一家は自分が中心で、それを取巻くように家族があり、時間が経つにつれてその家族の頭数は一人二人と増えて、中心の自分の責任は次第に重くなる。

げんに船場ではもう二人の男子が育って、その母たるむらは磐石の重みを増しており、男の目から見ても十分な貫禄を備えて来ているように感じられるのであった。

それと同じことが、ここ東京でも形成されつつあり、近々第一子が誕生するとなると動物でいえば同じ種族の、同じ巣穴をふたつ持たねばならなくなる。

それが嫌か、と問われれば自分の播いた種ゆえ、決して嫌とはいえず、では喜ばしいかといわれれば両肩にはかなりの重みを感じざるを得ない。

ならばこの現実から逃げられるか、とふっと感じられるときがあり、そんなとき吉蔵は、

「自分にはもはや逃場はない。あるとすればよい織物を作り出すことだけや」

というところへ到達するのであった。

朝、目ざめると真っ先に昨日のやりかけの縞模様が目に浮び、ひょっとして夜のうちに色が変っていはすまいか、縞が間違っていはすまいか、と思うとおちおち朝飯も食べていられず、まるで追立てられるように仕事場さして急ぐ。

その姿は、何ものかの拘束から逃げるかのように、或いは強風に煽られる木の葉のように、きりきりと舞い苦しみながら前のめりに急ぎに急いでいるのであった。

早朝は守衛に鍵を開けてもらわねばならず、若い守衛からはねむそうな目をこすりながら、

「朝は八時から。晩は五時まで。時間は厳守して下さいよ」

と注意されるが、一度、裂の端を手にとってみると吉蔵のまわりからは一切の時間は消え去っ

てしまう。あるものは、この織物を織った遠い時代の名もない人々の息づかいだけ。耳を澄ますと、そのひそやかな声は、

「近付け、わしらに近付け。まだまだ遠いぞ。もう一歩だ」

と吉蔵を叱咤しているかの如く聞えてくる。一方ふくの出産は日一日と近づいており、その日を迎えたのは吉蔵が仕事に熱中しているそのさなかであった。

家から駈け通して来た仙は蔵の入口に立って、

「いんま、生れましたで。旦さん。男の赤子（やや）どした」

と告げてから、

「うちの悠ちゃんそっくりや。かいらし、かいらし」

と嬉しそうに告げる仙の顔を、吉蔵はパチンと指で弾いて、

「あほ。船場の家でうっかり口すべらしたらあかんで」

と釘を刺すと、

「そんなこと、判ってますがな。旦さんこそご用心え」

と下顎を突出していい返すと、「忙し、忙し」といいながら身を翻して帰って行った。

その日、ちょっとばかり複雑な気持を抱いて西片町へ帰ってみると、ふくは華奢な体にも似ず意外と元気で、生れた男児も仙のいうとおり、悠にどこやら面差しも似て凜々しく、これはまた

これで、この「東京の家」を持っている喜びもじわじわと体を満たしてくる。

橋田家の仕事は、吉蔵が精魂打ち込んだだけあって順調に少しずつ捗り、これがニュースとしてあちこちの新聞雑誌に取上げられると、菱村吉蔵の名は不動のものとなり、工場の方の商いもうまく運んで、懸案の宝塚の家も完成したのは大正六年の秋であった。

この間、吉蔵は東京大阪間をこまめに往来し、本宅の商いはむろん、会社経営についてもおろそかにはしなかった。

二本の帯

橋田家における間道の復元作業は、極めて念入りに制作するだけあって時間はかかるものの順調に進み、一作ごとに加藤執事を通じてお目にかけるご当主も、いかにも満足なさっておられるという。

作る側も、そのたび新しい技術、珍しい織りかたに出会う驚きがあり、それは吉蔵だけでなく、この仕事に携わる者の大きな喜びであった。

そして吉蔵は、この復元で学んだ技術をもとに錦一般へも意欲をのばし、次々と貴重な復元品を生み出してゆくのである。

たとえば、現在細川家所蔵の、数奇者垂涎の的といわれた「出雲肩衝」という銘の古瀬戸茶入れは、「よい茶入れは衣裳持ち」と羨まれるとおり、大内桐金襴をはじめ、納戸色一重蔓古金襴など八枚の仕覆が添えられてはいるものの、うち三枚はもとの形も判らぬまでに朽ちていると伝えられており、吉蔵はそれを拝見の上、せめて一枚だけでも自分の手で蘇らせたくてたまらなか

った。

まだ橋田家の仕事をしているときだったが、噂に聞くこの八枚をぜひとも拝見したくて、平身低頭の上、汗を拭いつつも勇気をふるって執事に頼んだところ、こちらも汗を拭き拭き考え込んだ挙句、ようやっとご当主からの紹介状をもらってくれた。

というのは、この古瀬戸の茶入れは国の重要美術品の指定を受けており、持出し禁止は承知ではあるものの、現持主としてもそれに着せる衣裳は新調してやりたいのは当然のこと。

もともと江戸時代の昔、これは飛騨高山城主、金森出雲守可重（よししげ）が所持していたもので、それを一目見た細川三斎（忠興（ただおき））が欲しくてたまらず、繰返し懇望してやっと手に入れたという曰くがある。

細川家では、このあと四代光尚（みつなお）のときになって堀田加賀守の手に渡り、五代綱利（つなとし）のときに再び細川家の所蔵となったもの。

吉蔵は、永井と図案家の三人で細川家の蔵に入り、見せてもらったところ、仕覆の組織は無残に朽ちて文様も定かに判別出来ぬ有様。

三人とも一様に深いためいきをついたが、協力して布の一片一片を取上げ、弱り果てた糸を根気よく改めてようやくもとの織物に仕上げることが出来たのだった。

ふたたびもとの姿に戻ったこの布は、間道のような堅いものとは違い、かといって繻子（しゅす）地の緞子（どんす）でもなく、吉蔵がはじめてみるものだったが、これが中国のものだと確信を得たところから、

のちのさらに難解な復元品への大きな力綱となったのはいうまでもない。

吉蔵はこの細川家の蔵で蝶文金襴、金襴矧合、菊牡丹金襴の三点をみごとに現代に蘇らせて、細川家当主からも感謝されたという。

このころから吉蔵の夢は拡がるばかり、古い時代の製品に触れていると、一本の糸に込められた人々の悲喜交々の声が聞えてくるような気がして、胸がときめいてくる。

多くの本を読んだのも必要からで、芥川龍之介をはじめ、著名人たちからの知遇も得て吉蔵の生活は少しずつ変っていった。

＊

そのころ、親友久靫彦は長い激しい、忍苦の恋がようやく実り、晴れて夫婦になることが決まって、吉蔵に挙式当日の仲人役を頼んで来た。

律義にも、巻紙に毛筆で大きな安堵と喜びがせつせつと認めてあり、

「芸名八千代こと本名大塚琴子儀、ようやく我が塒にて羽を休めることに相成申し候。

何卒、向後は我ら一つがいの幼き鳥の子のご後見、宜しくおん願い申上候」

と極めて謙虚な筆の運びで、吉蔵は読みながらじんわりと目頭の熱くなるのを覚えた。

靫彦のやつ、ほん気で八千代に惚れてたんやな、といまさらに感じ入り、二月一日の挙式及び

披露宴には、親友として心からなる熱い祝辞を贈って励ましてあげようと思った。

さて仲人となれば夫婦の役、むらに告げると、さぞびっくりして尻込みするかと思いきや、

「そら有難うお引受けせんなりませんわなあ。お祝いはどないします？」

とたじろがないのは、さすが船場のご寮人さん、吉蔵のほうがかえって気をつかい、

「あんたな、ただ坐ってるだけでええのやからな。

挨拶はわしするよって、嫁はんのこと気いつけたってや」

と思いやりを見せたところ、むらはそれを軽くいなして、

「旦さん、そんならお店の品で申しわけおまへんけど、帯一本頂けまへんやろか。

キズもん、半端もんでよろしおます。上手に結んで人には気づかれへんようにしまっさかい。

黒の紋付きは実家から持ってきたんで間に合いますけど、帯がなあ、ちょっと」

と少々いい難そうにねだった。

吉蔵はどんと背中をどやされた感じがしてしばらく黙っていたが、

「そうか、そら悪かったたな。

帯屋の女房が安もんの帯締めてたら笑いもんになるわなあ。

よっしゃ。明日倉庫のなか見てみるさかいな」

といい置いてその場を離れた。

得もいえぬ酸っぱいものが口中に拡がってきて、吉蔵は思わず路上に唾を吐いた。

女の帯を商品として扱うからには、これを女房にも結ばせてみたいと、吉蔵が一度も考えなかったとしたら嘘になるだろう。

が、商人がおのが商品をおのが用に用いることを亡き祖父は固く戒め、

「看板を内側向けたらあかんで。そんなことしてたら商いはもう終や」

といっていたが、それは元手までも自ら食いつぶすことの弊害をいったものであろうとは、吉蔵にもよく判っていることではあった。

たとえば、飯屋が飯をこしらえ、出来上ったところで自分の腹が減っていたからといって、それを食べてしまったら商いは成立たないし、もっと帯に近い話としては、呉服屋が自分好みの上等の品を仕入れ、それを先ず娘に、とおろしてしまったとしたら、確かに看板は内側に向けて掛けなくてはならなくなる。

吉蔵のその戒めがむらにも伝わっていたからこそ、結婚十九年を数える今日まで、一度も店の品をねだったことはなかったのだけれど、胸の奥を明かせばもうひとつ、ふくのことがある。

世間並みの呼びかたですれば、ふくは妾だから、むらと同じに扱わなくてよいとは十分弁えてはいるが、これまでの経緯を考えれば、思い切っていま、むらにキズもの一つ与えるとしたら、ふくにも一つ、締めさせてやりたい。

若い日、富田屋に出ていたころのふくはなよなよとした細腰で、吉蔵の制作欲をかき立てたこともあったのを思えば、どうせ売物にはならぬ品、ふくにも一本、振舞ってあげよう、とようや

くふんぎりをつけた。

その足ですぐ事務所へ行き、倉庫を管理している者に、

「半端もんは蔵(しま)ってあるな」

と念を押すと、係は、

「へえ」

と吉蔵の前に葛籠(つづら)を持出して来た。

見ればかなりの数畳まれてあり、何本や、と聞くと、

「へえ、ここ半年くらいはキズもん出まへんよって、全部で十八本のままどす」

「ほう、そんなにあったんかいな」

と驚く吉蔵に、係は真面目な顔で、

「それでも社長、買うてもろたあとで、お客さんのほうからキズ見つけた、ちゅうて捻じ込まれるよりはずっとよろしおすで。

菱村の品はそれで信用があるのですよって」

といい、吉蔵は何やら嬉しくなって、

「そやな。そのとおりや」

と係の肩を叩いて励ました。

この日、吉蔵は十八本全部に改めて目を通し、むらには高浪織(たかなみおり)で群鶴(むらつる)を織り出したもの、ふく

には纐纈織の桐菊文を選び、係にいいつけてそれを別々に包ませた。

二本とも、専門の職人に指摘されなければ判らないほどの細かいキズや歪みがあり、むらでさえ、黙って渡されたそれを見て、

「まあ、こんな新を頂いてよろしおますのでっか」

と目を輝かせて喜び、いく度も頭を下げて礼をいうのだった。

＊

当日、羽二重の紋服に身を正した四十歳の花婿久靫彦は満面に喜びの笑みを浮べ、連れ添うは天下の名妓とうたわれた三十一歳の八千代、白無垢の衣裳に綿帽子を被り、輝くばかりの美しさ、参会者からは大きな祝福を受けた。

二人の艶聞はあまりにも有名で、また長かったから誰しも心からの喜びを贈ったのだった。

八千代抱えの富田屋も、披露宴はぜひうちの広間で、と提供を申し出、近ごろ見ないほどの豪勢な婚礼だった、と長く人の口の端を賑わしたという。

この中で座を引廻す吉蔵も堂々たるもので、かつて市川高麗蔵とはやされた押出しのよさはそのままに、みごと仲人役を務めあげて喝采を浴びた。

対するむらも、つつましくまたこまやかに花嫁の介添に終始したが、その行き届いた言葉づか

いや、落ち着いたものごしを見て人々は、さすが船場のご寮人さん、と感心しあったという。

吉蔵は天下晴れて始まった二人の蜜のように甘い生活を見届けておいてのち、また東京へと向った。

手には桐菊文の帯を持っており、西片町の家に着くや、

「これどうや。気に入ったら結んでみ」

と手渡すと、ふくは風呂敷をほどいてみて、

「まあー」

と驚きの声を挙げた。

「どや。いままでお前にはうちのもん、一本もあげなんだけど」

実は、と八千代の婚礼の話からむらより催促されたことを、半ばは笑いながら包み隠さず打明けた。

吉蔵の心づもりでは、定めしふくも笑いながら、

「そうどしたんか。八千代姐さんさぞおきれいやしたやろなあ。

そうどすか、白無垢どしたか、ご祝儀は『松の緑』か『鶴亀』か、どなたが踊らはりましたか」

などと興味深そうに問いかけてくるかと思いきや、突然、その帯を吉蔵の前にずらして寄せ、

「折角のお気持だすけど、これ、うち頂くこと出来しまへん。

おうちのお倉へしまっといとくれやす」

とてのひらを返して頭を下げた。

「まあ、ええがな。とっときや」

ともう一度吉蔵が押しやると、ふくは思いつめた顔になり、

「うちなあ、ご寮人さんやあれしまへんもの。ご寮人さんと同じにしてもろたら、罰当ります。

旦さん、うちは奉公人だす。召使いだす。

幸いにも栄という子を授かり、続いて頼も生ませて頂きました。

役所への届けは、二人とも私生児で仕方ないと思うてましたんやけど、旦さんのお陰で高畑源一郎さまご夫婦の実子として籍に入れさして頂きました。

これで栄も頼も、胸張って学校へ上れると思うたら、こんな嬉しいことありまへん。

これでふくは十分満足でございます。

他にもう望むことは何もおまへんの。菱村の帯やなんてとんでもない。

いまがいちばんしあわせ」

と終りは涙声になり、顔を上げたふくの両眼からは光るしずくがしたたり落ちた。

実は、栄が生れる前から戸籍上の届けをどうしようと吉蔵は悩み、あるとき思い切って久靫彦に打明けたところ、靫彦はうーんと唸って、

「紙一枚の届けいうても、親子となれば一生もんやからなあ。

いずれはおむらはんにも知れるかもしらんと思うが、子供衆が大きなって、たとえ嘘でも人に恥しと思うような親ではあかんしなあ」

と親身になって考えてくれ、一時は、

「わしと八千代の子でもかまへんけどな」

ともいってくれたが、そこまで迷惑はかけられまい、と吉蔵のほうで辞退した。

結局、手堅い貿易商の高畑源一郎夫妻に引受けてもらったのは、この人に子が無く、長年にわたって久靫彦の作品を後援しつづけているところから、皆の意見が合い、当人も喜んで承知してくれたのだった。

ただし、事務の運びはすべて永井が処理し、靫彦もこのための上京はしなかったし、むろん、吉蔵もふくも一切表に出なかった。

*

ふくは上京後、第一子栄を生んだあと、またすぐ身妊って第二子頼を生んだばかり、空き腹の月日が少なくて東京の町をまだほとんど見てはいなかったが、産後の安堵もあってうららかな今日、小石川の伝通院にあると聞く高畑家の墓参を思い立ち、母親ためを連れて訪れた。

べつにふくと高畑家とが深い縁で結ばれるわけではないが、生れた男児二人、晴れて父親と呼

べる人がいないことを考えると、子達の将来、或いはこの先夭折の危険も思い合わせると、どんなことでこの墓地の世話になるか判らないと思うのだった。

それは生れ故郷の大阪を遠く離れて、馴染みの浅い土地で過さねばならぬふくの、心の用心か或いはまた、一種の感傷でもあったろうか。

伝通院の墓地はしんと静かで人影もなく、よく整備されており、高畑家の墓石のまわりは折々の法要の卒塔婆（そとば）が林立して、この家の人たちが仏をよく敬い、虔（つつ）しんで供養しているさまが伝わってくるようであった。

ためも、東京の町を歩くのはこれが初めて、と辺りを見廻し、

「東京は騒々しいとこやて聞いてたけど、落ち着いた町やなあ。

ほら、聞いてみ。鳥も啼いてるわ」

と耳を澄ませている様子を見て、ふくは心のうちでそっと、お母ちゃんごめんな、ほんまは大阪へ帰りたいやろに、とあやまった。

思えば小さな子も入れて池田家の頭数六人、たった一人の吉蔵を頼りに故郷を出てこんなに遠く東にやって来たが、いいこそせずとも心細さはそれぞれ胸に抱えている。

表札こそ池田と出してはいても、いわば世間を憚（はばか）る日かげの身、近所付き合いもなく、一筋に吉蔵に仕えているふくの気持の、「女中奉公」「召使い」は自ら卑下したものではなく、ありのままのものだったろう。

帯を前にしてすすり泣くふくを吉蔵は慰めて、

「わしには大阪にも家があるて複雑な事情やさかいな。お前がそんなにへり下るのも無理ないけど、わしの気持はお前もむらも同じや思うてる。子供も二人になったしな。これからはええ子に育つよう、せえだい見たってやなあ」

といい聞かし、

「帯は取っとき。これで百八十円の値がついた代物やさかい、まさかのときには小裂にして売れば軸やら額の表装にも使えるし、お茶の仕覆、袱紗、本の表紙、何にでもひっぱりだこや」

と商人の顔になると、ふくも次第に顔がゆるんで、

「ほんなら、有難うに頂きまひょか。おおきに」

と押し頂いた。

このことがあってから、吉蔵の気持はずい分と楽になったと自分でも思う。

よく業界の寄り合いなどでは小指を立ててのひそひそ話が出、「二号はん、副妻はん、権妻はん、手かけはん、どない奉っても操縦はなかなかにむずかしおまっせ。このせつはすぐに権利とやらを主張しまっさかいな」

などとぼやいていると聞くが、ふく自身、自ら奉公人と了簡を据えてくれていれば、よけいな気をつかうこともなくなってくる。

そういえば、ふくは富田屋を退いて以来、家の中で三味線を手にしたことがない、と吉蔵は思

った。

もともと芸事にとくに秀でているわけではなかったが、花柳界に五年もいれば、小唄のひとつも口ずさめば、たまには旦那に手踊りのひとつも見せるのが玄人上りの女のサービスと思えるのに、そういう風情が全く感じられないのは、やはり本人の覚悟の上に違いなかった。

とくに上京後の暮しは、身なりも地味に装い、髪もひっつめにしてつつましくしていたから、ふくを見て、これがもと大阪は南で芸妓稼業をしていた人とは誰ひとり見破ることはなかったろう。

吉蔵は、こういうふくに対し、改めていとしいと感じ入るとともに、こんな娘を育てた広尾とための夫婦にも、有難く思わずにはいられなかった。

いま、宝塚へは住み心地のよい家と研究室がようやく完成し、機工場へ出向かなくてよい日は本棚に並んだ古今の資料のなかに埋もれて、縦横に創作の夢を見ることが出来る。

また、その道の学者や要人に教えを乞いたければ東京には居心地のよい拠点もあり、ここでの日々も、後顧の憂いなく、研究に没頭できるのだった。

吉蔵の四十歳代は、振返って四肢に力満ち、次から次へと新しい創作欲が湧き起って来た、まるで蕾がふくらんでくるような豊かな時期だったと思う。

第一に、会社の運営がうまく運び、研究のため投資の余裕もできたし、人間関係もとくに問題はなかった。

来客も多くなり、そうなれば家の奥を守るむらの手腕が高く評価されて、菱村のご寮人さんの名は上るばかり、それは商いへもはね返るという得もある。

一方、平穏で静かな西片町の家は吉蔵にとってまたとない憩いの場で、陽当りのよい二階の縁側で、ふくの膝枕で耳掃除をしてもらうひとときなど、

「ああ、極楽や」

と呟くときもあった。

ここはいわば完全な隠れ家で、西陣の人たちの嫉妬や羨望など全く聞えはしなかった。

仙の存在も十年一日の如く変らず、変ったことといえば、栄と頼、二人の男の子が仙を慕って片ときも離れず、いまでは、

「うち、お母ちゃんになってもうたわ。もう高麗蔵さんはやめよかしらん」

とケラケラ笑う。

＊

大正十一年十一月、橋田家の間道など二十種類は首尾よく完成し、引渡しもすんでこの復元作業はみごと終了した。

大正五年の二月、数名の職人とともに上京し、思えば橋田邸の土蔵のなかで日々刻苦精励の作業だったが、ボロ切れか塵芥かといわれた仕覆があざやかな色をまといつつ揃って息を吹き返したのを見ると、吉蔵はいつもながら眼の底が熱くなるのをおぼえるのだった。暑い夏、土蔵のなかは蒸風呂、冬は冬で指先がかじかむ冷たさ、その冬でも作業中に汗がしたたり落ちたことなども思えばいまはなつかしい。

吉蔵はかねてから、橋田家の仕事が終っても、名家からの復元依頼や、帯の販売も伸びていることを考えて菱村東京店を出すことを永井と話しあって決めてあり、それはむらにもふくにも告げてあった。

むらはそれをあっさりと受け止め、

「そら大へんだすなあ。ま、お仙さんがついていてくれるさかい、心配はしてまへんけど」

と仕事に結びつけて考えているふうだったが、ふくはおろおろして、

「うちへのお気づかいやったら、よろしおますえ。また大阪へ帰ってもちっともかましまへん」

としきりに遠慮するが、吉蔵は、ここの家はここの家で、いまのままで、置いておこうと思った。

東京生活足かけ七年のあいだに、頑固で一徹者の父親も少しずつ馴れて、いまでは一日中、イタチの毛揃えやら毛組みやらに黙々と没頭して筆を作っている。

こんな父親と静かな母親、働き者の妹のしげ、ときどき現われては采配を振るう元気者の仙、

これらが作りなせるこの憩いの家を、いまさらまた毀して大阪で組立てるよりは、自分のほうがこのまんま置いておきたかった。

店舗は日本橋に小さなものが見つかり、ささやかな開店祝も終って従業員一人も常駐させ、吉蔵もいままでどおり大阪と東京を五、六日か一週間ごと、往復する毎日であった。

そんなある日、宝塚の家で吉蔵は一通の部厚い封書を受け取った。

差出人は吉蔵が心から敬愛する徳光博正先生からのもので、このところずっとご無沙汰であったのを悔いながら軽く拝して鋏で封を切った。

墨痕も美しい達筆の文言は、まずしばらくの無沙汰を詫び、次には吉蔵も飛上るほどに驚く有難い誘いの言葉が縷々記されてあった。

それは、いまから二十年ほど前のことになろうか。京都の西本願寺門主の大谷光瑞（こうずい）師が探検隊を組織し、当時はまだ世界の秘境とされた西域一帯を踏査して、たくさんの埋蔵品などを発掘して日本へ持ち帰ったという記事が新聞を賑わしたのを、吉蔵ははっきり覚えている。

このニュースは、西域文化に関心を抱く人たちを刺激し、ちょっとした話題にはなったが、それ以上に大きくは拡がらなかった。

大谷探検隊は、西域の苛酷な気象事情や、土地不案内などに耐えながら、第二次、第三次の隊員を送り続けたが、まもなく新聞も大きくは扱わなくなり、そのうちいつしか薄らいでしまったのである。

それというのも、これは大谷光瑞師個人の事業であり、もともとは仏教の源流を訪ねるのが目的だという見かたが強まる一方、探検隊派遣には莫大な費用がかかるところから、西本願寺の財務責任者は疑獄事件に巻き込まれ、計画は第三次限りになってしまったからである。

吉蔵は当時このニュースにいたく興味をひかれ、茶道の仲間たちの寄り合いでは、その話題が出ると聞耳を立てたものであった。

「西本願寺の門主さんてお方は、お若いさかい冒険がお好きなんやな。

何でもロンドンからの帰り、ロシア領の何たらいうところに足を踏み入れ、珍しいもん見はったんが病みつきのはじまりやて」

「かの地にはお宝が山のようにあったてなあ。

らくだの背中にくくりつけて、それをまた船に乗せて運ばはったんやさかい、値打ちありまっせ」

「お茶器のようなもんもありましたやろか」

「そらぎょうさんあったんちゃいますか。砂漠のなかから掘り出したお茶碗でお茶点(た)ててみとうおますな」

新聞の小さな記事には、発掘した品々は仏画、古経、植物標本、古銭、テラコッタの製品、絹布麻布の断片、絵巻物等々おびただしい数に上ったと由書いてあったが、そのとき吉蔵は、砂に埋もれていた裂の断片を見たいものだと強く感じたことをまた思い出した。

徳光先生の手紙には、

「第一次探検隊の隊長は光瑞師だが、第二次、第三次は橘玉瑞氏が指揮を執ったと聞いています。小生、橘氏とは年来の友人にて、叶うならば氏が持ち帰った発掘品をたとえ一部なりと拝させてもらえないものかと懇望懇請いくたびか、このほどようやく、我が至誠通じたものか、極密にて拝することの許しが出ました。

ついては貴台をお誘いし、ともに貴重なる舶来物拝跪の機を得たきものと考え、ここにお誘い申上げます」

とあり、日時の指定があった。

このときの吉蔵の喜びは、何に譬えたらよいか、と自分でも思う。

東京生活七年のあいだ、名家の蔵も見せて頂き、実際に間道など唐渡りの組織も研究させてもらったが、もうひとつ、糸の向うにある人の姿を掴み切れないところがあるのを感じていただけに、この誘いは大きな朗報であった。

指定のその日は何はさておいても伺わねばならないが、待てよ、と考えたのは、悠のこと。

むらもふくも健康の証しなのか、つぎつぎと子を挙げ、ただいまむらは第五子を身妊っており、ふくはまた三男が生れたばかり。

両家の子供たちが、先々兄弟として交るのかどうか、ただいまは予想の限りではないが、悠が合わせて七人ともなる我が子たちの最年長者であることは間違いない。

悠は無口で静かな子だが、ときどき父の研究室をのぞきに来ることがある。

吉蔵も、亡き祖父久兵衛から、

「目を研いでな、目を養うておかなあかん」

とよくいわれ、供を命ぜられて茶道具などよいものを見せてもらったがために今日あると思えば、悠を伴ってこの稀有なる機会を見せてやるのは、親としての務めかも知れないと思った。

徳光先生に断りもせず、極密の席に我が子を立会わせるのは傲慢な態度かという反省はあったが、もし拒否されればその場で帰そうと思い、悠を呼んでこの旨、告げた。

ミイラの顔布

吉蔵が徳光博正先生に初めて会ったのは、北船場の吉田翁宅、たしか小学四、五年のころだったから、こんにちまでもうかれこれ三十年の余もその指導を仰いだことになる。

先生の地位からすれば、話のわかる友人はたくさんいられるはずなのに、よいものの鑑賞には忘れず声をかけて頂けるのは、このところの吉蔵の仕事に敬意を払って下さったということだったろうか。

久しぶりで会う先生は、初対面の折、寿老人にそっくりと感じた面差しは少しも変ってはいないものの、さすがに七十歳を越して少しばかり海老腰（えびごし）のおもむきとなっており、籐の杖をついていて、約束の宝塚線の駅で吉蔵を待っていて下さった。

貴重な西域文物を拝見するという集りなら、さぞかしその道の専門家が少なくとも四、五人は一緒かと思っていたのに、思いがけず先生一人、着流しに下駄穿きという軽装なのに驚いて、羽織を包んで持参した吉蔵は、

「先生、紋服でのうてかましまへんか」

と駈け寄ると、

「大丈夫。このほうが大げさにならないし、人目につかなくていいだろう。気楽に行こうじゃないか」

といって、吉蔵のかたわらの悠を見、

「坊ちゃんだね。すでにしていい面構えしている。

いいさ、いいさ。何にもいわなくて。

親父さんと一緒に君も見せて頂きなさい。

きっと将来、いい結果をもたらすよ」

と堅くなっている二人の気持を和らげてくれた。

目ざす物は、目下、二楽荘という建物に保管されてあり、ただいまは橘玉瑞(たちばなぎょくずい)師の監視下におかれているという。

二楽荘は本来大谷光瑞師が建てた別邸で、神戸岡本の山麓にあり、日本で最初のケーブルカーや温室、果樹園、私塾の武庫(むこ)中学、印刷所、測候所などもその敷地内に作られてあるという建物であった。

さる建築家をして「本邦無二の珍建築」といわしめたほど変った建物だが、西域の厖大な文物を一時保管するについては恰好の入れ物であったらしい。

先生は、電車に乗るまえに、

「ちょっとのどをうるおして行こう」

と二人を誘い、先に立って駅前のミルクホールへ入って行った。

「悠君、といったかね。

君も東洋史やっているならよく判るだろうが、この地球上にはまだ人跡未踏の土地がいっぱいある。

大谷探検隊が三次にわたって挑んだ西域一帯もその一つだ。そこには未知の文化が無尽蔵に埋もれている。

かの唐の玄奘（げんじょう）、東晋の法顕（ほっけん）、北魏の宋雲、あるいは新羅の慧超（えちょう）といった求法僧たちが危険を冒して渡って行った道でもある。

いや仏教東漸（とうぜん）の道ばかりとまではいえないな。

ヨーロッパでもこれら仏教文化の遺跡群に目をつけ、イギリスのスタイン、フランスのペリオ、ドイツのグリュンウェーデル、そしてル・コック、それにロシアのオルデンブルクなど、競って探検を試みている。

いずれも、国の援助があっての上だと思うがね。ところが我が国では、まあ東の端の小さな島国だから、金のないのが第一の理由だとは思えるが、政府は一向に無関心でね。

みすみす貴重なお宝の山を、他国に持って行かれてしまうというのが実状なんだ。

これはつい先ごろまで、文部省に籍を置いていた私がいうことだから間違いはないだろうよ。そこで西本願寺の大谷さんが決然立ち上り、私費を擲(なげう)って探検隊を組織した。そして艱難辛苦の末、日本へおびただしい彼地の文物を持ち帰って来たのだよ。このことはニュースで知っているね。

これはいってみれば我が国にとって一大壮挙ではあるのだが、菱村君はどう思われるかね。金もなし、組織も持たぬ我々がせめて出来ることといえば、発掘された西域の文物に接して、目を洗わしてもらうことくらいかねえ。

二楽荘の荷物は、近くあちこちに散らばってしまうらしい。それで玉瑞君がお名残りに我々にお目通りを許してくれたってわけさ」

運ばれたミルクセーキを飲みながら先生は雄弁に語り、すでにしてかなり興奮のていと見受けられた。

興奮は吉蔵とて同じこと、全く未知の異郷から発掘された品々がいかなるものであるか、想像もつかないだけに、胸は高鳴るばかり。三人は三様にそれぞれの思いを抱きながらその建物の前に立ったとき、緊張のあまり声音も出ない有様であった。

＊

　玄関から奥は、先が見えないくらいの梱包した荷の山で、そのあいだをくぐったり縫ったりしながらあらわれた玉瑞師はまだ意外に若い僧であった。年のころ三十余りであったろうか。

　一間に通され、徳光先生との挨拶と吉蔵親子の紹介がすむと、座は俄かにくだけて、先生の口もほぐれ、

「大へんなご苦労だったねえ。我々は新聞でおおよそを知るだけだったが、実際は仏道の修行もはるか及ばないほど苛酷な探検だったでしょう。

　この壁に貼られた地図の赤線が踏破された道ですか。かりに日本縦断するとしても、その何倍もありますね」

「そうですね。仏の導きがなければとうてい日本には帰って来られなかったと思います。

　ご存じでしょうが、さきにほんのあらましをご説明しておきますと、私は十五歳のころから西本願寺に修行に入り、第二十二代門主大谷光瑞さまにお仕え申上げておりました。

　明治四十一年、第二次大谷探検隊員に選ばれ、仏跡の調査に当り、天山(てんざん)南路の付近では楼蘭(ろうらん)の住居跡の発掘を手伝わせて頂いたのです。

　そして第三次の探検では一人でロシアからウルムチに入り、トルファン盆地、タクラマカン砂漠からホータンへ。

　単身帰国ののちはウイグル文字の解読に没頭しています。何しろ広大無辺の地域ゆえ、未知の文物は計り知れず、研究は少しもはかどりません」

「さもあろう、さもあろう。地図を見ただけで気が遠くなるほどだものねえ」

徳光先生はいく度も深くうなずき、吉蔵が何と相槌を打っていいやらわからぬほど驚きに打たれているのをみて、同感しながら、

「古美術蒐集家の集りでいく度か光瑞師と顔を合わすたび、お供の君とも知り合いになったのだったねえ。

全く若い君たちでなければ出来ない大壮挙だったさね。出発時はほとんど十代だったそうだものねえ。

しかし旅行用具などはどうだったね。外国の探検隊は酷寒酷暑に耐え得る素材を捜し、さだめし準備は完璧だったに違いないが」

「はい。第一次に現地を踏まれた門主さまのご指示に従い、日本製真綿入りの外套など用意しましたが、残念ながら役には立ちませんでした。

持物はほとんど現地住民にならい、獣の革製のものを揃えました。ただ計器類はヨーロッパが先進国だけあって水準器、高度計、懐中時計などは予め取寄せ、そして人事なカメラはイギリス製のソーントンピッカード、レンズはドイツ製のカールツァイスを手に入れました。

これらは第三次探検隊長を務められた吉仲小三郎先生がお手持ちのものを一時お借りして、ただいまはこの二楽荘の一間に展示してあります。

何ならいまからご案内いたしましょうか」

「ああ、いやいや」

と徳光先生はあわてて手を振り、

「玉瑞さんたちの苦闘のあともとっくり拝見させて頂きたいが、本日は何はともあれ、出土品からお先に対面させては頂けまいか」

というと、玉瑞師は少しばかりひるんだていで、

「実はまだほとんど整理がついていないし、研究も遅々として進まない有様です。

何しろ四万点に上る点数ですから、分野別に分けるといっても現地の梱包の際、手ちがいがあったりして、本日はほんの七、八点、お目にかけるだけとなってしまいました」

玉瑞師はそういいながら、奥に入り、大きな木箱を抱えてあらわれ、

「徳光先生より菱村さんご同道と承っておりましたので、私が発見した絹織物のうち、比較的形の残っているもののみ、お持ちしました」

といいつつ、その木箱を床に据え、口のなかで低く経文を唱えてのち蓋を開けた。

中味は上を白布で掩（おお）われてあり、その白布を除くと桐の木箱があらわれ、玉瑞師はその木箱をうやうやしく取出すと、思い切ったように蓋を取払った。

そこにあるものは、一見ゴミ箱の中から摑み出したようなボロ切れ一枚だったが、ずっと木箱をみつめていた客の三人の眼に、ボロ切れの底から次第に紋様が浮び上ってきたとき、期せずして、

「うわーっ」

とも、

「えーっ」

とも、また、

「これはーっ」

ともいい難い奇声を発してその場にのけぞってしまった。

玉瑞師は静かに手を振って三人を宥め、

「日本では見たこともないものです故、驚かれるのも無理もないこと。これはですね。これはミイラの顔面を掩っていた錦の裂です」

といい、それを聞いて三人はまた、

「ミイラ？」

と異口同音に問い返し、あらためてその裂に視線を当てた。

錦の裂、とはいいながら、目の前のものは複雑この上ない紋様が交錯した一枚の楕円形の品で、そこからは名状し難い霊気が立ち昇っているように思える。

怪奇、というにはなお神聖の雰囲気あり、美術、というには恐れ多いほどの迫力あって、人をしてひれ伏さざるを得ぬ何物かが秘められているようであった。

体中けいれんしながらも目は吸いつけられて離せず、しかしながら吉蔵は指先がその裂を手に

取って触れてみたいという衝動に耐えるのに苦しいほどであった。

　吉蔵が受けたこのときの衝撃は、いってみれば百雷一度に落ちたような、いや木刀百本を束にして後頭部を殴られたような、何物にも形容し難いほど激甚なものであったといえようか。

＊

　徳光先生の受けた打撃も一方ならぬものであったと見え、悠とともに一言も口を開かず、沈黙を続けていたが少し落着いてから、先生のほうから、

「玉瑞さん、これは実際にミイラの顔にかぶせてあった裂ですか。そのミイラをごらんになられたのかね」

　と糺（ただ）したところ、玉瑞師は、

「実際に掘起したのは、同行の第三次探検隊長の吉仲小三郎先生だったと思います。

　このときは私と吉仲先生は一年間も連絡が取れず、橘は行方不明、且つ風土病で死亡などの噂が拡がったりしましたが、無事会えたのは明治四十五年の一月でした。

　このあと吉仲先生の発掘した文書、筆、真珠、絹地絵画など貴重なものは私が預かり、日本へ向けて荷送りしました。

　五世紀のころ漢民族がトルファン地方に高昌国という国家を建てたのはご存じでしょう。

のちに唐に亡ぼされたのですが、年月経てその跡はアスターナ古墳になり、貴人の墓が多く発掘されているのです。

顔布（がんぷ）をかけたミイラはここでみつけたもので、ミイラの顔面には裂の端切れが貼りついていたので確認できたわけです」

玉瑞師はさらに、

「アスターナの古墳ではほとんどの死者が面掩いの錦をかけていたと思われ、それは死者を送る最高の礼として、現存の織物の中では最も高級とされる錦を選んだと考えられるのです。

ごらん下さい。

この顔布は、楕円形の中で大きな破れ穴が三ヵ所、見えますね。両眼及び口、でしょうか。

よく見るとこの穴の周りは黝（くろ）ずんでいて、おそらく血液などによる腐蝕によって開いたものではないかと思われます。

アスターナ古墳のなかでは、この顔布がいちばん形を保っていました。これで縦二十四センチ、横八・五センチですが、他の顔布は糸屑のようになったり、切手くらいだったりして模様がとらえられませんね」

といって大きな息をつき、腕を組んで、

「しかし、何とすごい錦でしょう。もとは広幅の大きな裂だったと思われますが、この顔布の幅だけ大切に切り取ってかぶせたものでしょうか。

菱村さんにはそれこそ釈迦に説法でしょうが、我々も仏具を扱う職故、錦はよく目にします。しかし絢爛たるこの色づかい、並みの技術では出来ないこの織りかた、アスターナ出土のこの錦ほど立派なものは見たことがありません」

といえば、しきりに感嘆のうなりをあげていた徳光先生も身をのり出して、

「その通りですな。この紋様の微細なること、精緻なること、それに染色の鮮やかなること、まるで深海からたったいま引上げたる如しだね。いまから千二、三百年も前に、このような辺境にこれだけの技術が育っていたとは、いやはや、驚きの一語に尽きますよ、全く」

としきりに首を振って同意する。

そのとき、これまで無言で凝視していた悠が、父親のうしろから小さな声で、

「お父さん」

と呼びかけ、

「この模様、立派な角のある鹿が二匹向きあってて、まわりはいろいろな花を織出してありますなあ。それから想像して、目と口の穴の部分を創作して織ってみたら、もとの錦になるのとちがいますか」

と小さな声でささやいた。

それを聞いて吉蔵に体中電流が走り、そうや、復元や、と思った。

このまま、このボロ切れのまま、ただ保管しておくだけでは年月という魔物のために、遅かれ早かれ、崩れ、溶けて風化し、錦の技術はこの地上から消滅してしまう。

人種こそ違え、人類が創り出した錦という高級織物を、この地上から永遠に無くしてしまってよいものか、と思うと吉蔵の心はおどり、かたわらに徳光先生のいるのもかまわず、膝を進めて、

「復元、ぜひそれをわしにやらしてみてくれまへんやろか。

わし、橋田侯爵のお蔵のなかの間道二十種ばかり蘇らさせてもろたんどす。

どないだっしゃろ。皆さん苦労して掘出したもんが汚れを落して生れだまんまの姿に戻るんは、これ日本の宝になるのとちがいますか」

というと、玉瑞師は驚いて目を見張り、徳光先生はまたあらためて腕を組みなおした。

「菱村さんや、そらいい考えだがね。

復元にはなかなかの金がかかるが、それを一体誰が負担するかの問題がまず立ちはだかる。

私がいつもいう通り、大谷探検隊の壮挙も、ほんとうは国がやることなんだよ。

それが出来ないばかりか、持ち帰った発掘品の後始末もいまだ道筋がっいていないというのが実状だろう?

なあ玉瑞さん、そうだねえ。でなけりゃ、私がいくら文部省にいたからって、こんなお宝、拝見させてもらえるわけもないさ。第一持帰った厖大なこの荷物の所有者は誰なのか、いまだに決まらないのじゃないのかい。

よしんば復元が成功したからといって、それをどこへどうするという第二の問題も起きる。一括して博物館などに収めるのが一番いい方法だとは思うがね。それもいまは手立てがないのはほんとになさけないことだよ」

徳光先生は少しばかり悲痛な響きを込めてそういい、それは暗に、現状では顔布の復元は至難のわざだといっているのだった。

吉蔵にはそれがよく判っているものの、このまま空しく引下ることは出来ないと思った。

橋田邸のときもそう思ったが、機の向うにいる異国の人の息づかいが聞えてくるような気がし、出来得ればもう一足踏み込んでその人たちの織物の技術と気持をたしかめたい思いは常に沸ってある。

間道は縞ものだから、悪戦苦闘しながら何とか完成に漕ぎつけたが、この目の前の、ミイラの顔布の、何とまあ精巧で優雅で、それに謎深いこと。

その昔、日本の貴族の女性たちが、国内で織られた錦よりも、唐渡りの蜀紅錦を誰も彼も争って欲しがった話も、これを見ればさもあろうとうなずける。

大宰府では、その要望を充たすため、官製の機場をこしらえ、織工たちに蜀錦を真似るよう指導したが、出来上ったものは皆、唐渡りとは似ても似つかぬものであったそうな。

女性だけでなく、男性でさえ蜀錦のような高級織物はふだんに用いてはならず、宮廷の重要な儀式にのみ、それも上位の官吏から着用を許されるということも、吉蔵はいまあらためて納得で

きたように思えた。

何という有難い織物か、天の恵みの蚕が生み出す世にも繊細な糸が織りなす布は、着る人をして位の高さまで押上げてしまう力が込められている。千二、三百年という遼遠な年月の昔に、たかだか海ひとつ隔てた隣の国で作り出したものを、我々日本の織物業者がそれをなぞることが出来ぬはずがあるものか、吉蔵は激情に身内がわなわなふるえるのをおぼえつつ、顔をきっと上げて、

「徳光先生、玉瑞さん、甚だ僭越ではございましょうが、この顔布の復元、この菱村にやらせてはもらえまへんやろか。

仰せのように費用のことや研究のこと、一切、ご迷惑はおかけいたしまへん。

いま、これを元通りの錦にせなんだら、錦は地上から消えてしまいます。

口幅ったいようだすけど、日本の織物界を背負うて来た我々には、そんなこと許せまへん。私にさしておくれやす。

この通りだす」

と吉蔵ははるか退って上座の二人に頭を下げた。

徳光先生、玉瑞師、二人とも驚きに打たれ、半ば口を開けたまま、言葉が出なかった。

ややあって徳光先生はおだやかな表情になり、

「さすが菱久の吉ぼんだ。

玉瑞さん、この子ならやるでしょう。

これまで織物の業界に革命の旋風を起したひとだ。間道の復元も見事なしとげている。埋蔵品の復元は国がやるべきだが、いまのところ、そこへ行きつくまでには時間がかかる。完成すれば世界中でたった一枚の錦になるかもしれない。

玉瑞さん、菱村にやらせてやって下さい。

この徳光からも頼みます」

と向きを変えて玉瑞師に頭を下げてくれた。

しかし玉瑞師は困惑の表情を崩さず、

「さきほども申しましたように、これらはまだ持主が決っておりませんし、よしんば関係者から許しが出たとしても、復元制作のために現物をここから取出すことはできません。

あまりに困難と障害が多すぎます」

と肩を落すのへ吉蔵はにじり寄り、

「簡単なことどす。

息子がここへドイツ製のカメラを持参してます。これで形ははっきり判ります。

そして色は、」

と箱のなかをのぞき込み、

「顔布の端がほつれてますやろ。その糸の端、ちょっとばかり拝借できたら有難いのですけどな。

欲いわせて頂くと、ミイラの周辺にこぼれてた糸屑、もしおましたらそれも貸しては頂けまへんやろか。

糸の組織と色を見るだけだすさかい、用が終ったらすぐお返しいたします」

というと、玉瑞師は首をかしげながら、

「糸屑といっても一寸に足りないくらいの切れっ端ですよ。それでもとの布が想像できるかな」

「間道のときも、そうどした。たまに布の形があっても、取上げたら指のあいだからこぼれ落ちてしまいましたんで」

という吉蔵の熱意に押され、玉瑞師も暗黙の形でうなずかざるを得なかった。

きっと玉瑞師も、我が手で日本へ連れて来た顔布がもとの完全な形に戻るのを、とっくりと眺めたい気持もあったことだろう。

＊

二楽荘を出ると辺りはもう夕闇に包まれており、本来ならば徳光先生に一献さし上げねばならないところを何かしら心急ぎ、駅前で丁重に礼を述べて別れてしまった。

別れ際に先生は、

「この仕事、菱村の財を傾けることになるかも知れないな。

私が応援するったって、金のほうは頼りにはならないしさ」

といい、そのとき吉蔵は、

「そんなこと、かましまへん。何とかなりますやろ」

と笑って返したが、のちになってそのことで苦しめられるとはまだ思いも及ばなかった。

吉蔵と悠、親子はそれぞれ興奮を抱いたまま、あまり口もきかず、宝塚の駅で下りて川沿いの道を辿っているとき、木かげから思いもかけず、仙がぬっとあらわれた。

「何やお前、こんなとこで何してたんや」

というと、仙は視線を悠に移し、

「悠ぼん、お友達が見えてさっきから待ってはる」

といって悠を先に帰し、吉蔵を並木のかげに誘った。

「何や、人に見られるやないか」

というと、

「ご寮人（りょん）はんがおかしおすさかい、さきにお知らせせんならんと思いましてん」

「おかしとはどんなふうや」

「さきほど台所で泣いてはりました。

何やメモみたいな、伝票みたいなもん何度もごらんになってはったんどす」

「メモ？　伝票？」

「うち、ちらと横目で見たら、宛名が池田ふくさまと書いたりました」

「えっ」

とたんに吉蔵は脳天に鉄槌を下されたように驚いて飛上った。

「それは何か。誰ぞがおむらに告げ口したんか」

「そら知りまへん。うちご寮人さんが泣いてはるのを初めて見ましたもん。そやさかい、こうして先にお知らせしておいたほうがええやないかと」

仙もまわりに目を配りながら、これだけを早口で告げると、

「ほな」

といい捨てて、走り去った。

露見

吉蔵はふくと懇(ねんご)ろになったころ、まだ心の隅の、ほんの小火(ぼや)としか考えておらず、そのうち火勢衰えてひっそりと消えてしまうかも知れへん、と思っていたふしがあった。

しかし案に相違して、ふくと過す時間が次第に至上のものと感じられるようになったころから、この時間をそのまま、東京の地に移すことを決心したのを思い返す。

いいかえれば、囲い者、とはよくいったもの、ふくを誰の目にも触れさせたくないという願望が昂まって行った果ての行動だった。

かといって、ふくが全く重荷にはならぬかといわれれば一瞬首をかしげざるを得ず、これが男の身勝手、とはよく判っているものの、それでいていまさらふくと手を切ることなど、とうてい出来得ないことではあった。

全く、ふくの従順さと来たら、たとえは違うが、柳に風の受け流し、一度も抵抗されたことがなく、とはときどき出る吉蔵の吐息だが、それだけにこんなふくと、しっかり者のむらとを比較

することなど、これまで頭に浮んだこともない。

しかし万々が一、ふくの存在がむらに知れたときは、それは吉蔵の想像をはるかに飛び越してこの家もろとも大爆発を起しはすまいか、という漠然たる不安はあった。

その不安は、幸町に一軒構えてやったとき最も強く、ふくの二階に行き着くまでにどれほどまわりを見廻し、行きつ戻りつしたことやったやら。

それが東京に隠れ家を作り、当面の危険は避け得られたと安堵していたのに、いまごろになってこんな話が持ち上るとは。仙の注進では詳しいことはまるで判らないが、吉蔵にはいま、恐ろしい事件が刻一刻、迫り来つつあるという予感があった。

宝塚の駅から家までは徒歩にしてわずか七、八分、仙の姿はもう見えないが、かといって吉蔵にはここで足を止めて思案をする余裕はなかった。

それに、吉蔵の頭のなかはさきほど見たミイラの顔布の衝撃でぎっしりと詰まっており、むらの顔が浮んでくるやたちまち、閃光のように顔布の図柄が鋭く差込んでくる。

あの錦裂のまん中には、角の立派な大鹿と、実の成った樹々が織り出されていたな、してみると、模様は観音開きになっていて、一幅に同じ紋様が四つ並んでいるわけか、しかし外輪円文の中の花は何かいな、唐草ていうのかいな、と吉蔵は目前の危険と、顔布の謎とに責め苛まれ、混乱しながらいつのまにか我が家の門をくぐっていた。

玄関から入り、家族や客たちが集って食事する居間を通ると、このごろ人の出入りも多くなっ

ているこの部屋では口々に、

「旦さんお帰りぃ」

「お帰りやす」

の声がかかるのへまだ心もうつろで、そのまま一番奥の自室に坐った。

夕食前の喧騒で、むらも仙も皆、台所に入っているのをいいことに、吉蔵はここに来てふくの件の露見をいっとき忘れ、腕を組んであの顔布の謎を考え続けている。

まもなく仙が膳を捧げてあらわれ、

「お待っとおさん。

旦さんお好きなビステキどっせ」

と、いつものとおり、フィレ肉を目の前で一口大に切ってくれた。

吉蔵は若いころからずっと牛肉が大好きで、なかでもフィレをさいころに切って醤油で食べるのがいちばんの好物。

仙のすすめに吉蔵は目を細め、

「そうか、そらおおきにで」

とさっそく箸を手に、よく焼いた厚手の肉をさもおいしそうに平らげてしまった。

その様子をみると、さきほど仙から聞いた危険な話はもうすっかり忘れているかのようで、

「お仙、悠に写真はよ現像してやて、いうてんか。

明日にでも見たいよって」

用をいいつけ、自分はいつものように寝るまでの時間を過す。

書物を読んだり、習字をしたり、ときには茶を点てたり、そして建て増しを重ねているこの家にはいま子供たちそれぞれの部屋の他に、書生という人たちも住みついている。

そういう人たちが入れかわり立ちかわり、吉蔵の部屋に来て織物の話を聞くこともあれば、このごろ流行りのシューマンの「流浪の民」のレコードなど聞かせてくれることもある。

いわば吉蔵のいちばん気分のゆったりした時間なのだが、今夜はいささか違って、書棚から中国の歴史関係のものを次から次へとひき出して来て、かのミイラの顔布に関わる知識の片々でも摑もうとする。

＊

そのとき、隣のむらの居間との境の襖がふいにさっと開き、襷を外したむらが敷居際に立ち、

「旦さん、ちょっとお話がおますのやけど」

と、日ごろの調子とは違う高い声で呼びかけるや、二、三歩進んで座卓の上に複写の控えらしい薄い紙をひらりと置いた。

「この池田ふくてお方は旦さんとはどういう関係だすか。

四月分と書いたありますけど、毎月三百円ものお銭、何のために払うておいやすのどすか。わてが服部からもらううちの台所の水仕(みずし)料は、月々二百五十円だす。どこへ何のためにこんな多額のお銭を払わはるのどす。わてが知っては都合の悪いお銭どすやろか。判るように説明しとくれやす」

吉蔵が聞いたむらの言葉はここまでだった。

突然、真っ黒な恐怖の壁がどっと真っ向から押寄せて来て吉蔵は思わずたじたじとなり、開いた本を畳の上に叩きつけるや、廊下側の障子を手荒く開けて裏口へ突進した。

障子を開けるまえ、座卓の角で向う脛をいやというほど打ったが、その痛さを庇(かば)うよりも押寄せてくる恐怖から一秒でも早く逃げたかった。

裏口の外側は荒れたままの庭が拡がっており、その右隅に先ごろ建てた研究室がある。吉蔵ははだしのまま、走って庭を横切り、灯りの消えているその研究室の入口のドアを開けると中に飛び込み、ふるえる手で鍵をかけた。

鍵をかけてあるのに、むらが追いかけてきそうな怖さにドアのノブから手を離さず、暗闇のなかで渾身の力を込めて握っている。

恐ろしや、恐ろしや、結婚して二十五年、あんなキンキン声で、あんなに威猛高にわしにものいうことなんか一度もなかったのに。

ふくがいてたって何や、むらは立派な本妻やないか、お前も子供らも、わし一度も飢(かつ)えさせた

ことはないやろが。でんとしてたらええがな、伝票一枚で逆上するやなんて、雇人たちにも恥しい。

しかし、あの伝票を、むらはどこで手に入れたんや。まさか服部が告げ口したんやあるまいな。ふくのこと知ってるんは永井と仙、それに毎月送金する服部と、これだけやけど皆々口の堅いのばっかりやしなあ。

これから先、わしどうしたらええのや。馴れた猫でも怒ったら毛を逆立てて火を噴くさかいなと次から次へと不安が拡がるなか、灯りを点ける勇気もなく、ただがたがたとふるえ、ドアのノブを握りしめているばかり。

一方むらは、一生一度夫を糾明、とばかりに鼻息荒く、伝票を握りしめて立向って行ったが、そこで見たものは本棚を後に、いまにも泣き出しそうな夫の顔だった。

日ごろ、客との談話や、研究室などから洩れ聞えてくる夫の声はりんりんとして力溢れており、その声から推して旦さんまだまだ元気と思っていたのに、案に相違して両眉尻を下げた、いとも情けない表情だった。

しかしそれは一瞬で、次の瞬間には座卓の角でいやというほど向う脛を打ったのにもかかわらず、足をひきずりながら、まるで鳥の飛ぶような早さで裏庭の闇のなかに消えてしまった。

むらは、ぺたんと坐ったまま、呆然と吉蔵の逃げた方向をみつめ続けた。

あの伝票は、複写用紙が薄紙のせいか、むらが毎月経理の若い者とやりとりするさまざまの生

活経費の書類のなかにまぎれ込んでいたもので、ひらりと落ちたその一枚を一瞥したときから、むらにはハッと感じるものがあった。

この六、七年、いかに仕事熱心とはいいながら、東京へ行くときのあのいそいそとした姿は、あれはいったい何？

東京ってとこはきっと旦さんを喜ばせるものが何かあるのやなと疑いつつも大ざっぱに推量していたものが、西片町、池田ふくの名でいっぺんに納得できたと思った。

その女はどこの誰や、ようもようもこのわてを騙さはって、と憤怒はむらむらとつき上げて来るが、そのときはちょうど夕飯の支度の時刻、三人の女子衆(おなごし)たちを督励して立ち働かねばならず、とき折、竈(かまど)のかげでにじんでくる涙を拭って堪(こら)えているのだった。

台所が一段落ついたとき、拳を握り唇を噛みしめて立向って行ったのだったが、予想に反して相手ははだしのまま韋駄天(いだてん)走りで逃げてしまい、肩すかしをくらったむらはなすすべもなくここにこうして坐りつくしている。

「どないしたらええもんやら」

出てくるものは涙と溜息ばかり、顎(あご)を衿に埋めて思案しても何の名案も浮ばず、そのとき、まるで招き寄せたようにあらわれたのは仙であった。

「うちが出る幕でもおへんのやけど、ちょっとお話しさせてもらお思て、出ました。かましまへんのやろか」

ふだん使用人の出入りを禁じているこの奥へ、いくら仙といえども勝手には立入らせないが、今日ばかりは頭を低くしてむらの脇にそっと寄り添って坐った。

ふだん吉蔵がふざけて「金太郎」と名付けているくらい凜々しく雄々しげなむらにして、今日はまた別人のように打ちしおれるさまはいっそ痛々しく見える。

涙を拭いながら、

「お仙、あんたは知ってるな。この女、どこの誰や。いつから旦さんを籠絡したんや。知ってること皆、わてに打明けてんか。

東京へは水仕料三百円も送って、こっちゃはたったの二百五十円や。これも許せへん。長いあいだ、わては騙されてたんやな。

旦さんて、うわべと違うて腹黒いお方や。

こんなお人とは思うてもみなんだ。わてがアホやったかいな。

お仙、わてはロ惜しえ」

というなり、むらは座卓の上にがばっと伏し、肩を波打たせて泣いた。

仙はその背をさすりながら、何故か、自分の来しかたのさまざまが日の前を流れすぎてゆくのを、うるんだ目で思い返しつつ、旦さんは腹黒い人とは違う、と思った。

ご寮人さんはちゃんと立ててはって、何も不自由はさせてへんし、おふくさんは二た親のめんどうまで引受けてはる、それに、これがいちばん大事やけど、うちがどんなに焦れても、旦さん

は見向きもしてくれはらへんもんなあ。と考えていると、いま吉蔵を取巻くむらとふく、それに自分の三人を較べてみて、何やいちばん可哀想なんはこのうちやないか、と仙は思った。

しかしむらの疑心は広がるばかりで、

「なあお仙、旦さんはまさかこのわてを離縁してそのおふくとやらを後へ据えるつもりやないやろなあ。

隠さんと皆話してや」

と詰め寄ってくる。

ここまで迫られると話すしかないか、と仙は腹をくくり、できるだけ落ち着いた口調で、

「うちが何も知らんと申上げてもご寮人さんは承知なさらしまへんやろ。けど、うちから見て、旦さんは去なすの、入れるのと、そんなん絶対違います。

おふくさんと仲良うなったんは、旦さんが西陣の業者のお方たちと特許のことで悩んではったそのときどす。ほんの気晴しのつもりで上らはったお茶屋で出会うたんが最初どした。

それに、おふくさんは筆屋の娘はんやのに字を書くのが苦手で、そんなおふくさんを見て、旦さんは胸いっぱい、むごい子やと思わはって、お世話する気にならはったん違いますか。

ご寮人さんもご承知のように、旦さんは情の深いお方どすもん、お子まで出来はった女子はんを、いまさら世間に放り出すことなど、出来るわけもおへんやおまへんか」

「えっ」

とここまで聞いてむらは飛上り、

「子まで生れてんのか」

と聞き返した。

「へえ。事実やさかい仕様おへん。

いま八つの栄ちゃん、七つの頼（らい）ちゃん、二つの朗（ろう）ちゃん、と三人続けて生れましたんや。皆丈夫に育ってはります」

「ええっ」

とむらはのけぞり、

「八つに七つに二つ？　そんなんうちの聡（さとし）やら直（すなお）やら、修（おさむ）たちとほとんど同じやないか。

いやらし。旦さんいやらし。ほんまいやらし。

知らん顔してそんなことしてはったんやな。

お仙、もうわて我慢できへん。船場へ去なしてもらいます」

いうやいなやむらは立上り、自分の部屋へ入ろうとするのを仙は素早く手を伸ばしてその袂（たもと）をおさえ、

「ご寮人さん、曲尺屋（さしがね）さんへ帰らはるんやったら仙は何もいうことあらしまへん。

そやけど、仙のいうこともこれが最後や思てちょっと聞いて頂いてもよろしやおまへんか」

というとむらはしぶしぶ坐り、さあ、と催促するように仙をしっかりと見据えた。

仙はむらの前に手をついて、

「奉公人の分際で、主に意見がましいこと申上げてバチ当りますのやけど、これは仙が自分自身にもしょっちゅういい聞かせてることとでもあります」

とすこしあらたまり、

「こちらへ押しかけ奉公で上って、長い年月が過ぎました。

その間、こちらのご隠居はんご夫婦は亡くならはったし、ご寮人さんのおさとのご両親も続いて眠らはって皆、代替りになってしまいました。いまさら曲尺屋さんに帰らはったところで、お店継いだ弟さんご夫婦が困らはるだけや思います。

いや、そんなこと申上げてるのやおへん。出町柳の大旦那はん嘉助旦さんのお葬式のとき、手伝ってた仙におたまご寮人さんがしみじみいわはった言葉があります。

『なあお仙、あんたも知ってるわなあ。うちの嘉助が放蕩もんやったてこと。菱久のお父さんから分けて頂いたお銭も、毎日日にち花街で使うて使うて使い果して、帰りは必ずつけ馬つけて戻らはるほどやったもんなあ。

わてと吉ぼん、あわや飢える寸前に追い込まれた挙句、吉ぼんが繻子の担ぎ売りはじめてようやっと息ついたことやったしな。

このぶんやったら、旦さんの葬式は通夜の客でさぞ賑やかやろな、覚悟しとかなあかんと、わて泣くどころやなかったんどす。

それが何と、通夜にも本葬にも一人も見えなんだんや』

と聞かされてうちは、え？　と問い返しましたところ、

『そうや、白首のお方たちや。うちのひと、あれで案外きれいに遊ばはったんやと合点しました』

とおたまご寮人さん満足げどしたんえ。

何でも船場の旦那衆のなかには、遊ぶときは派手に遊んでもお尻拭かずに遊びっぱなし、ちゅうお方が多うて、父親（てておや）の判らへんお子、ずらずら抱えて困ってはる話もよう聞きますとか。

それ伺うてうちは、おたまご寮人さんはきっとおふくさんのこともご存知なんやな、と何となくそう思いましたんどす。

通夜の客の話は、仙の口からご寮人さんにそれとなく伝えて欲しと思わはったんやないですやろか。

ほんま、嘉助旦さんといい、うちの旦さんといい、よそさんへは迷惑のひとつかけず、きれいに遊ばはったこと、ご立派やと仙は思います。

ただ仙は、」

といいさしてうっとつまり、見ると目にいっぱい涙を溜めている。

「ほんまいわせてもらうと、仙はお二人さんが羨ましいて羨ましいてかなんのどす。

仙がこれほど旦さんを好きなこと、よう判ってはるのに、旦さんは仙をお妾の端にでも加えて

くれはらしまへん。

顔も姿もうちは不細工やさかい、無理もおへんとは思うても、ときどきは大きな声上げて泣きとうなりますにゃ。さびしおすにゃ。ご寮人さん」

というなり、仙もこらえ切れず、むらに代って座卓の上に突っ伏して背を波打たせた。

むらはそれをじいっと長いあいだ眺めていたが、やがてしゃっきりと背をのばし、

「今晩ゆっくり考えさいてもらうわな」

というと立上り、隣の自室に入るとパチンとスイッチの音をさせて灯りを消した。

＊

仙も体を立てなおし、しばらくそのままで坐っていたが、やがて立上って裏口に行き、そこに脱いであった吉蔵の下駄を手に提げて庭を渡って行った。

研究室には灯りが点っており、仙が入口のドアをほとほとと叩くと、内側から重いドアが開いて首だけの吉蔵が、

「何やお前か。まあお入り」

と招き入れた。

研究室の中は、図案などを描くための小座敷と、染物をするための小さな炉、それに試し織の

機などが並んでおり、その机の上に色見本の本をいっぱいに拡げて吉蔵は熱心に見入っていたところらしかった。いきなり、

「今日はお仙は連れて行けなんだけどな、えらいもん見せられてしもた。

わし、もう頭の中がそのことでいっぱいや。

それ何と思う？

ミイラやで。土の中から掘り出したミイラの顔に被せてあった錦なんや。世界一の錦だったんや」

と吉蔵は熱に浮されたように目を宙に漂わせ、力を込めて語ったが、仙はそれを見て呆気に取られる思いであった。

ついさっき、吉蔵があれほど恐れていたふくの存在がばれ、あの無口なむらがかつてないほど逆上したその場にいた当人なのに、いまはもう織物にすっかり気を取られている。

いったい、このひとにとってご寮人さんは何？　おふくさんは何？　と疑えば、それは妻だの妾だのの位置をはるかに飛び越して、吉蔵を仕事へと駆り立たせる内なる炎のように思えてくる。新しい織の帯を作ったり、古いものの復元を目指すには、自分を沸き立たせ、燃焼させせなければ出来ひんのやなあ、と今さらにうなずけるが、そう理解するのは仙にとってひどくさびしかった。

床に目を落すと、そろそろ夜寒の季節なのにやっぱり吉蔵は素足のまま。その足許に下駄を揃

えて、

「なんならぶぶ漬け、お持ちいたしまひょか」

と問うと、吉蔵は聞えなかったのか、

「あの紋様はどこかで見てるんや、わしは。どこやったかいなあ。あ、」

と大声をあげて、

「ササン朝の旗印や。そうや」

というなり、小机の上の図案書の前へと走って行った。

仙はそんな吉蔵の後ろ姿を見て音を立てぬようそっとドアを閉めた。

＊

研究室に続くこの庭は、いずれこの家の子供たちが成長して身を固め、新宅を建てるためのものので、いまは雑草の生い茂るのに任せてある。

足もとが夜露に濡れるのもかまわず、仙はその雑草の中に立止って空を見上げた。

中天には秋も終りの鎌の月がかかっており、その研ぎすまされた上弦の刃をみつめていると、ひとりでに眼尻を伝って熱いものが滴（したた）りおちてくる。

ご寮人さんとおふくさん、どちらも旦さんの仕事にとっては欠くことの出来ひんお方や、と思うと、吉蔵がふざけていう、むらは金太郎でふくは観音さん、という役割があるのに自分には何もなく、それなのに今日まで吉蔵に焦がれてここまで来た自分がしみじみといとしく思えてくる。しかしどんなにさびしくとも、吉蔵のもとを去ろうとは、以前もこれからも、仙は微塵も考えなかった。

振返れば菱村での長い年月のあいだ、仙の身の上に全く変化がなかったかといえば、それはいくつかの機会はあった。

第一、実家の父英吉の目がもう見えなくなり、世話を引受けている兄善一から、

「うちへ戻って父親を見てやって欲しい」

という誘いを再三再四受けているのに、仙は聞き流したまま帰らなかった。

父英吉が亡くなったとき、仙はさすがに落ち込み、喪服を着て会葬者の最後尾について父親を送ったが、柩を載せた車が見えなくなるとすぐ、菱村の事務所へと着物をからげ、全速力で走って帰って来た。

兄が追いかけて来はせぬか、と後を振返り振返り、息を切らせながら走りとおしたそのときの自分の姿は鮮やかにおぼえている。

もう一つは永井との縁談のこと。あるとき仙はむらに呼ばれ、

「どやお仙。あんたももう四十になった。

ここら辺で身い固めて子供の二人や三人、養うてみたらどうやねん。永井さんは非の打ちどころのないええお人や。

世帯もったらうちの勤め止めはってもええし、ちょいちょい顔出してもろても有難いわなあ」

と、仙がこの話を断るはずもない、という自信に溢れたいいかただった、とそのときの仙はとらえ、目尻が釣り上るのを自分でも意識しながら、

「そのお話は、旦さんから出たもんどすか。それとも永井さんご自身どすやろか」

といささかきつい調子で聞き返すと、むらは少々驚いて、

「さあどないやろ。そんなんどっちでもよろしやないか。つまりは二人がつろくしてるってこっちゃ。なあ」

とすぐにでもまとめようとするのへ、仙は怒りで真っ赧になってぶるぶるふるえながら、

「うちがこちらへ押しかけ奉公に上ったんは、旦さんが好きで、一生おそばに居させてもらいとうてのことやと、いまではお店の皆、よう知ってはると思います。

仙のその気持はいまも、この先も、一生変らしまへん。変ることはありまへん。

こんな話に仙をのせて、お店から追い払おうと旦さんもご寮人さんも考えてはったのやったら、

仙は悲しい。あまりに悲しい。

それほどうちが目障りやったら、舌嚙み切ってでも咽喉突いてでも死んでしまいます」

と息を弾ませていう仙の態度は真剣そのもので、実際、台所へ包丁取りに走り出しそうな勢い

に、むらのほうが度肝を抜かれ、

「まあ、まあま、静まってや。お仙を追い出そうなんて誰もそんなこと、考えてえへんがな」

となだめたが、仙の権幕に恐れをなしたかその話はすぐひっこめ、以来、仙には縁談のえの字もいいはしなかった。

仙はご寮人さんを脅したわけでは決してなく、自分の覚悟を伝えただけだったし、それはまたいささかの嘘偽りもない気持でもあった。

そういえば、この話をご寮人さんと二人で交わしたのは、この同じ庭の茂みの中やった、今夜と同じように鎌の月が出ていたっけと、深海のように澄んだ夜空を見上げた。

今晩ははからずも恐れていたふくの存在が露見し、偶然仙が中に入ることになってしまったのだが、さっきの吉蔵の姿を見ると、その思いはもうひとりでずい分と先の、織物の世界を目がけて走っている。

「何やせつないなあ」

と仙はため息をひとつ吐いて、雑草のなか母屋へと帰って行った。

そして吉蔵は、あのミイラの顔布に出会った日を境に、まるで人間が変ったようになり、昼夜を分たず研究室にこもるようになった。

もともと、何かに熱中するときに常態でなくなるのは吉蔵のくせで、文字どおり寝食忘れて打

込むのだが、今度の場合はそれがいっそうひどいように仙には思えた。

もっとも研究は一人では出来ず、橋田家の間道に取組んだときのように組を作って分担するのだけれど、それも夕方には全員仕事をおいて帰ってしまう。

ガランとした研究室にひとり残り、顕微鏡をのぞいている吉蔵のかげが障子に映っているのを見て、食事を運ぶ仙はそのあまりのやつれかたにぎょっとして立止り、

「旦さん、病気にならはる」

と思ったことも一度や二度ではなかった。

遠いよその国の織物の復元なんて、人一人の命までも賭けねばならないものか、と全身ふるえるような深い感動と驚きを仙は感じる。

ミイラの顔布（がんぷ）を見て、あれほどの衝撃を受けたにもかかわらず、吉蔵はその復元にすぐ手はつけなかった。つけられなかった、といったほうが正しいのかも知れない。

何しろ、どこから攻め込んで行ったらよいのか見当もつかず、来る日も来る日も研究室の机に凭（よ）りかかってぼうっとしているばかり。

もちろんここへは職人も入れ替り立ち替り来るし、ときには永井も吉蔵の前に坐って話しかけたりもするが、その反応は沈黙か、或いはとんちんかんな返事だけが返ってくる。

もともと、何かをやり始めたらわき目もふらずに突進するのは若いころからのくせで、職人たちはそれをかげでは〝旦さんの神経〟と呼び、半ば揶揄的に気長く見守っているところがあった。が、ただ一人、仙だけはこのたびの神経はいつもと違う、と感じている。

吉蔵の性格は、ときとして気が触れたのではと恐れるくらい激しいが、一方また繊細な感受性も多分に持ち合わせていて、そのために創作織物の趣向が湧いてくるのだと、いまでは仙にさ

えよく判る。

もし吉蔵が、ヘマをした職人を怒鳴りつけたり、ビンタを張ったりするだけの人間だったら、これまで生み出した創造性豊かな帯は決して出来なかっただろうと思う。

しかし今回は、その吉蔵が何より恐れていたふくの存在が露見したことが重なり、吉蔵の胸のうちではさだめし、二つが相せめぎ合って火花を散らしているだろうと推量する。

むらと顔合わすのを避けているのか、はだしで逃げ込んで以来、吉蔵は研究室を出ず、三度の食事は仙が運んでいるが、目に見えて食欲が落ち、好物のビフテキのさいころもおおかた残しているのであった。

あの夜、むらは、今晩ゆっくり考えさいてもらうわな、といって自室に消えたが、一晩明けた朝のむらも、昼どきのむらも、また晩飯のむらとてもいつもと変りなかった。

こんなとき、

「あのお返事、どないなりました?」

などとは奉公人の身分ではいえず、仙も忙しく立働いていて翌々日、家の内でむらの姿を見かけないと思っていたところ、その晩、夕飯の仕度を手伝っている仙の前に不意にむらがあらわれ、

「ちょっとええか」

と差し招いた。

見れば、藤いろの手絡(てがら)をかけて中型の丸髷に結い上げており、仙はこの家に来てからの長い年

月、冠婚葬祭以外、このひとが髪を取上げたのを見たことがなかっただけに驚いて、

「えーっ、ご寮人さん、何かお事おすのどすか」

と思わず聞いた。

むらはいささかきびしい表情で、

「そんなことないねんけどな。まあ、たまには人さんに頭預けるのも気分ええもんや」

といいつつ、自室へと仙を誘った。

「あんなあ、こないだの話やけどな。

わて一切聞かなんだことにするわ。わての前で今後はふくのふの字も口にしたら許さへんで。

あんたもな、見ざる聞かざる言わざるを守ってや。

約束できるか」

ときつい口調で命じられ、仙は「へえ」とうなずきつつも、やっぱりご寮人さんの誇りってもんはすごいもんやなと思った。

むらは重ねて、

「ただな、わてが知らん顔して通しても、そこに子ぅがある以上、うちの子たちとは血の繋がる兄弟になる。旦さんとも父子やわな。

それはわてがどない止めても、ゆくゆくは必ず裏でなりと行き来するに決まってる。

それ思うと、わての胸のうちは小波どころか大波が立つさかい、お仙、あんた向うの子たちの

様子は、自分の心だけに閉じこめてきっちりと戸を閉(た)てといてくれへんか。

つまりな、ふくもその子たちも、初めからずっと、この世には居てへんもんとわては考えたいのや。

世間には、よう出来(でけ)た本妻さんもいてはって、旦那の妾も子たちも皆めんどう見てあげてるおひともあるそうやけど、わてはそんなお為ごかしの親切は性に合いまへん。

本妻が妾を好きになれるはずもない。あんたも知ってるやろ、苅萱道心(かるかやどうしん)の話。

本妻と妾、それはそれは仲好しでうまく納まっていても、ある晩、二人が双六している姿が障子に映ってるのを見て、旦那ははっと目が覚め、出家したちゅう物語や。

何故なら、障子の影の女二人、どちらも怨みむきだしの、髪の毛の一すじ一すじがすべて蛇になって互いに絡みついて争っていたつう物語や。これがほんまの女の気持というもんや思うなあ。

この話はこれきりにしまひょ。しかしやな、お仙、あんたも旦さんのことようお判りやろけど、あのひと案外、ずるいな、腹黒いな。長年騙された怨み、わては忘れへんで」

むらはここまでいうとほうーっと息を吐き、火箸を取上げて火鉢の灰をならした。

仙は手をついて頭を下げ、

「よう判りました。

ご寮人さんのお考えはご立派やと思います。

仙もいままで以上に三猿の戒め守りますさかい、どうぞ安心しとおくれやす」

といってむらの前を退いた。

仙は、むらが丸髷に取上げたのを見たときから、内心ふくと張りあって、吉蔵のよき嫁女たらんと心を決めたのだな、と判ったが、ふしぎに腹は立たなかった。

ふくのときはその美しさが嫉ましく、ともすれば涙がにじんで来て仕様がなかったが、いま遠く離れていればその気持もずい分とうすらいでいる。

仙はその夜、夕食の膳を研究室へ運んでいったとき、

「旦さん、お風呂沸いてまっせ。母屋へお帰りやしたら着換えもできますし」

と何気なくいうと、仙の顔を上目使いに窺いながら、小声で、

「むらはどないや」

と吉蔵が問う。

「ご機嫌よろしおますえ。髪結いさんへ行かはってきれいにしてはります」

というと、

「そうか、そうか」

と口をつぼめて嬉しそうにいう吉蔵を見て、仙は「あほらし」と思った。

しょせん二人は夫婦、小諍くらいはあり勝ちなこと、との弁えは二人のそばにもういく十年仕えている者の、しぜんに会得したものだったろうか。

そのあと、吉蔵は母屋へ風呂に帰って来、むらも何気なしそれを迎えて、表面はいつもどおり

の夫婦の姿に戻ったようだった。

二人の間近でずっとそれを見て来た仙は、夫婦っておかしなもんやな、としみじみ思う。ふだんご機嫌斜めの吉蔵はうっぷん晴らしにむらを叱りつけたり、ときには殴りつけるときもあるのに、一旦抵抗の気配を見せつけられると大の男がはだしで逃げ出してしまう。

してみると、この菱村を裏で廻しているのはご寮人さんなのかも知れない、と思うと、ひどく無口で用事以外あまり口を利かないむらの存在が急に大きく見えてくるのであった。

＊

あまり口を利かないのは吉蔵も同じこと、それは夫婦間だけでなく、従業員たちにも短い言葉しかかけないが、それがますますひどくなって来たのは、この夫婦喧嘩のすぐ後からだった。むらとの間は修復されたはずなのに、あれからあと、吉蔵は店へも自室へもほとんど姿を現わさなかった。

研究室には山のような資料を積み、その道の専門家には丁重な手紙を送って疑問点を正してもらい、顕微鏡をのぞき、染めた糸を点検する。

このころから吉蔵は夜、あまり眠らなくなり、子供たちが試験勉強で徹夜をするとき、庭の隅の部屋から朝まで灯りの消えないのをよく目にしていたという。

仙の心配も一方ならず、以前、高浪織（たかなみおり）や纐纈織（こうけちおり）を生み出したときや、また西陣の人たちと商標権で争ったときも、神経は昂ぶり、食欲とみに落ちて皆の者がどれだけ案じたか知れなかったが、今度の場合は少々様子がちがい、このまま放っておいてよいのかと思う。

ある夜、仙は庭を渡って膳を下げに行ったところ、食事にほとんど手をつけていないのを見て思わず、

「旦さん、あかんやないですか。お好きなぐじの一塩どっせ。

どうどす。一箸でもお口へ入れてみては」

とすすめると、吉蔵は大きな目ではったとにらみ、突然怒り出し、

「お前は誰や。仙か。仙やな。

わしの耳に朝から晩まで錦、錦、錦、錦いうて蟬みたいに啼きつづけてるのはお前やな。

ようし、ほんならお前は『周礼（しゅらい）』ちゅうんを知ってるか。

これはな、中国の周の時代に礼儀を定めたもんで、礼とはものの順序を正しくしたもの、と先ず書かれてある。

順序の基準になるもんは皇帝の衣服で、『周礼』にはそれが詳しく説かれてあるんや。知ってるか、これを。

即ち偉大なお方の身にまとう装飾品は偉大なるものでなければならんのやけど、錦いうてもぴんきりあって、二色以上使うてある織物なら何でも錦というし、まずどこの国でも基本の色が決

められておる。

西洋では大きく分けて三色、日本は七つ、周礼では五つやさかい、天子さんの錦はこの五彩が美しく調うたものを用いるのやな。

位が下るに従ってこの五つの色はだんだん欠けてくるわけで、かのミイラの顔布が何色使うた錦やら、悠の写真だけでは判らへん。

判らへんというんは実に苦しい。どしたらええのや。仙、どうしたら判るんや」

とさきほどの元気はだんだん萎み、膝をかかえてどうやら泣いているらしかった。

仙も困ってしまい、こういうとき、何の助太刀も出来ぬ自分をはがゆく思い、つい、苦しまぎれに、

「そんなんやったら、実際にご自分で中国へ行ってみやはったらいちばん早いやないですか」

とつい口走ってしまった。

吉蔵はとたんに首をしゃっきりと擡げ、

「そや、わしがアスターナの遺跡に行ってみたらええのや。そしたらもっと他のものも見れるやろし、いろいろなことが判るかもしれへん。

仙、お前、たまにはええこというなあ」

と久しぶりに笑みを浮べて立上った。

立上ってどうするかといえば、卓の上の電話の前に坐り、電話帳を繰っていくつも市外局番へ

申込んでいるらしかった。どうやら中国行きをただちに知人に伝えるべく、連絡をとりはじめたらしく、そのうちですぐ繋がったのは六甲の二楽荘だったが、お目当ての橘玉瑞師は留守ですぐ切れ、次は東京の青木先生や吉蔵を後援してくれている歌人の与謝野鉄幹・晶子夫妻、はては芥川龍之介の家まで番号を調べては申込むのを見て、仙はふるえ上り、受話器に飛びついて行ってそれをもぎ取った。

「旦さん、中国へ行かはることを、いまの先生方にお頼みするおつもりやったら、やめておくれやす。

まだ何も準備も出来てへんのに、夜分突然、こないな電話でお話するんはお相手もびっくりなさるやおへんか。

旦さん、今夜はやめまひょ。なあ、そうしまひょ」

と子供をあやすようにいって止め、仙は旦さんとうとう気が触れてしまわはった、と思った。

電話機を片づけ、仙は吉蔵にもう一度夕食の膳をすすめると身を翻して母屋に走り、壬生森町の事務所と連絡をとって永井にすぐ来てもらうよう伝えた。

まもなく駈けつけて来た永井にむらも入れて三人、仙から、

「このところずっとおかしおすにゃ。

頭がどうにかならはったん違うかしらんと思いますにゃけど」

というと、むらも眉を寄せて、

「あれは確か、二楽荘へ伺った日辺りやったな。ふだんでも変ったお方やけど、あのころからものいわんようにならはったとわても感じてます」

といい、それを聞いて永井もこれは放ってはおけない、と考えたものか、翌日、しぶる吉蔵をなだめすかして、同じ宝塚市の外れにある精浄院という神経科へ連れて行った。

院長の速水先生は吉蔵の存在をよく心得ていて、ていねいに診察してくれ、「神経衰弱」という病名を告げ、

「出来れば仕事を減らし、胃腸を大切にして足腰を鍛え、人間関係を単純にするよう心掛ければ、徐々によくなります」

と病いの心得を話してくれた。

ほぼ同年くらいの速水先生とは気が合ったのか、吉蔵は珍しく多弁になって語り、その日は気分よく帰ったが、以後、何かといえばこの精浄院を頼るようになり、自分だけでなく家族の者の健康も先生に相談するようになった。

＊

神経科の診断を仰いだことで心がひらけたのか、この年から翌年にかけて吉蔵は教えを乞うべ

く青木先生の許をひんぱんに訪ねるようになり、翌大正十三年にはこの用だけで四回も上京している。

吉蔵が熱を込めて語る錦の話とその謎を、青木先生もともに考えて推量し、想像し、案じてくれたが、それが病中の吉蔵にどれほど大きな力となり得たか、はかり知れないものがある。

そのなかで青木先生は、

「そのミイラの錦がササン朝ペルシアのものだとすると、ひょっとすると法隆寺夢殿の錦と共通の制作の方法かも知れないね」

といい出し、吉蔵はその話を小躍りするような気持で聞いた。

夢殿の錦というのは、法隆寺東院の本堂、夢殿に、秘宝として白布に包まれたまま眠っていた観音像の御戸帳（おとちょう）のことで、その御戸帳とは神仏を安置した厨子（ずし）の前などにかけるとばりをそういう。

夢殿を開扉し、観音像を包んでいた白布を解いたのは、明治十一年来日したアメリカの哲学者にして美術研究家のフェノロサで、ともにその作業に当ったのは、青木先生の先輩、初代の東京美術学校長、岡倉天心だった。

白布が少しずつ解かれ、中から徐々に現われた救世（ぐぜ）観音の感動的な姿を、当時の新聞は大いに報じ、作者は止利（とり）仏師か、などの憶測記事を載せたが、真実はいまだに判ってはいない。

青木先生はこの話をし、

「何しろあれからもう四十年近く経っていますからね。当時の寺院の担当者もたぶん代っているでしょうが、申し継ぎは必ずあると思います。一度法隆寺の錦を拝見させて頂きますか。何なら私もご同道いたしましょう」

と願ってもない条件を提案してくれた。

夢殿に入るさえ一般人には許可が下りないのに、千二百年も人の目には触れないままでいた錦を拝見できるとは何たる僥倖か。吉蔵が病いもふっ飛ぶくらい興奮したのはいうまでもない。

当日、下着まですっかり新しいものを身につけ、ともにこの作業に当る図案の不動横山と染めの鎌田範明、織の中岡芳一郎の新三羽がらすを伴って吉蔵は数珠を手に、低く経を唱えながら夢殿の前に立った。

青木先生を先頭に、二人の役僧に案内され、いまは掩いの白布も取除かれた百八十センチの救世観音像の前にひざまずくと、思わず四肢が硬直するような深い畏れを感じさせられる。

長い祈念ののち、両眼をひらいて御像を仰ぐと、宝冠を戴いた頭部、切れ長の大きなまなこ、両肩には垂髪が垂れ、天衣は体の両脇に魚の鰭のような形をして斜めうしろに撥ねており、両手には宝珠を捧げ持っている。

観音菩薩とは申せ、このおん方は少々異形にあらせられる、と吉蔵は感じた。

役僧は一包みの大きな巻物を二人で運んで来て、

「これはフェノロサさまが観音さまのおみお足許から発見遊ばした錦でございます。

当寺の伝承では、聖徳太子が物部守屋（もののべのもりや）を征伐したときの錦の御旗でありましたとか。当時の軍旗というのは、それ用に特別に織られたものであったと申します。何でも遣隋使の小野妹子が、二度目にお使いいたしました折に、こちらに持ち帰ったのではないかと伝わっております」

と説明する役僧にも手伝ってもらって、床にその巻物を拡げると、これは我が国では未だあり得ない緯（よこ）錦で、そうすれば隋で織られたものとの推量もほぼ成り立つ。

そして何と、幅は一メートル五十二センチもある上に片耳で切れているため、完全なものなら三メートル以上かも知れないというほどの大きさになる。

中国の軍旗は大きなほど威勢を示すというためか、聖徳太子の錦の御旗、というのも真実なのかも知れなかった。

その上、丸い紋様が横に三組連なっているのを三釜（みかま）といい、縦に五組並んでいるのを五段巾という配列や、丸紋の中の模様がササン朝ペルシアのものに酷似していることからみると、かのミイラの顔布が制作された条件とほぼ同じではないかとも思えなくもない。

しかし、長い年月にさらされているだけ褪色がひどく、色目はしかと捉えられないものの、図案の輪郭は明瞭に見てとれ、復元を志す者にとっては大きな力綱だった。

一見して判るのは、丸い枠の中の中央に向い合って織られている人物は二人、乗っているのは天馬、頭には日月冠をつけ、胡弓を引いて獅子狩りをしている、という紋様で、そうなればこれ

はササン王朝の王者ではないかという想像もできる。

織物とはいえ、何と立派な王者二人か。錦を取巻いた人たちは一ように「ほうーっ」という長い大きな息を吐きつつ、それに見入った。

そのとき、きゃーっ、とも、うおうっ、ともいえぬ驚きのうめき声をあげたのは、染めの範明といわれている鎌田範明で、見れば目をかっと見ひらき、指先をわなわなとふるわせながら錦の一端を指している。

それは、錦の端の、何かの拍子に内側に折り込まれていた三角の部分で、何と、燃えるような、溶けて流れるような、いや貫きとおして悲鳴をあげているような、ものすごい重量感のある緋いろの裂の部分であった。

紋様から判定すれば、王の戴いている日月冠の根もとに巻いてある高貴な絹の裂に違いないが、もしその裂一枚だけがこの錦の中を浮遊していても、それはたちどころに高い位を持つ裂であることが判るような、辺りを払う品があった。

範明は唇をふるわせつつ、

「わてらが長年、どれだけこの赤で苦労して来たやら。

まさしくこれは捜し求めていた太陽の赤だす。

これまで試して来た代赭、茜、紅絹、朱、弁柄、赤銅、蘇芳、韓紅、牡丹、紅梅、臙脂、数え切れへんほど赤はありますのどすけど、皆、時が経ったら変色したり褪色したりで、他の色に

化けてしまうのだすわ。

それをこれ、一体何や、千二百年かいな、三百年かいな、他の裂のかげに折り込まれて、生れたまんまの色でわてらの前に現われました。生々しい色や、小憎らしい色や、まだ雫が垂れてるようや。

社長はん、この赤とわい、ひとつ勝負さしてみとくなはれ。これを上越（うわこ）すみごとな赤、きっと染め出してみせますわ」

ふだん釜場で糸を染めるときには白い歯のこぼれさえ見せぬ範明にして、この熱の込めようはなみなみならぬものがあり、吉蔵もとより感動おく能わず、

「よっしゃ、さして頂こうやないか。

このササン朝の王さまが分明したら、ミイラの顔布の謎もすらすらと解けるかもしれへん。いや必ず両者は成功する」

とその場で決意を披瀝したが、この錦の復元については当の法隆寺でさえ、まだ確たる方針は定めていないらしかった。

しかし青木先生の後押しもあり、法隆寺救世観音の御戸帳の復元の作業が始まったのは、大正十三年の夏の初めごろではなかったろうか。

＊

吉蔵はもはやすっかり研究の虜となっており、あの勇にして気品あるササン朝の王の風貌を、糸でもって織り出し、世にも美しい錦を復元する以外は頭にはなかった。

今回は、吉蔵の持出し分も多いところから作業場もつつましく作り、寺の近くの民家の離れを借りての不自由な自炊生活となった。

といっても、仙をたのみ、一同の世話を引受けてもらうのだが、忙しい日常のあいだに仙の頭を過(よぎ)るのは、この際すっかり忘れられているような東京のふくの家族のこと。

吉蔵はミイラの顔布を見たころから、心ここにあらざる如く、上京はしてもそそくさと引返し、西片町に泊った気配もなく、またふくは元気かという言葉さえ仙は聞いてはいない。

皆つつがなく暮しているかなあ、とのび上って東京の空をのぞいてみたくなるような気分になるが、何しろ通信の方法がなかった。

電話はないし、ふくは未だに読み書きが得意ではない。よしんば自由に書けたとしても宝塚の私宅でも壬生森町の事務所でも、差出人池田ふく、の手紙が届けばちょっとした話題になり、またぞろむらを刺激することになる。

ただひとつ、月一回、東京の支店に顔を出す永井なら一番近くの消息を知っている可能性はあ

るが、永井も法隆寺作業場の手配にてんてこ舞いで、ちらと見かけてもすれ違ってしまうだけだった。

その日はむし暑い日で、仙は庭先に出した七輪に鉄網をのせ、皆の昼飯のおかずに干物を焼いていたところ、遠くの築地塀の角から永井が自転車を漕いでこちらへ向ってくるのが見えた。

「あ、永井さんや」

と仙は高く手を振って合図したが、永井は一瞬仙の方を見ただけでそのまま寺の通用門へ走り去ってしまった。

あらま、がっかりや、と力を落したが機会がめぐって来たのは、昼飯のあとだった。

吉蔵を含めて今日は五、六人、どやどやと戻って来て、麦飯に干物の質素な食事をすますと、茶を飲み、楊子を使ってまた寺へ戻って行ったあと、永井は一人、ぽつんと縁に腰かけている。

「永井さん、いっぺんおたずねしよと思てたんどすけど、おふくさんたち、息災でおいやすのどすか。

旦さんずい分久しゅう東京へ行かはらへんよって、私もご無沙汰どすわ」

というと、永井はシャツのポケットから封筒を取り出し、黙ったまま仙にさし出した。

宛名は壬生森町事務所の永井進様、裏には西片町三番地、池田広尾、とある。

「え？　これおふくさんのおやっさん？」

と聞くと、永井はうなずき、読んでみなさいというふうに顎をしゃくった。

中味は、いかにも筆屋の主らしく巻紙に墨書されてあり、まず時候の挨拶から日ごろの感謝の言葉をつらねたあと、次に、

まことに申訳けなき極みのご報告なれど、去る七月二十一日、ふく女三男、高畑朗儀、急な病いにてみまかりました。

このごろはやりの疫痢にて、発病後、ただちに駒込の病院に連れて参りましたが、もはや打つ手なく、僅か一日半の患いにて三歳の短かき生涯を閉じました。

菱村様の大切なお子様をお預りする私どもといたしましては、まことにお詫びの言葉もなき仕儀にございます。

あまつさえ、発病のご連絡も申上げず、また内輪にて簡素な野辺送りまで相済ませましたること、幾重にも幾重にもお許し頂きたく存じ上げます。

この件につきましては娘ふくは申すに及ばず、栄、頼二人の兄を含め、家族一同いたく悲嘆の涙に暮れております。

また、かような方法でしかご連絡のさし上げようもございませなんだことも、どうぞお見逃し下さりませ。

宛名は永井だが、内容は吉蔵に宛ててあるこの手紙を読み終えて仙は呆然としたまま、しばら

く口が利けなかった。

　今日は何故かふくの身の上が気にかかってならず、自分の金釘流の端書でも書いてみようかと思った矢先だったので、この衝撃は大きかった。

　黙ったまま瞼をしばたたかせている永井に、仙は、

「それで旦さんはいつ東京へ行かはります？」

　と聞いたところ、永井は小さく首を振って、

「社長は深くうなずいただけでした。

　鎌田さんと二人で、赤の染料はやっぱり蘇芳（すおう）にちがいないが、どこの国の木やろか、とそのことばっかり。

　お子さん亡くなっても悲しくないのだろうか、と私、思いました。親ならばすぐさま飛んで行って回向（えこう）の線香一本焚（た）いてあげても、まさかご寮人さんも怒りはしないでしょうに。

　朗ちゃん、いいお子でしたよ」

　と、永井でさえ涙をこらえていう。

西片町の家族

吉蔵の作業班は、御戸帳の復元制作をすすめてゆくうち、法隆寺に蔵われている多くの錦を見せてもらうことにより、仕事は著しく進捗した。

聖徳太子は、法隆寺や四天王寺などの大伽藍をつぎつぎに建立し、いまに残しているが、そこに住んだおびただしい数の僧侶は、いったいどんなものを着て儀式を執り行なったのかな、と吉蔵は手を拱いて考える。衣服だけでなく、建物や仏具を飾った裂地はどのようなものだったか、と全身これ興味と探究心というありさまで、寺側もそうなると綱封蔵という、勅封に次ぐ厳重な蔵の扉を開いて収納してあるものを可能な限り見せてくれた。

「これは皆、蜀紅錦です」

と説明してくれたが、仔細に見ると、なるほど大部分は中国の四川省成都で生産されたみごとな蜀紅錦に違いないが、需要のあまりの多さから一部には国産と見られるものがあったことも判り、つまりそれだけの審美眼、鑑識眼が吉蔵にも備わって来たということだったろうか。

いずれにしろ、祭祀に携わる僧侶たちはこれら豪華な錦を身にまとい、また華やかに賑々しく、神々しく美しく、いとも盛大に仏事を行なったであろう光景が興奮を伴って目に浮んでくる。

作業班一同がこれまでに較べて、一人一人がより高い矜持を自覚しつつ日々仕事にいそしんだのも当然であったろう。

吉蔵も、このたびの仕事は苦しさに呻吟するばかりでなく、そのなかに一抹の楽しさがひそんでいることを知った。

自分でも「これが火中の涼か」などと苦笑するのだが、綱封蔵のなかの錦の裂と照合しながら御戸帳の紋様をさぐって行くうち、魅かれるのは円紋中央の、左右相似形になっている若き王の姿であった。

凜々しさ横溢するその両の眉、闘志みなぎる眼光、高く品位ある鼻梁、猛獣を狩りつつ繊細な胡弓をかき鳴らすゆとり、たとえ織物であっても、ここまで雰囲気が出せるというのは何という力量の持主か、しかし自分も決して負けはせぬ、王の表情のみか、胸もとの首飾りのきらめきまでも実物以上に織り上げてみせる、と自分をしっかりと鼓舞するのであった。

のちにこの王はササン朝のホスロー二世、四隅の唐草はアカンサス、とほぼ推定されるのだが、名は知らなくとも見る人をして惹きつけてやまない魅力にあふれている。

＊

秋も酣（たけなわ）のある夕べ、仕事の帰り、吉蔵はふと何かに誘われて夢殿に近づき、その端に深く腰を下した。

辺りにはもう人影はなく、空にはみかん色の残光漂うなか、塒（ねぐら）へ帰る鳥の群があるだけの静寂。奈良の里は、西の宝塚とは違っていまひとつ底冷えがし、この時刻ともなれば足の爪先から冷気が這い上ってくる。

吉蔵は、自分をここに誘った何かを確かめるために西の空をみつめ、そこにぼんやりと浮んだふくの三男、亡き朗（ろう）のおもかげをみつけ出した。

正しく自分の子ではあっても、会うのは多くて月二回、東京に用のないときは三ヵ月も、ときには四ヵ月も顔を見ない故に、このたび急逝したと聞いても何の感慨もない、といえばそれはいささか違う。

ふくに子供が生れるたび、本家の子供たちも含めて、まるで千手観音のように立派な手が我が身に生え育って行くのは、極めて心丈夫な味方であった。

かくべつ子達に援軍を乞うつもりはないが、若いときから世間に対して身構えを解かなかった吉蔵にしては、味方は一人でも多いほうが頼もしい。朗の顔はくっきりとは浮んでこないが、母

親に似て色白な、とくにしつけのよい子だったと思う。

吉蔵が西片町の家へ帰ると、畳に手をつき、

「お父さま、お帰りなさいませ」

と廻らぬ舌でいい、それからよちよちと玄関へ廻って吉蔵の履物を揃える子だった。

いま、釣瓶落しの秋の陽が落ちようとする山に向って、

「ええ子ほど、早うに仏さんに召されるってほんまやなあ」

と一人ごちていれば、つぎからつぎへと朗のことが思い出されてくる。

生れたときは知らないが、ほぼ一ヵ月ののち、産褥を払ったふくが抱いている朗の顔をはじめて見たとき、吉蔵は何故かふっと、この子が一番自分に似ているのではないか、と思った。色の白さは母親ゆずりだが、眉の雄々しさ、きりっとした口もとは、若い日の自分引写しではないかと見、何となく顔がほころんだのを思い出す。

こんなこともあって、朗の急死は、御戸帳を一分の瑕瑾なきまでの完成品に仕上げたいと意気込んでいるときではあり、それに、死に場所も大阪でなく東京という、朗にとっては旅の空、と思えるほど縁の遠い土地であったことが不愍でならない思いがする。

かといって、冷たい骸となってしまった朗に、いま尊い観音像の御戸帳を奉献制作している自分が駈けつけていってかき抱き、その死を悼むことは、仏に対する大いなる冒瀆ではないかという畏れもあった。

死者の穢れを身につけたままで、制作はとうてい続行できないし、かといって朗一人のためにこの計画を取止めることは出来なかった。

考えてみれば、千年以上も昔の神仏への捧げ物をいまの世に作り出すのは、これは生半可な覚悟では出来ぬ、心身の続く限りを奉り、すべてを供え尽くしてもまだ足りないのかも知れぬ、と思うと、改めて芯から身ぶるいの出る思いがする。

吉蔵は、陽の落ちた西空を眺めながら、その場にじっと腰かけて朗のことなど思い続けた。辺りは夕闇が取り巻き、地を這う霧がしっとりと次第に身体に冷たさをまといつけてくる。そのとき、石畳の上を、聞き馴れた木履（ぼくり）の音がして近づいて来たのは仙で、

「旦さん、陽が落ちたらここらへんはとくべつ寒おっせ。今日は永井さんも来てはります。明日からの帽額（もこう）の打合せですやろか」

と薄綿をひいたあたたかい半纏（はんてん）を着せかけてくれた。

＊

このたびの御戸帳の制作では、原品の意匠を生かしつつ、綱封蔵に眠っていた他の錦の紋様をも応用してよいことになり、その打合せにずい分長く時間をかけているのであった。

帽額というのは、御戸帳上部の横幕のような掛け物で、他に野筋（のすじ）という飾り紐についても応用

が許されている。

織物の下絵は、もちろん最後は図案家が描くのだけれど、どんな配置にするかは染めの分野、織りの分野、全員参加して甲論乙駁(こうろんおつばく)、夜を徹して行なわれることが多い。

しかしどんなに論争しても、結局は吉蔵の主張に譲らざるを得ず、というよりは吉蔵の博識と、吉蔵の美を追求する情熱に圧倒されてしまい、協力するかたちになるのであった。

復元は、一見ボロに見える古い裂を顕微鏡で糸の数をしらべて計算し、糸を手に入れるのが第一段階だが、千年以上も昔の糸を分解してみると、当時の糸は桑の葉が硬かったためか絹糸が非常に強いことが判る。日本ではそれが手に入らないので、寺に頼んで伝手(つて)を求めて、四川省の桑の葉を取寄せたりした。

次にその糸を染めるのには赤はまず何といっても蘇芳(すおう)に頼らなければならないが、平安初期の禁中の儀式や制度などを記した「延喜式(えんぎしき)」には蘇芳も一色ではなく、深蘇芳、中蘇芳、浅蘇芳とあり、これもさまざまな輸入の品を試さなければ思う色は出ない。

それに蘇芳はまことに褪(さ)めやすく、すぐ茶いろに変色したりする性質があるので定着させるのに苦心惨憺する。

作業は遅々として進まないが、それでも原案、染め、織りの三拍子揃った日は一日に何とか三ミリぐらいは捗(はかど)り、そんな夜は夜食の茶粥の味も格別だった。

一尺即ち約三十センチ織るのに、休日なしで三ヵ月ともなれば、少しばかりの情熱くらいでは

作業は持続し難く、こんなとき一同を励ましてくれたのは仙の作る奈良名物の茶粥であった。

仏に捧げる尊い品作りのため、一同堅く酒断ちを申渡されており、疲れて眠る夜などしみじみ酒は欲しいが、それに代るものとして茶の香り高いあつあつの粥は、ほっかりと体を芯からあたためてくれたことだった。

こんなある一日、吉蔵のもとに長男悠がやって来、広幅の機(はた)にかかっている御戸帳の織物を見て、喜びの声をあげた。

「やっぱりミイラの顔布と共通性が仰山ありますね。紋様は狩猟の王と鹿との違いこそあれ、まぎれもなく同時代の文化なんやね」

と興奮して話す。

実は、少し前から悠も菱村の研究室へ入り、ミイラ顔布の欠落した穴の部分にはいったいどのような紋様があったのか、ああでもないこうでもない、と若い職人たちとともに試行錯誤しているのを吉蔵は知っていたが、あえてそのままにしておいた。いまは京都帝国大学で美学を勉強している。

顔布は吉蔵に西域への大きな興味と知識の扉を開いてはくれたけれど、いまは御戸帳の錦の解明の急務に迫られている。いずれ道はおなじ、と思い、何やら安心して、

「思うようにやってみ。わしを追い抜いたら大したもんや」

と肩を叩き、久しぶりに親子顔を見合わせて笑った。

このときは、もう間もなく御戸帳が完成する見通しだったたし、親子でも日ごろ距離を置いている吉蔵にしては珍しく明るい笑顔だった。

そしてまもなく救世(ぐぜ)観音御戸帳が完成したが、厨子にかけてみるとたんに夢殿の内部は光輝充ち、それに、吉蔵寄進の創意工夫による帽額も野筋もぴったり調和して、その神々しさはたとえようもなかった。お詣りに訪れた人々も涙を流して喜んだという。

のちにこれは四天王獅猟文様錦(しりょうもんようにしき)、略して獅子狩文錦(ししかりもんきん)と名づけられ、世界的に有名になったが、法隆寺を代表する錦としていまなお語り伝えられている。

*

一つの大きな仕事をなし終えたあとは、例えていえば手足をきつく縛られていた罪人がご赦免になり、ぱらりとその綱をほどかれた感じがあって、吉蔵はしばらくのあいだ、宝塚の自宅でぼんやりと過した。

何はともあれ遠くの西片町の家族の顔も見なくてはならないが、何故か以前のように東に向ってひた走りに走って行きたいという衝動がうすれており、何かしら体のだるい感じがつきまとう。

仙もしきりに、

「旦さん、お顔いろがすぐれまへんで。

奈良で茶粥ばっかり召上ってたさかい、そのせいでっしゃろか。すこしは精のつくもんも摂らはらんとあきまへんなあ。

ビステキ、ビステキ」

と膳をすすめてくれるが、あまり食欲もない。

念のため、精浄院の速水先生の往診を乞うと、

「毎日少し運動なさったらよろしおますな。ラジオ体操でもよし、お散歩もええですな。お謡いうたわはるのも気分晴れまっせ。

頭使うばっかりのお仕事やさかい、気いも詰みますやろ」

とのことだったが、先生のその言葉が生きてくるのはもう少し先になる。

というのは、法隆寺の御戸帳の復元をはじめたことで吉蔵の名はさらに上り、その年、百貨店が農商務省主催の「第十一回工芸展覧会」に出品した吉蔵の「唐様更紗金唐錦丸帯」は何と二百九十五円という値がついて大いに評判を呼んだ。

この数字となればもはや天文学的、とまではいかずとも、単に帯一本の値段とは遠く離れ、美術品に近いものとなる。

吉蔵が法隆寺の仕事に就く前辺りから、青木先生をはじめ、織物界、古美術界では吉蔵の評価は動かぬものとなっており、とうとう帝室博物館より奈良正倉院御物裂の研究復元を委嘱(いしょく)されたのであった。

まだ御戸帳の完成を見ないうちであったが、このときの喜びは何ものにも代え難い大きさだったと吉蔵は振返る。

正倉院とは人も知るとおり、その昔、平城京で華やかな天平文化を花咲かせた時代の、聖武天皇ゆかりの品々、東大寺儀式関係の品々、そして西域など外つ国々で制作された宝物も含めて、膨大な点数が納められている正倉のことである。

中には、西域で作られシルクロードを経て伝わったもの、唐や新羅で作られたもの、また正倉院に残存していてもその品の故郷ではすでに消失しているものなど、貴重な品々が保存されてあり、世界の宝庫ともいえる貴重な存在。

正倉院は建造以来今日まで、天皇の命による勅封と、僧綱や東大寺が管理する綱封とによって厳重に守られて来たが、いまはすべて勅封となり、容易に中はうかがえぬものとなっている。

我が国の古美術研究を志す者、いやそればかりでなく、正倉院の存在を誇りとする者、皆ひとしなみにせめて一点なりと宝物を拝見したいものと熱望するのだが、白い奉書で錠前の上に結ばれた封の威力の前には如何なる人もそれを開けることは許されないのである。

法隆寺の御戸帳に着手しはじめたころから、吉蔵の夜毎の夢に天平時代の人や、物や、景色などがあらわれ、それは悩ましいほどだった。

天平時代とは如何なるものか、具体的には何も知らないはずなのに、ミイラの顔布や法隆寺御戸帳によって導かれ、とうとうここまで来たという感じがあり、そしてその先は、まぎれもなく

正倉院の御物だというたしかな暗示を受けるのであった。

御戸帳制作のあいまや、また所用で東京の青木先生宅を訪ねたときなど、吉蔵はよく正倉院の話をするようになり、

「裂によらず、名品中の名品が仰山おますてなあ。

一度拝ませて頂いたら目えつぶれる、いわれても、やっぱり一度でええさかい、拝ませて頂きたいもんだすな」

などとうわ言のように呟く折もあった。

それだけに、帝室博物館からの委嘱状をもらったときの吉蔵の喜びときたら、想像に難くないものであったろう。

この辺りから、菱村吉蔵には名人らしい一種の風格が出て来たという賛辞を投げかける人もあれば、いやあれは、ただ名人ぶってるだけや、とけなす人もあった。

が、本人は一向に馬耳東風のていで、ただ以前にも増して寸暇を惜しみ、錦という織物に挑もうとする態度には周囲も驚き、且つ感嘆するばかりであったという。

＊

吉蔵が久方ぶりに西片町を訪れたのは、御戸帳を納め、残務整理を終って二ヵ月近くあとのこ

とだったろうか。

東京は夏も近い若葉の真っ盛りで、吉蔵も来るべき正倉院の仕事を迎え撃つためか、元気いっぱいで、供の仙に、

「今度は三日くらいはのんびりしよと思てるさかい、お前も行きたいとこあったら行って来てえで」

とやさしい言葉をかけてやった。

「へえ、おおきに。ほんならうち子供たち連れて、遊びに行ってきまひょか。

ふだんはどこへも連れてってもろてないみたいやさかい」

と言外に、『お父さんがいてはらへんよって』といささか非難がましい口調でいうのを、吉蔵も笑って許している。

西片町では久方ぶりの主の帰館にうち中大歓迎で、玄関に並んで、

「お父さまお帰りなさいませ」

の次に、今日ばかりは、

「正倉院のお仕事、お目出とうございます」

までつけ加えて吉蔵を喜ばせた。

広尾夫婦も、いつものようにすぐ一間に引っ込まず、膝頭を両手で抱えつつ恐縮しながら、

「昔、筆作りの仲間から聞いた話どすねんけど、大仏さま再建の折、後白河法皇さまが仏さまに

登られてお目を入れられたというそのおん筆、正倉院にちゃんと保存したあると伺うております。もしやもし、旦さんがその筆をごらんにならはる機会がおましたら、この広尾にそれをお話し聞かせ頂けませんやろか。

どんなお筆か、お話だけでも聞かせて頂きとうございますのやけど」

という懇願を聞いて、女房のためもふくもあわてて、

「これお父さん、そのような」

とどめるのを吉蔵制して、

「無理もないお望みや思いますなあ。おそらく日本国中の人は皆、天平のお宝を一目見たいと念じてると思いますけどな。

話に聞けば、お倉のなかには一万点ものお宝が山積みされているそうや。

そのなかで、わしらが触らせて頂くんは、ただの一点か二点、だけではおまへんやろか。

それも果して成功するかどうか判らへん。何しろ古い時代のものやさかいなあ。ただ、ひょっとして、何かの拍子にそのころのお筆を目にすることがあったら、しっかりと拝見してお父さんにお伝えしますわなあ」

との、いうなれば婿の言葉に広尾は感激し、てのひらで目尻を拭いながら引退(ひきさが)った。

珍しく家族歓談のあと、吉蔵はいつものように二階に上り、蒲団に腹這ってお馴染みの煙管(キセル)で一服ふかしていると、ふくがそっとしのんできて、「お疲れどっしゃろ。お肩すこし揉みまひょ

か」という。

「おおきにで、かめへん、かめへん。お前こそ。さ、早うこっちへお入り」

と吉蔵は体をずらせ、片手で夜具を上げて丸くトンネルを作ってやると、ふくは嬉しそうに鬢をかき上げながらすべり込んでくる。

ずい分久しぶりの触れ合いで、いつもは静かなふくも今日ばかりはほとんど涙をにじませながら、吉蔵をかき抱き、吉蔵もまた、かぼそいふくの体を折れんばかりに両の腕の中にあたためる。

嵐のようにはげしいひとときが過ぎると、二人とも息をととのえながら衣紋をつくろい、ふくは部屋の隅の鏡をのぞいて乱れた髪を梳きなおす。

その後ろ姿に、吉蔵はしみじみと目をやりながら、

「おふく、お前大分やせたんちゃうかな。軽い咳もしてるようやし。風邪かいな」

と聞いた。

たしかに肩も薄くなったし、じかに触れ合った胸も以前のふくよかさは消えて何やら骨っぽい感じがする。しかしふくはこともなげに、

「咽喉がちょっといがらっぽい感じどすけど、まあ何ともおまへん」

というのへ、

「風邪は風邪でもこじらせたらめんどうやで。

早いとこ医者に診せといたらええで」

といぅと、ふくは待っていたように、ふり向いて、

「旦さん、東京のお医者さんてあてになりまへんのだす。わてらを大阪もんやと見くびってはるのかどうか知りまへんけど、朗のとき、すぐ駈けつけてくれたら助かってたかも知れまへんのに、ぐずぐずしてはったために手遅れになってしもうたんだす。

こんな口惜しいこと、よう忘れしまへん」

というなり、袖を目に当てておいおいと声を放って泣いた。

朗の死後、二人が会うのはこれが始めてだったから、ふくにすれば母親ひとりで野辺送りをしなければならなかった悲しさを、何より一番に吉蔵に訴えたかったものであろう。

しかしいまの吉蔵にとっては死者も病いも不吉な忌みものであって、ふくとともに朗の死を嘆くことさえ一種のためらいを感じるのであった。

これから正倉院の品々を拝するという、常人にとってはたとえようもない名誉の門出が、ふくのこらえ切れない涙によっていささか気まずいものとなり、三日滞在のはずが一晩だけで吉蔵は翌日夜行で帰って来てしまったのである。

考えようによっては、何と尊大なものかと思えるが、このころ一般ではまだ正倉院といえば雲上の御物、という感覚で捉えられており、そこから復元を委嘱されたことは、後世に語り伝えられるほどの重みがあった。

ふくの手放しの悲しみようを見て、吉蔵は苦り切り、翌朝仏壇への祈念も略したし、むろん墓参りにも行かなかった。

吉蔵の気持が判らぬふくではないはずだが、片親で育てる子への愛情はまた格別のものがあったのではなかろうか。

ただ、吉蔵は翌日仙を呼び、ふくを病院に連れて行くよう命じ、結果が判るまで自分は日本橋の支店で二人を待った。

医師はレントゲン撮影をしたあと、仙とふくに向って、全く思いもかけぬ答を告げて、

「肺尖に浸潤状の影が見られます。療養についてはまたご相談に乗りますが、どのようになさいますか」

とのこと、このときの二人はただ呆然としたまま無言で診察室を出て来たのだという。

結核は亡国病といわれ、若い人のあいだに蔓延してその命を奪う恐ろしい病気だが、二人ともいまのいままで、結核については確かな知識もなく、宣告されてはじめて鉄槌が下された感じであった。

支店の控室で報告を聞いた吉蔵も一瞬頭の中の思考が止まり、言葉を失なって二人をみつめたままであった。

ようやく我に返り、

「で、先生はどないしたら快うなるとおっしゃってはるのや。薬ももろうて来たんやろな」

と聞くと、仙は激しく首を振って、

「そんな簡単やありまへん。伝染(うつ)ります。伝染ります。栄(えい)ちゃんや頼(らい)ちゃん、うち中みんな罹るかもしれまへん。うち診察室のポスターで見ました。隔離(かくり)せんなりまへん。黴菌(ばいきん)から逃げんなりまへん。先生にご相談しておふくさん入院してもろたらどないですやろ。旦さんも大事なときやし、ここで病気にやられてしもたらおしまいどす。旦さん、そうしまひょ」

「お仙、落着きや。今すぐどうすればええのや」

「わかりまへん」

「よし」

と吉蔵は着物の膝を叩いて土間に立上った。

「永井を呼ぼう。こんなとき、冷静に処理できるんは永井しかいてへん。お前ら二人はすぐ西片町へ帰り。わしは夜行で宝塚へ帰る。おふく、気いつけてな。お仙、おふくを見たってや」

といい残すや、さっと支店を出て表の雑踏の中に紛れ込んで行った。

正倉院の琵琶袋

午後の安静時間が終ると、遠くでせせらぎのような清らかな合図の鈴の音がしばらく響き、そしてゆるやかに近づいて来て、部屋の前をゆっくりと通り過ぎてゆく。

その音いろを耳の底に捉えたまま、ふくはおもむろにベッドの上に身を起し、窓に近づいてカーテンを左右に開いた。

ここは東京府の北、武蔵野台地に拡がる清瀬(きよせ)の町で、緑濃い灌木がなだらかな起伏を見せているなか、あちこちに病院らしい建物が見える。

その緑を貫いて白い小金井街道が一本、北へ伸びているのが見えかくれしているが、ふくがこの場所に連れてこられたのはいまから三ヵ月ほど前だった。

吉蔵にすすめられ、仙と共に訪れた病院でレントゲンを撮られ、

「肺尖に浸潤状の影が見られます。お子さんもいるなら、早急に手当ての方法を考えましょう」

といわれたとき、ふくは病気の恐ろしさがまだよく判ってはいなかった。

結核は伝染（うつ）る、くらいは知っていても、いま共に暮している家族たちは皆健康だったし、結核の患者に接触したという記憶など全くといって無い。

ただ、ここ半年くらいは乾いた咳が続き、夕方になると少し寒気がする程度の自覚はあったものの、それが大病に結びつくなど考えつきもしなかったし、医者からの説明を聞いたあとでさえ、それが自分とは思いもよらず、何やら遠くの他人（ひと）ごとのような感じだった。

しかし、病気を一番恐れたのは吉蔵であって、とりあえず一切を仙に押しつけたまま、その場を離れ、まっすぐ宝塚へと帰った。

さぞかし薄情なやっちゃと思てるやろうなあ、と、内心申しわけないとは考えるものの、頭の中は間もなく始まる正倉院御物の研究でいっぱい、もし自分も共に結核に倒れたら、泣くにも泣けん、とその恐怖がまず先に立つ。

実をいえば、これは以前から織物業者のあいだでは一番恐ろしい病気、と恐れられていて、工場経営者としては織工たちの健康管理の中でもとくに気を配っているということがあった。

京都の町屋は、昔から鰻の寝床などと呼ばれ、入口狭く奥へ長いため、内部には陽の射さない仕組みになっている。

その上、仕事が家に籠っての手職や家内工業が多いこともあって、太陽光に当らないのが原因の病気は全国でも京都が断然多かった。

とくに織工たちは、寸暇をさいて機（はた）に上っているので労働時間が非常に長い。五燭（ごしょく）電灯ひと

つの灯りをたよりに、一日中背を丸め、弁当を使う間も惜しんで働く姿は、労使ともに元も子も無くす危険を孕んでいる。

この道もう三十年を越す吉蔵も、結核で亡くした織工、亡くならないまでもいまなお病床に苦しむ織工の例を数多く見聞きしているだけに、このたびのふくの罹患は衝撃的であった。

いったいどこで、誰から伝染されたんや、わし手が空いてたら仇取ったるのに、と、歯ぎしりするほどに口惜しいが、しかしいまは幼い子供を護ってやらねばならぬ立場にある。

＊

気も心も急(せ)いて宝塚へ帰った吉蔵が永井に会えたのは、しばらくののちであった。仙も帰っており、他聞を憚(はばか)って壬生森(みぶもり)町の事務所で経緯を話すと、永井は珍しく渋り、

「私が病人のお世話をせんならんのですか」

といい、さすがに吉蔵も怯(ひる)んで、

「他に誰がいてるのや。仙は女子(おなご)やし」

というと、永井も進まぬ様子ながら、

「社長、経理の服部使ったらどうですか。あいつは確か若いとき肋膜をやっているはずです。胸の病いは一度やったら免疫とやらで二度は罹りにくいと聞いたことがあります。

ただ、東京の病院の事情は服部にはよく判らないでしょうから、私、調べて手配しましょう。しかし、病人のそばへ寄ることだけはごかんべん下さい」

という案を出してくれ、そう聞くと吉蔵もほっとして、

「べつに、菌が飛びかかってお前の首絞めにくるのやないで。万一襲われたら、その体力で捻じ伏せられるやないか」

「冗談でしょう、社長。肺病は大男小男の別なく狙ってきますよ」

と大兵の永井は笑った。

本来の仕事以外の任務を押しつけるのはいかにも無理だとは判っていたが、永井が頼み込むと、意外にも服部は嫌がりもせず引受けてくれたという。

「よろしおま。

わておふくさんにはお目にかかったことはおへんけど、お世話て、どのくらい踏み込んでやればええのどっしゃろな。

その辺のことも、ま、一切任せてもらえますやろか」

との質問はもっともで、永井も具体的にはよく判らないまま、

「そうだね、まず入院すれば先立つものは金だろうし、あんた経理やから、うちの帳尻合わすよう、工夫してもらえたら有難いな」

との頼みかたで、とりあえず二人連れ立って東京へ向った。車中、服部は何となくうきうきし

ているように見えたが、聞けば東京は初めて、とのこと、そんな都会への期待もあって病人を引受けてくれたのかもしれなかった。

二人はまず、最初診断を受けた町医者を訪い、結核患者を入れてくれる病院について紹介と説明を求めたところ、医者は迷わず、武蔵野鉄道沿線の清瀬地区を指さした。

「正直な話、結核には薬がありません。

あるのは大気、栄養、安静の三大原則だけです。このうち栄養と安静は、費用と強い意志さえあれば東京のどまんなかでも守れないことはないでしょうが、清浄な大気となれば転地をしなければ得られないと思われます。

その点、清瀬地区は東京近郊では稀なほど澄明な空気に充ち、近隣には工場もない。近い将来、国立や府立の結核療養所も建設されるそうですし、その立地条件を売物にして、すでにいまある大小の病院も患者を受け入れています。

結核は気長い養生が必要ですから、このうちどの病院かを選んでまず入られては如何ですか」

との話を聞いて、永井は身をのり出し、

「ではそこに入院すれば、病気はなおるでしょうか」

とたずねると、医者は首を振って、

「それは何とも申上げられません。何しろ菌を撲滅する決定的な薬がないわけですから、なおるという保証はないのです」

という答しか得られなかった。

永井の気掛りは、入院費用はいったいいくらか、どれくらいの期間入院すればいいのかという点だったが、これも決してたやすい額ではなく、病院を辞した二人は頭を抱えこまざるを得なかった。

しかし、道々二人がどんなに声高にいい合ったところで、ただいま十歳の栄、九歳の頼を守るためには、母親と二人を引離さねばならず、それには家で同居する危険を避け、やっぱり入院加療するより他方法はなかった。

永井は長距離電話で吉蔵といく度も連絡を取り、最終的には私立の清瀬病院と決めてのち、京都へ帰って行ったが、永井のこのこまかな心配りや段取りがなければ、事態はまだ一歩も進まぬどころか、却って悪化するところだったろう。

＊

肝腎のふくは、病状の深刻さが判ってくるにつれ、まるで思考力を無くしたかのように、ただぼうーっとしてうずくまっているだけだった。

家の内では、子供二人こそ元気だが、両親はがっくりと憔悴し、気力を失ってろくにものもいわなくなり、わずかに、妹しげが仙の帰ったあとの家事を引受けて立働いている。

こんな池田家へ、ほどなく永井と別れた服部があらわれ、胸を叩いて、

「ご心配いりまへん。わてが万事社長からいいつかってまっさかい、任しとおくれやす」

と力強くいい、何くれと如才なく相談に乗ってくれたが、それが池田家の皆にはどれだけ有難いことだったろう。

ふくも、肋膜をなおしたという服部を頼もしく思い、すこし心をひらく思いで、ある日恐る恐る、

「申上げてよろしおすやろか」

と伺いを立て、

「ほんま我儘いわせてもろて、叱られるかと思いますけど、うちの入院先、大阪ではあきまへんやろか。

清瀬はええとこやと聞かせて頂きましたけど、ここからは遠いし、それにどなたも知ったお方がいてはらしまへん。

そら病院やさかい当り前だすけど、あんまり遠いと子供や親たちにも会えへんし、うちかて病院からここまで一人では帰られへん思います。

その点、大阪やったら様子判るし、人さんにもひょっとして来てもらえるかもしれしまへん。

無理なお願いでっしゃろか」

と小さな声で告げたふくの顔を、じっと下目で見た服部は、

「おふくさん、あんた何考えてますのや」

と居ずまいを正し、

「あんたなあ。いま自分が人に嫌われる病いに罹ってること、判ってますのんか。

ほんまなら道端のお菰さんのように放されるか、それとも俊寛の島流しってとこを、うちの大将お人がええさかい、銭のかかる清瀬にあんた入れるの承知しやはったんやおまへんか。

向うへ入ったらな、そこが鬼界ヶ島やと思うて、どんなことがあっても逃げ帰ったりしたらあきまへんで。

そんな体で、何が大阪やねんな。

昔は大阪も水の都で、水辺はきれいやったけど、いまは日本一の煙の都になってしもうた。病気療養なんてとんでもないとこでっせ。

それに、あんたのことがご寮人さんに知られたら、こらえらいこっちゃ。

我々がこないして、本職以外の仕事手伝うてるのも、つまりはこれ皆、商いがうまく廻るよう願うてのことですやろ。

あんたもそこ考えて、これ以上もう事起しせんよう、静かに籠って真面目に病気なおしとおくれやす」

と服部は一膝すすめ、

「え？　わかったかいな」

と念を押すようにふくの顔をのぞきこんだ。

ふくはいま、ひたすら人にすがらねばならぬ身、道端のお孤さん、俊寛の島流し、と思わず青ざめるような言葉を浴びせられても口答えのひとつ出来ず、そのかわり、唇を嚙みつつしゃくりあげて泣いた。

このときからずっと、もう三ヵ月、清瀬病院の一階、結核病棟の百二十四号室に落着いても、ふくの涙はなおとまらなかった。

涙の海、と自分でも呟くほど、あとからあとから熱い涙、冷たい涙、交互に頰を伝い、顎から首筋へと滴り落ちる。

清瀬へと出発の日、子供たちの登校後の時間を狙ったのに、栄のズック靴、頼の野球ボールなどを見ると、もういけなかった。

子供部屋の襖に額を押しつけて泣き、服部に促されてやっと玄関を出たものの、つい小走りに戻ろうとし、送りに出たしげにいく度おし戻されたか。

そして清瀬に着いたその日からの、たった一人の病室。南側に窓があるばかりの乾いた部屋で、ふくは床に膝をつき、ベッドに肘をのせたまま、一晩中、泣き明かした。

生れてこのかた、一人ぼっちで暮したことのないふくにとって、消毒薬の匂いに充ちた、もの音の絶えたこの部屋の孤独は、かつて覚えのない刑罰というにひとしかった。

何のバチが当ったのですやろか、神さま、と虚空に向って合掌してみるのだけれど、思い当る

悪事というのはひとつもない。強いていえば、吉蔵の世話になり、妻でもないのに子を三人も生(な)したことか、と思うものの、これは世間にもよくあること、それにふくは常にご寮人さんには心のうちで詫びつづけ、横柄な言動など、かりにも思い描いたこともなかった。

この療養所の生活は、起床、検温、食事、回診、安静、就寝と判で押したように決まっていて、それも、子供中心に自由にすごしてきていたふくにとっては馴れるまではなかなかに息苦しかった。

＊

一方吉蔵のほうは、正倉院を訪れる日が近づくにつれて多忙を極め、ふくのために仮名文字でゆっくりと手紙を書いてやろうにもそんな時間さえとれなかった。

服部からは、

「大将、なかなかええ病院だっせ。空気もきれいやし。

おふくさんも、こんなとこへ入れてもろて申しわけないわあ、大将に感謝してますて、ごっつう喜んではりましたで」

という報告をもらい、何となく肩の荷が半分下りたような気がした。

栄と頼はうちのいのち、というくらい子を可愛がるふくなら、二人と別れて離れ小島へ行くよ

うなこれからの暮しを、さぞ嘆くのでは、と案じていただけに、いくらか心が軽くなったのは否めなかった。

法隆寺の仕事のときも斎戒沐浴して立ち向った吉蔵だったが、正倉院ともなればなおさらの事、せめて予備知識だけでも、と猛勉強に暇ない日々を送っている。

何しろ、大正終りのただいまよりさかのぼること凡そ千百余年。総檜校倉造りの堂々たる倉庫であって、これほどの年月を完全なかたちで生きぬいた木造建造物は、世界にここ一つしかないのだという。

建築物が貴重な存在だけでなく、そこに収蔵されてある宝物は膨大な数に上り、しかも制作されたのは日本のみならず、唐や新羅、アジアのあちこちのものも多くあって、いかにも国際性豊かなことも価値を高めているものといえた。

これまで正倉または正倉院という名は聞いても、一般国民にとって見ることも覗くことも許されない無縁の宝物、と思っていたものが、明治になって国の管理となり、年に一度の曝涼制度も出来て、選ばれた人だけではあっても入倉、観覧が可能になったのは喜ばしいことであった。

とはいえ、その選ばれた者となるのは、針の穴をくぐるよりもむずかしいといわれるだけに、いま実際にその許可をもらったのはまるで夢を見ているような嬉しさをおぼえるのであった。

このころはまだ、男性でもふだん着は和服だったが、あらたまった場所へは背広服を着てゆくようになっており、吉蔵以下、新調してその日を待った。

さて当日、奈良駅で電車を下りてゆっくり十分、大伽藍の大仏が近づいて来、その左側を裏手に廻ると目ざす正倉院が堂々たる威容を見せており、吉蔵を含めて四人は思わず立止って手を合わせた。

木立のなかには、事務所の看板を掲げた建物があり、揃ってそこにおもむくと、内からガラス戸が開いて、白いワイシャツの係官があらわれ、

「お待ちしてました」

と土間の椅子へといざなわれた。

事務所はさして広くはなく、机もほんの四、五脚、とみえる質素なさまだが、係官はものやわらかな態度で土井、という名刺を差出し、四人の労をねぎらった上で、

「すでに十分ご承知かと思いますけど、まず当正倉院の成立ちと収蔵の御物についての、簡単なご説明を申上げます」

とガリ版刷りのザラ紙のメモを配った。

「当院の創建年代については正確な年時は判りません。建築様式などから見て、天平時代、それも大仏開眼会(かいげんえ)の前後であることは間違いないようでございます。

としますと、以来一千年以上、建物も御物も立派に守り継がれてきたものであり、受継ぐ我々は心から尊崇の念を抱かざるを得ません。

これはひとえに、古代の人々の経験と知恵にのっとり、総檜の校倉造りで建立し、また御物は

保温保湿を可能とする辛櫃（からびつ）に収め、防虫防黴（ぼうかび）にはえび香を用いるなどの配慮がなされたからであろうと推量仕（つかまつ）っているわけであります。

その上、御物を守るためには、制度や或いはそれを行う人たちの管理方式というものが大きかったこともあるでしょう。

たとえば、あとでお見せいたしますが、倉の開閉は朝廷に蔵（しま）われてある鍵によって行なわれていましたから、天皇の許可なしには何人たりとも触れることが出来ず、この勅封制度が御物を厳重にお守りしたこともあるかと考えられます。

なお火災につきましては、倉の近くでは五回の火を見ております。が、いずれも類焼の危機にさらされつつも奇跡的に助かったのは天佑だと申さねばなりません」

土井係官はここで少し休み、ぬるくなった茶をすすってから、

「次に、ご協力頂く御物についてですが、まず建物は南北三十三メートル、奥行き九・四メートル、高さ十四メートル、床下二・七メートル、東向きの巨大な倉でありまして、内部は北から北倉、中倉、南倉の三室に分れております。

各室は内部で区切られ、扉を開けると階段があり、一、二階と屋根裏という構造になっているのは三室とも皆同じであります。

御物はまことに多種多様にわたっておりますが、光明皇后が宝物とともに献上された五冊の『東大寺献物帳（けんもつちょう）』によって大別いたしますれば、まず北倉には天皇愛玩の品と、内廷官司より提

供された日用品が収納されており、中倉には立派な武器、武具のたぐい、また東大寺造営のさいの文書、記録、文房具などが伝わっております。

南倉には、東大寺で行なわれた儀式関係の品々や、開眼会で使用された伎楽面(ぎがくめん)、幡(ばん)、そして飲食器、僧侶の装身具など多くのものが収められているのであります。

これら収蔵品の数を、と申しますと、一般には九千点、或いは一万点、ともいわれていますが、数えかたによっては十万点、或いは二十万点という膨大な数となるかもしれません。

当院が誇るのは、数ばかりではなく、宝庫の御物がいずれも由緒正しい伝世品であって、どの御物も歴史を踏まえている点でございます。

世界中どこの国の宝庫を見ましても、我が正倉院ほど多くの名品を、しかもほとんど瑕瑾(かきん)なく一千年以上も伝えているという例を聞きません。

これを受継いだ我々は、大きな誇りとともに重い義務も背負わされたような気もいたしますが」

と終りは笑いをこぼしながらそういい、

「まことに駆け足でのご説明でしたが、すべては実際にごらん頂けばお判りだと思います。曝涼は二ヵ月と少しございますから、その間、とっくりとごらん下さい。

ではただいまから倉のほうに参りましょう」

と土井係官は立上がり、隣室の戸棚を開けて一抱えの装束を運んで来た。四人は指図どおりま

ず白い帽子を被り、医師のような白衣を身につけ、最後にマスクと手袋と靴カバーをはめ、いささかものものしい雰囲気になってしまった。

係官は先に立って歩きながら、

「鏡は五十六面、屏風は四十二扇、弓が二十七張と矢が数千本、花籠が五百六十余口、佐波理の皿、盤類が千百二十六口、古文書類は七百八十余巻、そしてガラス玉は完全なものだけでも約七万点」

と、朗々と数えるのを聞いて、吉蔵は驚き入り、

「土井さん、そんなに一つ一つ覚えてはるんですか」

と聞くと、

「そりゃそうでしょう。我々はこの倉の番人ですから。曝涼が終って倉を閉めるとき、数が合わなければ切腹ものですよ。いや、冗談ですがね」

と話しているうち、四十本の太い束柱が支える巨大な正倉の前に来た。

床の高さは二・七メートルもあるのに階段はなく、必要に応じて一々作る仕組みになっており、今日はふだん係官たちの作業に使うための梯子段が用意されてあった。

「曝涼中は外しておりますが、まず勅封をごらん頂きましょう」

と中倉の扉の前にいざない、

「まずえび錠に麻縄をかけ、その結び目に天皇直筆の封紙を巻きつけてから竹の皮で包みます」

と説明しながら、その頑丈なえび錠を見せてくれた。

もし掠奪の意志あれば、麻縄と竹の皮くらいならすぐ切れるだろうし、えび錠も開けられなくもなかろうが、そこに天皇直筆の御名御璽（ぎょめいぎょじ）があれば、盗人は少なからず怯（ひる）むことだったろう。

これは一国を挙げて大切にして来たものなんやな、と吉蔵は胸にずしんとその思いを抱きながら係官に従って南倉のほうへと進んでいった。

さきほどの説明のあとで、土井係官は、

「皆さまには南倉の御物をごらん頂きます」

と告げ、

「こちらには東大寺での儀式用品や、塔頭（たっちゅう）にあった品々を収めてございます。伎楽面、三彩磁鉢（じはち）、金銀花盤、銀壺（ぎんこ）、墨画仏像などあまた名品がありますが、お願い申上げたいのは、なかでも一きわ美しい縹地大唐花文錦（はなだじおおからはなもんにしき）、です。琵琶を包んである袋の錦だと思われますが、うまくよみがえることを願っております」

といった言葉を思い起し、吉蔵はあらためて胸ときめく思いがした。

いよいよ南倉の扉の前に立ち、係官がえび錠を開けたとたん、内部から得もいえぬ匂いがふあーっと流れ出て、まるでヴェールをかぶったように吉蔵たちの顔を被（おお）った。

薄暗い内部をよく見ると、板敷きの中央に小山のように何かが積みあげられてあり、係官は腰をかがめてその何かをそーっとすくい取って、

「ごらん下さい。これは皆、正倉院裂といわれる錦のかけらですよ。
小さいのは小指の先くらいのものから、大きな裂はてのひらまで、皆、貴重な錦の裂で、もとの姿は古えの僧侶の身につけた袈裟、衣などの装身具や仏具、荘厳具であったと推定されます。その証拠に、こんな小さな裂になっても、いまだに高貴な匂いをいっぱいに漂わせているでしょう。
年月に晒されてこのように切れ切れになってしまいましたが、もしや繋ぎ合わせることが出来たなら、往時の華やかな錦の衣服や、仏具をそのまま再現できることでしょう。
しかし、この小裂の山を模様と材質を選んで繋ぎ合わせることなど、とうてい不可能なことであります。何しろ爪の先ほどのものを一点と数えても、この小山はいく千万点、いやそれじゃ利きませんね、いく億点、という数でしょうね」

四人は高窓から洩れてくる光に透かしながら、その小さな、ボロ屑とも見える小山に熱い視線を宛てつづけた。

吉蔵でいえば、以前、ミイラの顔布と対面したときのあの体の震える感動は決して忘れてはいないが、いまはそれ以上に、ぐっと唇を嚙みしめていても感涙が湧き上がってくる。

このボロ屑と見える小山のなかには、ひょっとすると聖武天皇や光明皇后が御身につけられた錦も混っているのかもしれないと思うと、一千年を経たいま、名もなき一職人がそれを拝することが出来る光栄と幸運をこの上もないものと感じるのであった。

裂のひとつひとつ、押戴いて拝見している四人に、係官は、では、目標の御物をお見せしましょう、と戸棚に並べられた辛櫃の一つをそっとおろし、そのなかの白布で被った比較的大きな裂一枚を取出し、明るい光の当る場所に置いた。

その説明では、

「当正倉院の楽器は、北倉南倉あわせて十八種類七十五点収納されており、うち五絃琵琶はただ一点、四絃琵琶は五点を数えます。

これらは、楽器としてはむろん、工芸的にも大そう美しく質の高いもので、大切に扱われたと思われ、それぞれに高級織物の錦で袋を作って収めていたと考えられます。

しかしながらその錦の袋は悉く、ごらんのボロのような山のなかに埋もれ、散逸してしまって形はおろか、その切れ端さえ摑むことはできません。

が、ただひとつ、四絃琵琶の胴の背面部分一面だけが助かっていたのです。それがこれです。

これとて完全に形をなしているとはいえませんが、少なくとも錦の連続模様だけは判ります。

非常に貴重な一枚であります」

と、いいつつ白布をめくって光線に宛てたとき、それを覗き込んだ四人からは期せずしてわあーっという驚きの声が洩れた。

吉蔵は唾を呑み込みながら、大声で、

「いったい何という錦やねん。どこのどなたが作らはったんや」

といえば、三人口々に、

「きれいやな。絢爛豪華とはこのことやな。眩しいな。目開けてられへん」

「今まで見たこともないほどぎょうさん色糸を使うたありますな。

こら、唐あたりのもんやなあ」

と感嘆の声を放てば、係官は、

「この琵琶袋が世界一の錦だとは、早くから伝えられていました。

これお願いできますか」

と改めていい、四人は頭を垂れてこの申出を受諾したのであった。

正倉院の収蔵品の研究は、明治に入ってから組織的にすこしずつ進み、各部門ごとに学者と現場職人との協力でさまざま復元が進められて来たが、染織の分野では吉蔵が初めてであった。

この日、吉蔵は念入りに打合わせをし、法隆寺のときにならって、正倉院の近くに小さな家を借り、ここを研究と作業の場に宛てることにした。

もちろんまた、賄いや雑用などさまざま仙の手を必要としたのはいうまでもなかったが。

琵琶袋完成のあと

正倉院の収蔵品を大別すると、書巻・文書、文房具、楽器・楽具、仏教関係品、年中行事品、遊戯具、武器・武具、装身具、調度品、飲食器・厨房具、工匠具、香薬類の多岐にわたっているが、九千点ともいわれるこのなかで、一点を挙げるとどれでしょうか、という吉蔵の質問に、土井係官はたちどころに、

「その質問はよく頂きます。一点となると迷いに迷うのですが、このごろではもう迷いません。きっと私は魅入られてしまっているのでしょう。

それは北倉の螺鈿紫檀五絃琵琶（らでんしたんのごげんびわ）です」

そういうのへ、吉蔵は折返し、他の四絃琵琶五点とどこがちがうのですか、と聞くと、

「お見せしましょう」

と先に立って北倉へと向った。

北倉は聖武天皇が愛玩された日常品、光明皇后ゆかりの品々が収蔵されてあり、曝涼（ばくりょう）といえ

ども誰でも軽々しくは立入れないところであった。土井係官がとくに吉蔵を案内したのは、同じ琵琶であるための参考と、魅入られていると自らいうその五絃琵琶を、いささか鼻を高くして見せたかったのではなかろうか。

柄と胴に分かれ、先端の海老尾と転手（てんじゅ）、平たい腹板など、複雑な道具立てのある楽器を辛櫃（からびつ）から一人で取出すのは損傷の恐れあり、係官は介添えの補佐官をたのみ、そーっと、まことにそっと、腫れものにさわるよりもっと慎重な手つきで琵琶を取出し、中央の書棚の上に置いた。

そして被（おお）いの白布をとった途端、固唾を呑んで見守っていた四人はまるで誰かに号令をかけられたように、同時にぎゅっと目を閉じてしまい、容易に開けられなかった。

「さあごらん下さい。これが表です」

と促されてみつめると、本体は紫檀、撥受（ばちうけ）には瑇瑁（たいまい）が張られ、その上にペルシア人らしい人が木の下で琵琶を弾いている絵が螺鈿で嵌めこまれている。裏を返せば、表とともに大宝相華文（だいほうそうげもん）といわれる花模様をいちめんに散らしてあるが、この花芯は赤い琥珀、花弁は螺鈿という凝りよう、その上、水晶など透明な物質を彩色したものの上にかぶせてあるため、下の色が透けて何とも美しい。

四人が、思わず閉じた目をすぐに開けられなかったのは、琵琶の装飾があまりに光輝に充ち、しかも爛漫たる美をたたえているさまに強く打たれたに他ならず、しばらくはいう言葉を知らないありさまであった。

七いろに光る螺鈿の肌、大宝相華文は転手の端までびっしり嵌めこまれており、光のかげんでその花芯の琥珀は深い赤の色を妖しく放って見る人の心を激しくかきたてる。

「最初は螺鈿も光を失い、剝げ落ちて無残な姿でした。当院ではこの稀代の楽器をぜひ解明しようと明治の始めから、その道の学者先生方にお願いして、調査研究に取り組んで頂き、あわせて修復もおたのみしました。

結果、五絃琵琶の起源はインドで、そのあとガンダーラからキジル、シルクロードを経て中国に入り、唐代に完成していることが判りました。

ところが、五絃琵琶は正倉院のこの一点しか、現在、世界のどこにも存在しないのです。

四絃琵琶はあっても、五絃琵琶はこれだけなのです。

まさに世界唯一の遺品です。

美しさもさることながら、この五絃琵琶がいかなる運命を辿ってこの正倉院にやって来たか、まことに神秘性に充ちた楽器であるといえませんか。

私が魅入られた理由がお判り頂けたでしょうか。

修復の途中、私はいく度も夢を見ました。夢にあらわれるのは、撥受の瑇瑁に張られているらくだに乗ったペルシア人ではありません。

軽やかな裳(も)をまとった美しい女性なのです。しかも女性が弾じている琵琶の模様の象嵌(ぞうがん)は、珍しい五絃琵琶ではなくて、一般によく弾じられた四絃琵琶であるのも大きな謎といえましょう」

とここまで話したとき、吉蔵はふと、

「土井さん」

と呼びかけ、

「我々が御用をさせて頂く琵琶袋というのは、この世界中でただ一品、といわれる五絃琵琶の袋ですか」

と大きな期待を持ってたずねたところ、

「いえ、それはちがいます。

四絃琵琶の袋は、当時規格があったのでしょうか、五面ともほぼ長さ九十五センチ、五絃琵琶の長さは百八センチと一ミリです。寸法がちがいます。

琵琶袋に入っていた琵琶はおそらく、楓蘇芳染螺鈿槽琵琶(かえですおうぞめらでんそうのびわ)ではないかと考えられます。

これは撥受に騎象胡楽図(きぞうこらくず)が描かれてありますから、復元のときの参考になさるがよいかと思います」

とその図を見るため、もう一度南倉へと引返した。

何しろおびただしい宝物の洪水、しかもどれをとってもそこらにあるものとは違って、一品ごとに頭を殴られるほどの衝撃的な驚きがある。

ほうーっと溜息を吐き、これは、と目を見張り、ときには涙を流しながら南倉のものを拝見しているうち、四人が四人とも、いま自分たちは天平の時代に生き、そこで暮す人たちと言葉を交

わして肩を叩き、親しみ合っているような気分に陥ってくるのであった。

＊

陽の落ちたあと、四人は正倉院の森をあとにして宿舎に帰ったが、誰もまだ夢遊病患者のようであった、とこれは仙の言葉として記しておこう。

食事のあと、膝を抱えて考え込んでいた織の中岡芳一郎が、

「あの琵琶袋な、我々が眩しいて目えも開けられへんかったんは、糸を九色も使(つこ)てたせいなんやな。

錦の始まりは二色、我が国でもせいぜい気張って七色織りやのに九色とは、これは中国以外には考えられへん技術や」

といえば吉蔵も深くうなずき、

「唐も盛唐時代やろな。それに地のあの縹(はなだ)いろ、薄い藍いろのきれいな色やけど、今まで錦にあんな澄み切った色、使うたことなかったなあ。

縹は初夏に咲く露草で染めるて聞いたことあるけど、藍より薄く、浅葱(あさぎ)より濃いというから、苦労するなあ」

と染めの鎌田範明に話を向けた。鎌田は胸を張って、

「なんのなんの大将。

また今度も試し織は十回。いやそれじゃ利きませんな、二十回かな。

それに露草は夏だけやさかい、来年は不眠不休の覚悟してます」

「図案どすけどな」

とわきから不動横山も口出して、

「あれ三釜（みかま）でっしゃろ。もし少しいじってもよかったらまん中の忍冬文（にんどうもん）は、もっと大きくしてみたらどないでっしゃろ」

と口々に作業についての案を出す。

それは、すでに法隆寺の御戸帳（おとちょう）を完成させた自信のようなものを、この三人たちは身につけていたのかも知れなかった。

「法隆寺のときはな。仏さんを崇める気持が大切やったけど、今度はその上に日本の文化ちゅうもんへの理解も心得て立ち向わんならん。

わしもこれが成功したら、世界中の錦に関わることになるし、日本で生れた世界一の錦の作り手ということになるやもしれへん。

むろんあんたらも一緒や。

この琵琶袋に命かけて、とまではいわんけど、ひとつ腹決めて取り組んでや」

と吉蔵も覚悟のほどを語り、互いに励まし合うのだった。

実際、吉蔵の意気込みはすさまじく、それはすでに橋田家、細川家などの間道を経て、ペルシア模様の法隆寺の御戸帳まで、難しい経験を踏んでいれば、さらに上を目指す思いに燃えるのは当然であったろう。

曝涼中はむろん、奈良へ行ったまま京都へも帰らず、その時期、ふと奈良で吉蔵に出会した知人たちは、

「目えが血走っててな。痩せこけてな。

口をついて出るのは錦のことばかり。ふつうの話は全然通じませんのや」

という噂が流れてくる。

曝涼が終ったあとはさらに忙しく、一日三センチ、という遅々たる作業のなかでやっと三十センチ進んだ試し織を見せると、とたんに目が吊り上り、

「左右が違てるのがわからへんのか。この阿呆」

パチーンと手が飛んでくる。

叩かれるくらいならまだしも、汗の結晶、と思うほどに根を詰めて織ったものを、

「色がまるきり合うてへんやないか」

と床に打ちつけ、それでまだ腹が収まらないのか、鋏で切り刻み、切り屑をばらまき、踏みつけ、奇声を発してそこら中を歩き回るのである。

それは、いま作りつつあるものに吉蔵がどれだけ大きな期待をかけているかのあらわれであっ

て、そばで見てもこの仕事に全身全霊をかけているさまが誰にも見てとれるのであった。

仙は永井からごく稀にふくの様子を聞くことがあり、それによると、病状はどうも快方に向っているとはいい難いらしい。

それを吉蔵に告げようにも、全身毛を逆立てているようないまの吉蔵には、錦以外の話など、弾き飛ばされそうなほどにおそろしい。

だから、吉蔵が正倉院に関わっているあいだ、こちらと東京、何の事もなく過ぎていって欲しいものだというのが仙の祈りだったが、幸いにも家の内外、大きな変化もなく、まもなく完成を見るのがうれしかった。

織の中岡芳一郎が最後の筬（おさ）を叩き、糸に鋏を入れた巻物をそっと機屋（はたや）の台の上におろしたとき、取巻いていた織子たちのあいだからは湧き上るように拍手が起り、涙ぐんだ吉蔵は、それに応えるように二本立てた指を皆に振ってみせた。

二本指は、これに二年の歳月をかけたのやで、皆、ごくろうさんやったなあ、という意味であることは言葉にせずとも一同よく理解しており、言葉以上の感動がじわじわと拡がってゆくのだった。

翌朝は、宝塚の家の前でささやかな門途（かどで）の祝いがあり、このたびは羽二重の紋服の吉蔵に背広姿の新三羽がらす、それに珍しく永井に仙も供をして、皆でお神酒（みき）を頂いた。

永井は少々ひょうげて、

「さあ世界一の錦さまのご出立です。錦さまのご実家は我が菱村織物でありますからして、もしやお体に損傷を来した場合には、ただちに実家へとお知らせ下さい。我ら一同、よろこんで介添え仕ります」

というと人の輪から軽い笑いが拡がり、久しぶりに和やかな風景であった。

そのとき、仙の背をつんつんと押す者があり、ふり返ると、これも紋付羽織のむらが立っていて、小さな纏頭袋をさっと仙に握らせ、

「これ、服部からの頼まれもん。旦さんには内緒で永井に渡してって」

といいうなり、人の輪のなかに隠れた。

「へえ」

と何気なしに受取り、帯のあいだに挟んだが、永井には会う機会がないまま、奈良行きの電車に乗った。

途中ふと思い出し、便所に立つふりをしてデッキに出、纏頭袋の封をちょっとめくってみると、百円札が折り畳まれている。

ハッとしたと同時に、これはきっとご寮人さんからおふくさんへの病気見舞なんや、とすぐに判った。

一件以来、むらはふくのことなどどこ吹く風、という態度で過しており、また家中誰もふくのふの字も口に出しはしないけれど、その気になれば消息くらいすぐ聞出すことは出来る。服部が永井へ渡す金をわざわざ仙に託すはずもなし、今日、奈良へ琵琶袋を収めたあと、吉蔵が久しぶりに西片町を訪うであろうことなど、想像に難くない。

仙の思うのに、むらはひょっとすると清瀬に入院、とそこまで細かくは知らなくとも、西片町で病臥しているくらいは聞いていて、この金を口の堅い仙に託したのだとも考えられる。とすると、情の強いとされているむらも本心は案外、やさしい心根のひとで、不治の病いを得た薄幸のふくに対し、吉蔵には隠れてまでなさけの深いところを見せたものかも知れなかった。

一行は正倉院に到着、無事受け渡しの式を挙げて琵琶袋はもとの南倉に収まった。

土井係官はいたく喜び、

「世界一の錦はこれだ、という展示をして、国民の皆さまにぜひごらん頂きたいですね」

と熱をこめて語っていたが、このときはまだ、一般公開などは夢のまた夢、このあと、奈良帝室博物館主催による第一回の正倉院展が開催されるのは、戦火も収まった昭和二十一年のことになる。

吉蔵は関係者一同に丁寧に礼を述べ、仲間とも別れたのち、仙とともにもう一度、正倉の建物の前に立ってそのうしろの森を仰いだ。

森はいつもながらの深い静寂をたたえたままの姿なのだが、吉蔵にとっては、琵琶袋完成の労

を親しくねぎらってくれているように感じられてならなかった。

「なあお仙。見とおみ。

あの千年を経たお倉のなかで、わしの作った琵琶袋はこれからの千年もずっと眠りつづけるのやで。

誰が織ったんか、いつ化粧直ししたんか、琵琶袋はいっさい語らへん。黙って、ただ黙って、檜のお倉のなかでじーっと、おとなしく眠りつづけるのや。

それ思うと、織物ちゅうのは可愛いもんやなあ。人間には寿命があるけど、織物は、人が阿漕(あこ)ぎな真似せんかぎり、自然のままに生きてゆく。

わしはうれしいで。こんなうれしいことあらへんで。いろいろあったけど、いままで織物やっててよかった思うわ。

これ、本望達成ていうのかなあ」

と、いつになくしみじみ話しかけてくるのを聞いて、仙は不安感に似たものをふと感じ、

「旦さん、いつもいうてはるやおへんか。人間、これで本望や、と思たらあかん、まだまだ上を目指さなあかんて。

その、上、ちゅうものが何や仙には判りまへんけど、まだまだ旦さんの力を必要とする仕事もあるんやないかと仙は思いますにゃけど」

と、これもいつになく教訓めいたいいかたをするのを、吉蔵その顔をつくづく眺めながら、

「女子(おなご)も年とったら怖(こわ)なるなあ。お仙もとうとうわしに説教するようになったんか」

と顔を見合わせて笑い合った。

二人とも数えればもう五十の坂の登り道、お互いに言葉にはせずとも胸のうちはすぐ判り合える間柄を大事にしているが、どこまで行っても二人は男女ではなく、主従であることが仙にはたまらなく悲しい。

しかしその思いを、固いものを呑み込むように胸の奥へ押しやるのはいつものこと、二人はそれ以上踏み込んだ話は何もせず、東京へと向う汽車に乗った。

＊

西片町はほとんど二年ぶり、栄(えい)も頼(らい)も見違えるほど背丈も伸びて、紅顔の美少年になっており、殊に兄の栄からは、膝に手をおいて、

「お父さまはもう快(よ)くなられましたか」

と聞かれたのには、吉蔵思わず微笑がこぼれ、

「そうか。おおきに。おかげさんでこれ、この通り息災ですのや。心配いらん」

と頭を撫でてやった。

変ったことといえば、母のためが病臥しており、襖の外から、

「むさくるしゅうございまっさかい、ここで失礼さして頂きます」

とかぼそい声で挨拶すると、いつもの奥の小部屋に引っ込んでしまった。

一方広尾も妹のしげもよく働き、家の内はふくが元気なころよりももっと綺麗に片づいている。

その夜は、ふくのいない二階の一間に吉蔵は独り寝し、仰むいて天井の節穴など数えていると、これまで経て来たふくとのさまざまの月日が浮んでくる。

これまでに三男ひとり失いはしたものの、まずまずの幸福を嚙みしめながら過して来たのに、何でいま重い病に取りつかれんならんのや、と考えるのはそのことばかり。目はさえて眠れず、寝床の上に起きなおり、手あぶりを引寄せたところへ、階段を上るひそやかな足音がして、そっと襖を開けたのはしげであった。

「もしまだおやすみやなかったら、ちょっとお邪魔さしてもろてもよろしおますやろか」

と蒲団の裾のほうに手をつくのへ、吉蔵招き寄せて、

「ふくの病気で、あんたにはずい分世話かけてるなあ。感謝してますで」

と礼をいい、その後の様子などたずねると、

「何やかやと取紛れて、そんなにたびたびは病院へ行かれしまへんけど、入院のおかげで滋養も摂れますし、安静にもしてられます。

長い病気どすさかい、取って除けたようにはいかへんて、お医者さんもいうてはりますし」

と病状についてはあまりはっきりとしたことは判らないが、それよりもしげはもう一度、手をつき、

「実は今晩、旦さんに改めてお礼とお願いをするようにて、お父ちゃんに頼まれました。うち口下手やさかい、上手にいえしまへんけど」

と、ぽつりぽつりと、しかし熱を込めて訴えたのは、当池田家の将来についてであった。

昔気質の広尾にすれば、器量よしの娘を妾奉公に出し、その手当のおこぼれで両親と妹まで口を養ってもらうのは、堂々と世間に通る生きかたとはいえないところがある。

自身筆作りの手職を持ってはいるものの、これは微々たる収入でしかなく、第一、娘の旦那は懐の深い人で、これまでそのことについては冗談でさえこぼしたことはない。

が、いま、一家が頼みの綱とする娘が病いに倒れ、旦那を身心ともに慰めることが叶わなくなったとき、いわば捨扶持（すてぶち）をもらって来た家族は、果してこれでよいのかどうか、はたまた先ゆきどうすればよいか。広尾夫婦もしげも思い悩み、それがもとでためはとうとう床についてしまったのだという。

それに、としげは膝の上の指を握りしめて、

「うち一人やったら、住込女中の口でもみつけて働けますけど、栄ちゃんと頼ちゃんがいてます。二人とも、うちのことを『お母ちゃんみたいや』て慕うてくれてますさかい、離れ離れになるんはつろうおます。

また、年とったお父ちゃんお母ちゃんをどないしたらええか、大阪にはお父ちゃんの兄弟がいて、いつでも戻(も)んておいでやす、というてはくれてるのどすけど」

と話し、じっと視線を落とした。

日頃は旦さんと呼んでいる姉のつれあいに、正面切ってこれだけいうのは、しげにとって大決心が必要であったろう。

膝の上の手が小刻みにふるえているのを見て、吉蔵は不愍(ふびん)な思いに駆られ、

「おしげさんも水臭いなあ。

あんたとわしは縁あって兄妹となったんやなかったかいな。

お父さんお母さんかて同じや」

とまず一服つけ、

「わしら船場育ちの商人は、そら銭は大事にしまっせ。見返りのない銭の使いかたはせえしまへん。

それいうなら、こちらの皆さんには銭の高ではいえんほど、わしも助けてもろてます。

それをいまさら、ふくが病気に倒れたからちゅうて家族離散はそらあんまりや。しんどいときこそ互いに手を貸したげるのが、身内同士の情やおまへんか。

それに、ふくにはわしの子供も生んでもろうてる。栄が生れたとき、ふくは涙を流して喜び、わしにこういうてくれたんや。

『旦さん、これでうちはお母ちゃんになれました。小さいときから、女に生れたからには妻と母、それに欲いえば祖母、とことんだけにはなりたかった。そう呼ばれたかった。

晴れて妻にはなれへんけど、栄を授かってこれでお母ちゃんや、うれしおっせ、うれしおっせ』

とおいおい泣いてなあ。

わしはそれ見て、ふくは必ず立派なお母ちゃんになる、と安堵したもんや。ここまで来たら病いなおして孫たちに囲まれ、お祖母ちゃんお祖母ちゃんと慕われるほどに長生きして欲しい。こない思うてますのや。

おしげさん、わしのこの気持、お父ちゃんに詳し話してあげてな。いままでは仕事も忙しいて養生の手助けも出来なんだけど、もう正倉院も済んだし、ふくの病気はわしが全力挙げてなおしてみせるから、と伝えて欲しい」

と、吉蔵にしてはせつせつと、ふく発病以来の気持を述べた。

しげもいつか涙を流しており、袂の先をまさぐって頬を拭っているそのしぐさは、ふくの泣くときのくせにどこやら似ている、と吉蔵もふと心が和んだ。

実はこのとき、広尾がしげを差向けて聞きたかったのには理由があり、それは月々、郵便為替などで送られてくる手当の金額がまちまちになっていることに不安を感じたに他ならなかった。

まちまち、というより少しずつ少なくなって来ており、それについて明らさまに問い糺す勇気

もないまま、伺いをたてたところだったが、吉蔵はもとより何も知らなかった。

＊

翌日は吉蔵と仙、連れ立って武蔵野鉄道に揺られ、清瀬の療養所を訪ねていった。

都会の喧噪を離れ、見渡すかぎりの緑と静寂に取り囲まれた療養所の面会室で待っていると、廊下にひそやかなスリッパの音がし、それが極めてゆっくり、ゆっくりと近づいてくると、扉の外でじっと立止っているらしかった。

仙が近寄って扉を引くと、二年ぶりに見るふくはガラス棒のように痩せて透きとおり、儚(はかな)げにゆらゆらと立っている。

仙が駆け寄って支え、そろりと部屋の椅子に腰をおろさせようとすると、片手でそれをとどめ、吉蔵に向って、

「旦さん、正倉院とやらのお仕事はご立派な仕上りでございますとか。お目出度うさんで」

といいさして咳きこみ、手のハンカチで口もとを掩(おお)って俯いている。

そのかぼそい肩のふるえを見て、仙は胸いっぱいになり、

「旦さん、さすってあげて。そーっと、そーっと」

といいつつ、自分はしげから頼まれた洗濯物包みをふくの膝にのせるなり、足音をしのばせて廊下へ出ていった。

吉蔵はいわれたとおり、こわれものを扱うように半纏（はんてん）を羽織ったふくの肩を撫でてやりながら、

「まだ快うならんのか。つらいなあ。しんどいやろけどもうちょっとの辛抱やで。いまに必ずなおるわ。わしがなおしたるよって、がんばらなあかんで」

と自分でも何をいってるのかわからないような励ましの言葉を口にしながら、ふくの背をさすり続けた。

生れてこのかた、大事に育てられた一人っ子のせいで親兄弟の病いも看取ったことはなく、まして やさしい言葉などかけてやったこともない吉蔵にして、ふくの病いに苦しむこの姿は胸を絞られるほど悲しいものであった。

恥も外聞もなく、落ちる水洟を手の甲で拭いながら、ごつい手でふくの背をさする吉蔵の、これまで見たこともないやさしさにふくはふくで涙を止めようもない。

つもる話は山のようにあるのに、咳と涙に阻まれて何ひとついいえず、まもなく入口の扉がノックされて、

「池田さん、お約束の三十分です。病室へ帰りましょう」

と迎えに来たのは白衣のひとだった。

か。
「そうか、三十分か」
と名残りを惜しむ吉蔵の手を力ない手で握ったのが、ふくの万感込めた別れの言葉といえよう

帰りみち、暗い廊下の向うに看護師に支えられ、ふらふらしながら吸い込まれていったふくの姿は吉蔵の瞼の底に貼りついており、肩をがっくりと落してとぼとぼと歩きながら、

「なあお仙、わしな、もう織物なんかすっぱりやめて、おふくの病気なおしたろと思うがどないやろか。

日本国中の、結核の名医を訪ねて頼んでみたら、不老長寿みたいな薬がみつかるかもしれへん。織物やるのもええけど、一人の命助ける方がもっと意義あることとやないやろか。

いまのままでは、あんまりおふくが可哀想や」

というと、一緒に歩いていた仙はつと立止り、

「旦さん、そんなこと、本気で考えてはるのどすか。

もしそうなら、仙は今日限りお暇もらいます。

仙がお宅へ押しかけ奉公に来させてもらいましたんは、旦さんの織物に打ち込むお姿を見て、世にこんな凄い男のひとてあるやろか、と酔うて酔うて目も見えんようなった果ての決心やったこと、いままで何度も申上げてきました。

そのあとも旦さんは仙のめがねどおり、立派な錦、次々と織らはって、仙はどれだけうれしか

ったか知れまへん。

それを何どす。おふくさんなおすために織物やめはるて、何どす。吉蔵はんてお方はそんなお方どしたんか」


ときは秋の暮、見渡す限りの刈田のなかの一本道のまん中で、まるで体中から噴き上げるようになじる仙の顔は、怒りと情なさで真っ赧だった。

足を止めて振向いた吉蔵は、おだやかに仙の興奮をなだめるかと思いきや、これも仙に負けぬ大声で、

「何をぬかすんじゃ、この阿呆。

お前案外、女夜叉みたいなこわい女子やったんやな。

あんだけ病いに苦しめられてるふくを見て、むごい気持はおこらへんのか。

大体、わしとふくの仲に悋気いえる身分かよう考えてみい。

ええわい。暇が欲しいというなら、とっととどこへでもお行きやす。止めはせえへんよって」


というなりくるりともと来た道に向き、風のような早さで歩き出し、みるみるうちに仙の視界から遠ざかって行った。

月光のふく

吉蔵は、夜行列車で熟睡できた試しはないが、今夜はまた、どんなに心を鎮めても睡気はやって来なかった。

目が冴え返るというのではなく、頭がしんと澄んで、ちょうど仕事に取り組むときのように、内なる闘志が頭脳のなかを駆けめぐっている。

肺を病むというのは、人間の呼吸の中枢をむしばむ故に、ふくのあの苦しさはそばの者がいたたまれないほどにむごいものだった。

あの苦しさに至るまでのあいだ、吉蔵は何ひとつふくの体の状態を知らず、ひたすら仕事に没頭していたことを思えば、いま慚愧(ざんき)の念に身も灼かれるほどの心地がする。

織物をやめてでもわしがふくを癒(なお)したる、と仙を前に壮語したのは決して偽りではなく、吉蔵はまず、これを精浄院の速水先生に相談してみようと思った。

医学についての深い知識もない身にとっては、この際、信頼する医者をたよるより他、手立て

はなく、東京からの夜行列車が着くや、吉蔵は早朝であるにもかかわらず、まっすぐ精浄院へと向った。

まだ診療は始まってはいなかったけれど、先生は診察室に続く私邸の一室に吉蔵を招き入れてくれ、その「大事な知人」の病状を具（つぶ）さに聞いてくれた。

が、吉蔵もおおかたは予想していたとおり、

「結核の療法は行（ぎょう）、と思わねばなりまへんなあ。

身心ともに安静にしてる以外、これという薬もない病いですからなあ」

「先生、例えば高麗人参とか朝鮮人参とかは効き目はないですやろか」

「何ともいえまへんなあ。『人参で行水』のたとえどおり、浴びるほど飲んで癒った人もいるかもしれへんし、『人参飲んで首くくる』というほど無理して、亡くなった人もいるかもしれまへん」

先生は神経科の専門だけにやさしく宥（なだ）めて、

「療養所へ入ってらっしゃるなら、そのご指導に従うのがいちばん安心やと思いますよ。

病人は担当の先生に任せて、ここはそれよりも病人を安心させるだけのご自身の健康づくりを考えられたらどないでしょう。

根詰めて仕事なさるのもご立派ですけど、少しは運動もなさらないと、また病気がぶり返しますよ。神経衰弱もまだ完治してるとはいえん状態ですよって」

と吉蔵自身の体のほうを案じてくれた。

先生は以前から、薬よりも生活態度を重視し、少食と適度の運動を強くすすめて下さっており、一日二食、一日一万歩を実行して健康を取戻した患者の話を繰返し聞かせてくれていたが、それはいまの吉蔵にとって、すぐには役に立ちそうもない金言でしかなかった。

万にひとつの望みをつないで駆け込んで来た精浄院だったけれど、先生のいわれることはまことにごもっとも、いちいち共感はできても、瀕死の病人には間にあわず、すごすごとその門を出て家に向うしかなかった。

ただ、吉蔵は一旦思い込んだら到達するまではわき目もふらずに突っ走るところがあり、それが原動力となって古い錦の復元も成功させることが出来たのだけれど、ふくの病いを癒したいという悲願だけはかなわなかった。

しかし、どんなに念じても、たびたび見舞に行けるわけでなし、第一、日々の容体を詳しく聞くことさえ出来ぬ。

医薬品や滋養食も送る手立てがなく、そういうことを日常話題にすることも憚(はばか)られるとなると、ひたすら誰にも気取られないよう、悶々として日々商いに精を出すより他はなかった。

すべて隅々まで心得ているのはこの家で仙一人、しかしこれは先ごろ、清瀬の帰り、田圃のなかの道で、暇を出すの出さぬのいい争いをして以来、用事以外、口もきかぬ状態が続いている。

あのとき、お暇頂きます、と先に啖呵(たんか)を切ったのは仙のほうだったから、実をいえば、それを

ふたたびいい出されはしないかと、吉蔵ひそかに心おののいているところではある。暇ならいつでもやるわい、と応酬してはみたものの、実際問題として、いま仙に出て行かれたら、吉蔵の日常にたちまち不都合が生じることは目に見えており、それはなるべく避けて通りたかった。

かといって、

「こないだは悪かったなあ。機嫌なおしてや」

などとはどう間違ってもいえぬ吉蔵なら、ただいらいらとしてつい周囲に当り散らし、自省の苦さを噛みしめる毎日。

仙にしてもそうで、難しい錦の復元に情熱を賭けてこそ男の真の姿と思っていたものが、いまそれらをすべて擲(なげう)って女の病気を癒そうというのは、自分のこれまでの、吉蔵のもとで過した長い年月をすべてくつがえされるほどの衝撃だともいえた。

吉蔵以上に仙も鬱々として過し、ときどき自分の胸元に向って小声で、

「やっぱり旦さんはいまだにおふくさん」

だの、

「とどのつまり、うちではあかんのやな」

だのと呟いてみる。

こんな不服は人にはいえず、仙の悩みは内向してゆくだけで、外に向っては発散のしようもなかった。

夜、皆が寝静まってのち、常に肌身離さず持っている染五郎の芝居絵を、そーっと蒲団の上に拡げて眺めてみる。

いく十年お守りのように持ち続けて来たものだけに、折目は切れ、端はぼろぼろになってはいるが、炯々（けいけい）たる眼力、濃い眉はいまも仙の心をゆすぶってやまぬ。

仙はうっとりと芝居絵を眺めていたが、はっと気がついて、考えてみればまだ一度も芝居というものを見物したことがない。

人の噂やちらしなどで、染五郎が高麗蔵（こまぞう）、そして七世松本幸四郎を襲名したことは承知の上でも、芝居絵以外、吉蔵におもかげのよく似たその人を、自分の目で確かめたことがなかった。

先日の清瀬行以来、仙の精神の在りようは宙を浮遊していたかのようにとらえどころなく、翌日、気がついてみればただいま東京歌舞伎がかかっている芝居小屋の二階椅子席の隅に、身をすくめるようにして坐っている自分があった。

この日、折よく幸四郎がかかっていたのは幸運であったが、さて幕が開いてみると明晰な口跡で評判の幸四郎の声も、さっぱり意味がとれないし、第一、顔をいかつくつくった弁慶では、どこが吉蔵に似ているのか、首をかしげてしまう。

それよりも、生れて初めて見る舞台の、目もくらむような美しさ、どの役者も身につけているさまざまな衣裳の豪奢さ、あれは金糸銀糸をふんだんに使った、うちの錦にも負けぬ品々、と目から入るものに魂を奪われているうちに幕が閉じ、仙は劇場から押出された客と一緒に難波の駅

の方へ歩いて行った。

家は無断で出て来ており、こんなことが一度もなかった仙はこのあとどうしていいか判らず、結局、ホームに入って来た電車に乗って壬生森町の事務所へと向った。

仙の常の勤務はほとんど吉蔵の供ばかり、宝塚の家、西陣の機場、船場の店、この壬生森町とぐるぐる廻っているので、壬生森町ではひょっとして鉢合わせし、今日の無断欠勤を叱られるかも知れないとは思ったが、何故か心臆するところはなかった。

これも舞台の幸四郎という人を自分で確かめたことの自信というか、功徳というか、そんなものだったろうか。

＊

菱村織物、と白抜きした大きな紺木綿ののれんを手で分けて中に入ると、さして広くもない事務所の奥の椅子から永井が立って来て、

「お、お仙さん、ちょうどよかった。

捜していたところです」

といい、仙を脇の小さな応接間へと誘った。

永井は並んで腰をおろすと、

「お仙さん、あんたにはまた世話をかけることになるけど」

といいつつ、作業服のポケットから折畳んだ紙を取出し、

「見て下さい。先ほど受取りました」

とそれを差出した。

少し厚めの用紙に緑いろの罫、インクは黒で、宛名は永井進様、綴られた片仮名文字には、

「二月十八日ゴゼン三ジ、フクシス、オサシズマツヒロオ」

とあった。

「えっ」

と、鳩尾（みぞおち）に当てをくらったような痛みをおぼえ、もう一度読みなおすと、文字は紛れもなくふくの死亡通知であった。

「なんで？　また」

納得できぬ、という顔で永井にきくと、永井はごくあっさりと、

「いずれ早かれ遅かれ、終りのくる病いでしたからね。

社長はよく看（み）てあげたと思いますよ。

お指図待つとあるからには、広尾さん困っているでしょう。

ここは、社長が行くと話題になるし、私は目下、頼まれた緞帳（どんちょう）の納入期限を抱えていて店を空けられません。

お仙さんなら一切心得ているし、社長の意を体して始末をつけて下さい。頼みます」

とこのひとらしく、冷静ないいかたで頭を下げた。

永井はたしかにいま忙しいらしく、この話のあいだ、電話が二度もかかっており、仙はその様子を見て早々に立上った。

それでも永井は入口まで送って来て、片手でのれんを上げ、

「電報の件はまだ社長にはいってないから。どうせ金のかかることだから、あんたもよく相談してね」

というなり奥へ入っていった。

仙は、なお揺れているのれんをちょっとの間、眺めていたが、ふくが亡くなったという現実が、未だ実感として自分にはとらえられないように思えた。

痩せ衰え、ものをいうさえ苦しげなあの姿を清瀬で見たにもかかわらず、いまなお、ふくは西片町の家を磨き、吉蔵の浴衣を縫い、好物のきんぴらごぼうをおいしく拵（こしら）えて旦那を待つ、しあわせな日々を繰返しているように仙には思えるのだった。

仙は、チラホラと電灯のともる壬生森町の通りを、あてどもなく歩きながら、なお腹に収めかねる思いをどうしようもなかった。

美しく生れ、人に喜ばれ、思う男には囲われ、三人もの子を生（な）して女としてこれほどのしあわせがあるものかと思えば、病気への同情よりも、嫉（ねた）ましさが先に立ってしまう。

ふくの死を知らせたら、吉蔵は血迷った挙句、死んでしまうのではないかとふと仙は思い、そうや、何にも知らせんほうがいいのや、と考えた。

知らせなかったら、吉蔵はいまなお薬を求めて悶々としているだろうし、その悶々はきっと永遠に続くにちがいない。いい気味、とはいわないが、これだけの報いは二人に向けてもいいのではないかという気がしないでもなかった。

仙は道端の地蔵さんの前に立止り、手提袋のなかに入れたさきほどの電報を取り出した。うちかて、これくらいのことはできる、意地え、仙の意地え、と口のなかで繰返しながら電報の両端を持ってふたつに引裂き、宙に放り投げようとしたが、それを赤いよだれかけの地蔵さんがじっと見ており、さすがに胸の痛みを感じて二つになった電報用紙はもう一度、手提袋にしまい込んだ。

その夜、宝塚の家に帰った仙を見て、いつものように誰も行先は問わなかった。

吉蔵は研究室へこもっているらしく、灯りがついているのを見て仙は習慣どおり寄ってゆき、外から、

「いま帰りました」

とだけは小声で告げて、玄関脇の三畳の自分の部屋へと入った。

そして仙は、電報を手提袋に入れたまま、その後を過す。

忘れていたというのではないが、電報の事実から起るさまざまの出来事に対処する心がまえも

まだ何も出来てはいなかった。

　ふくが息を引取ったのは二月十八日午前三時、永井が電報を受け取ったのは同日午後二時、それを仙が手渡されたのは同五時、そして何事もなくこの日は暮れた。

　翌十九日、吉蔵は茶会があるといって午後船場へ出かけ、仙は茶会へはいつも遠慮しているので、この日は一日中、壬生森町倉庫の整理。

　そして二十日が明け、吉蔵は西陣での寄合いに出ることになり、仙はその後について出席、入口で会議の終るのを待つ。

　この日も何事もなく暮れ、その何事もない日が次の一日次の一日と過ぎてゆくうち、西片町への仙の記憶と関心も、いつしか少しずつ薄れてゆくように思えた。

　薄れてゆく、というよりも、いままでのように東京は東京で変りなく暮していることの安心が、いまなお続いているという思いこみであったろうか。

　吉蔵とのあいだも、以前に近いほどに戻っており、べつに多くの説明を聞かなくとも、吉蔵に従って支障なく仕事は流れてゆきつつあった。

＊

　三月五日の夜、二人は壬生森町から電車で戻り、吉蔵の自室へ仙が夕飯を運び、そのあと、

「お茶はどちらへ」

とたずねると、

「今夜は煎茶でよろし。研究室のほうへ」

という返事だった。

次に仙は台所の前の茶の間で、皆と一緒に浅蜊汁、いかなごの釘煮、漬物とごはんの食事を取り、それから自分の手で、吉蔵気に入りの丹波の手びねりの湯呑に、宇治茶を濃く出して研究室へと運んでいった。

夕食後、吉蔵は自分で楽茶碗に薄茶を点てるときもあれば、食事の続きのようにほうじ茶をたっぷり飲むときもある。

いずれも、食後の時間、研究室で過すために選ぶ茶の好みで、煎茶というのは本を読むときのものだと判る。

仙は盆を捧げて中庭を渡り、研究室の扉の前に立って拳で叩くと、中では長男の悠の声が聞えた。

まもなく扉は内から開き、学生服の悠を送り出して来た吉蔵は、

「ほな、はよ帰り。考えとくさかい」

というと、仙に向ってこっちお入り、というふうにてのひらで招いた。

盆を持って入った仙が、かたわらの小机の上に湯呑を置いたとたん、ふいに真っ赧に怒張した

吉蔵の顔が大きく迫るや、

「もうすぐ三七日やないか」

の声より早く、があーんと右目の中に金いろの花火が散り、つーんと鼻の奥に痛みが走った。あっと頬を押さえるまもなく、二発目が左目に来たとき、仙は体を支える手が空を掻いて、その場に大きな音を立てて倒れた。

咄嗟に、この怒りはふくの死を告げなかったことだとすぐ知ったが、謝りたくはなかった。

ごめんなさい、ともいわず、痛い、ともこぼさず、両手で頭をかばい、体を丸めて床に転がった仙を、吉蔵はさも憎々しそうに腰を蹴り、足を蹴りしながら、これも半句一言も言葉は継がぬ。最初の罵声以外、叱声のない折檻を無抵抗で受けているうち、仙は一種得もいえぬ清涼感の立ってくるのをおぼえた。

これまで紅白饅頭かと笑われるくらい、吉蔵と一対になって行動して来た仙だけれど、ふと二人が手を触れても、重ねあっても、それは決して意図したものではあり得なかった。

そしてこれらはすべて仕事の上のことで、それ故に女でありながらでもはにかんだ覚えもなく、照れた記憶もない。

が、今日は吉蔵があの力強い拳で自分を殴り、大きな足で自分の腰を蹴上げている。壊れてもええ、こなになってもかまへん、旦さん、この仙の体を気のすむまで叩いておくれやす、踏んづけておくれやす、と目をつぶって念じているうち、ぜいぜいと嵐のような息づかいが少し収

まり、見ると吉蔵は腰をおろして後手をつき、肩で息をしているのであった。

元気なようでも五十を過ぎた体力では仙の大きな体は長く打擲(ちょうちゃく)しきれなかったものと見え、まだ少し荒い息のまま、懐から部厚い封書を出して、ようやく身を起した仙の膝の上にそれを投げてよこした。

髷の解けた髪のまま、仙は封筒の裏を返すと、それは吉蔵の竹馬の友、画家の久靫彦(ひさゆきひこ)、とある。二人は同じ志を持ち、肝胆相照らす間柄なら互いに何の隠し事もなく、つい十一、二年前には大阪は富田屋の美妓八千代との結婚の際、吉蔵夫妻が媒酌人を相務めたのはすでに記したところ。また二人の蜜のような結婚生活も、その後永くは続かず、わずか七年目にして八千代ははかなくなってしまったことも書いた。

靫彦は深くその死を悼み、一時は画業を放棄するかと見えるほど悲しみに打ちひしがれていたが、友人たちの激励もあって気を取りなおし、再出発のため上京したのは昭和の初めごろではなかったろうか。

吉蔵もまた、西片町に別宅をかまえてのちは何くれとなく相談に乗ってもらい、とくに恩に着るほどの思いでいるのは子供たちの入籍問題だった。

世間に知れず、生れた子が将来にわたって親として尊敬できる人、というのはめったにあるものではないが、靫彦は高畑源一郎という、まことに適正な人格者をみつけてくれたのだった。

しかも、三者で話しあいするなどのめんどうな経緯は一切なく、吉蔵は全く高畑に会うことの

ないまま、栄と頼、朗の実子入籍を承諾してくれたことは生涯肝に銘じて忘れはしないと思っている。

それというのも、高畑夫妻に子供のないこと、日ごろから美術に理解があって、久靫彦の作品を好きでかなり買い集めていることなども加わって、この養子縁組を決断してくれたらしい。で、この子供たちと高畑夫妻、久靫彦の三人は日ごろゆききはほとんどなく、退っ引きならぬ用のあるときだけ電話で片づけるという、まことに簡便この上ないよい関係を続けて来ているのであった。

仙は髪を乱したまま、急いで封筒の中味を取り出すと、まだ仙の力では難しい漢字は読めないものの、ところどころ飛ばすと意味はほぼ理解できる。

文言の最初は、挨拶の次にまず病状の説明があり、見馴れない「突然、喀血」の文字が目に入った。

自分の言葉で補うと、このところふくは弱る一方で、あの吉蔵と仙が訪ねていった秋の暮、食も細くなり、ときどき危い波があおって来て、医師が駆けつけることも二度ほどあったという。もうあまり長くはあるまい、という病院からの連絡を受けて、しげが正月用の着替えを持って訪ねたときは、息苦しそうではあるものの、顔つきはこれまでになく晴れやかだった。

ものがいえないまま、書きたい、という所作をするので、ふるえる右手に鉛筆を持たせ、当ての半紙を支えてやると、息をついで休み休み、薄く濃く、また太く細く、文字を書いたあと、力

尽きたようにぽとりと鉛筆を落して目を閉じた。

半紙には、仮名で弱々しく、

だんさん、おおきに、

ふくわ、　しやわせ

と読めるのを見て、しげは急に目頭が熱くなり、鼻をかむふりをしてちり紙を使った。

この日、しげは何故か帰りたくはなく、短い陽が山の端にかかるまで姉に付き添っていたが、ふくはついに目を開けなかった。

そして二月十八日の早暁、ふくには初めての喀血があり、そのまま帰らぬ人となってしまったのだという。

病院の搬送車で亡骸が西片町へ帰ったあと、家族はどうしていいか、困り果てた。

東京生活ももう十年以上になるが、身の上を恥じて近所隣との付合いもほとんどなく、こちらの喪中のしきたりがどんなものやら判らないし、第一この家の主、旦さんにどうやって知らせてよいものやら、迷いに迷う。以前朗の死んだときには永井さんが処理してくれたが、このたびは家の戸主であり、かりそめにも吉蔵の妻でもある故、軽々しくは扱えぬ。

とりあえず、永井さんに電報打って指図を待とうと決めたが、旦さんからの指図はいつまで待っても来はしなかった。

やっぱり知らせてはあかんかったんや、と広尾が分別し、こうなれば朗のお墓も借りたさかい、

高畑さんはどうや、といえば、そんな、会うたこともないお方にはいえへん、としげが強くとどめる。

ためはおずおずと、

「旦さんからお指図ないのは、家や会社に知られて揉めるのを用心してはるんや。そんならこっちゃもそのお気持受けて、坊さんも呼ばずお経もあげず、そーっとそーっとうち同士だけでふくをお骨にしよやないか。あの子もそれ喜ぶ思うわ。なあ」

と涙を拭いながら提案すると、しげがふっとひらめいて、

「そうや、絵描きの先生や。旦さんの仲好しで、ご自身も奥さんを亡くされはったし、この先生なら頼っていっても旦さんのお顔汚すことはないやろ」

と思いつき、この際藁をも掴む思いでしげが電話をして来たのだという。

靫彦は事情すべて呑み込んでいることとて、吉蔵には連絡をせず、高畑へは電話で了解を求めて一切を取りしきり、派手ではなくさりとて見すぼらしくもない葬式を、内輪ですませたそうであった。

そして納棺のとき、かねて姉にたのまれていたとおり、しげ手ずから、人妻ならこそ結うことのできる丸髷に取上げてやり、紋付裾模様の礼服に、いつか吉蔵からもらった半端ものの帯、纐纈の桐菊文を結び、誰が見ても商家のご寮人さんとしてのいでたちで旅立っていったのだとい

う。

また韌彦は付記、として、

「この上要らざる差出口なれども、お聞き届け賜われば、残されし栄、頼、二遺児にとってはさぞ力強からんと」

と勧めてあるのは、現西片町の家の名義は菱村吉蔵となっており、それをふく女死亡を機に変更して、高畑栄、頼に贈与しては如何(いかが)、という深謀遠慮の言葉であった。

こうすれば、少し時期はおくれたものの、栄、頼両人の高畑へ入籍の手土産ともなり、この先、何が起ころうと二人の一つの拠りどころとなろうかと思われるという、こまやかな提案であった。

仙は最後までしっかりと読み終ると、手紙をおし戴き、吉蔵がもたれている小机の上にそれを戻した。

吉蔵もぼんやりと目を放ってそれを眺めていながら、実は二月十七日の夜、ふしぎな夢を見たことをふたたびまざまざと思い出しているのであった。

あれはまだ宵の口、一眠りすると妙に咽喉(のど)が渇き、枕もとの水差からコップ一杯の甘露を呷(あお)ってから夜具に手足をのばすと、入口の襖近くに女が坐っている。

「おふくやないか。いまごろ何や」

と声をかけると、ふくは微笑んで鬢(びん)に手をかけ、

「丸髷結わしてもらいましたんで、見て頂きとうて」

と首をかしげた。

「こないだ病院へ行ったときは洗い髪のままやったやないか。どこ行くんや」

「へえ、お月さん」

というなりふくはすうーっと敷居際まで下り、

「旦さん、長いこと有難うさんどした。

お月さんがうちを呼んではりまっさかい、ほなこれで」

と、長い指を揃えてもう一度深々とお辞儀をするとすらりと立上り、その言葉どおり、おぼろの月に向って少しずつ上昇しはじめた。

月の暈、いく重ものむら雲、つやつやと光る大丸髷、なよやかな五体、白い手足は裳のようになびき、これらすべて真珠いろに輝きながら空の彼方へと遠ざかってゆく。

まことに八面玲瓏、すべて気高く美しく、吉蔵は夢見心地で眺めているうち、ふと醒めると、家の柱時計が三時を打っている時刻であった。

夢か、と思い、しばらくふくのことを考えてまた眠りについたが、あの時刻、ふくの魂は冥界を指して徐ろに昇って行ったのだな、といまでは判る。

こんなことを考えていると、吉蔵はふたたび仙を折檻する馬力は萎え、愚痴めいた声音となって話しかけた。

「お前の根性の悪さから、わしはふくの葬式もせず、むごい仕打ちをしてしもうた。生きてると

きも離れていて十分なこととしてやれなんだかい、せめて野辺送りなとしっかりしてやりたかったのに。

可哀想に三十七歳とは早すぎるわなあ。堪忍してや。なあおふく」

と呟いている吉蔵を見れば、珍しいことに頬に幾筋かのあとが光っている。

仙は自分もヒリヒリする頬を両手で押さえ、足を引きながら入口の扉を開けて中庭に出た。

夜気が刺すように体を取り巻くなか、夜空には雲をかぶったうす明りが西を指して走っている。見上げていると、雲の塊は溶けて流れ、いつのまにかふくの立姿になるのを、仙はじっとみつめながら、

「死んでもしあわせなおふくさん」

と声に出して呼んだ。

タピスリー

精浄院の速水先生も完治してはいないと指摘されたとおり、昭和三年の春は吉蔵快々として楽しまず、ほとんど外出もせず研究室か自室に閉じこもる日が続いている。

その原因がふくの死であるのを仙は確信しているが、永井でさえも、「また社長の神経衰弱がぶり返したらしい」くらいの案じかたで、あまり気にするふうもなかった。

むらも、ちらりと部屋をのぞきに来て、

「旦さん、今年のお花見はどないしまひょ」

と伺いを立てるのは、毎年中庭の桜のもとで、機場を除き、事務の従業員だけで酒を酌みかわす慣わしなのだが、今年は見送ってもしようがないなあ、と考えているに他ならなかった。

日が経つにつれ、ますます無口になってゆく吉蔵に代って、仙は、

「うち通訳どすえ」

と笑いながら、

「今年はあかん思います。昼間でもただとろとろ眠るだけで、花なんかどうでもよろしって感じですよって」

と取り次ぎ、吉蔵はいまやますますこの家の「治外法権」域に押出されてゆくばかりの様子であった。

主(あるじ)が休めば、仙も休んで当然だが、この家では逆で、かえって毎日こまごました雑用に追われながらも、そのくせ遠見に吉蔵の様子も窺っていなければならなかった。

そんなある朝、永井があわただしく研究室へやって来て、

「社長、大へんです。さきほど青木校長先生よりお電話がありまして、明後日、京都にご出張のお帰りに、壬生森(みぶもり)町の我が事務所にお立寄りになられるそうです。あんなむさくるしいところへ先生お迎えするのは如何(いかが)なものでしょう。いっそこちらか、船場の店を片付けてご案内しては」

と興奮気味に話すのを見て、吉蔵はうっそりと目を上げ、

「ふうん」

といっただけであった。

吉蔵はかつて、彼の若き日の技術の評価を決定的にした作といわれる、唐華文金唐革錦(からばなもんきんからかわにしき)を、人を通じて青木校長に激賞してもらって以来、心から校長を崇敬してはいるものの、いきなり我

が家に来訪されるについてはたしかに永井のいうとおり、いささか臆するところがある。

永井も同席の仙も、吉蔵のふうん、のあとには、

「そうや、何か知恵絞らなあかんなあ。美校の先生やもんなあ」

と腕組みして首をかしげるかと思いきや、吉蔵は何もいわず、

「事務所の掃除しときや」

とだけで二人に背を向けた。

仙は外へ出て、永井に、

「いまからうち壬生森町へ行って、せっせと家磨きますさかい、旦さんのいわはるとおり、向うでお迎えしまひょ」

と告げ、別れたのだった。

＊

当日、吉蔵は半分眠ったような顔で、むらの差出す紬(つむぎ)の上下に着替え、仙を供にいつものように壬生森町の事務所へと向う。

昼さがり、約束の時刻が来ると、さすがに事務所の前に吉蔵以下、全員整列し、青木先生をお迎えした。

先生は温和な微笑を浮べながらのれんをくぐり、誘われるままに小さな応接間に入って一服の茶を喫してから、

「時間がなくて申しわけないのだが」

と前置きして用件を切り出した。

それは、まもなく発表される今上陛下の弟君、上総宮（かずさのみや）のご成婚祝いに、陛下からタピスリーを贈りたいというご意志があり、その制作を菱村吉蔵に依頼してはどうかという、これも内々の思し召しだという。

タピスリーとは大きな織物の壁掛けのことで、日本家屋ではこのころまだあまり見かけないが、大きな壁面のある西洋建築の建物では一きわ見栄えのするものであった。

それに、吉蔵がこれまで手がけた帯などの実用性のあるものと違い、純粋に鑑賞用として人々の目を楽しませる目的を持つものだから、いわばとてつもない大仕事となる。

タピスリー、と聞いて、吉蔵も少し青ざめたのかも知れなかった。

青木先生は、未知の領域に踏み込んでゆく果敢な吉蔵の性格を知っているだけに、言葉を選びながら、

「いや、君が逡巡するのも無理ないと私は思っていたよ。

何しろ、このところの織物芸術論は、少なからず刺激的だからね」

というのは、吉蔵と同業ながら、綴織（つづれおり）の第一人者といわれる山島織の山島新平は、

「織物といえども、絵画に劣るところはない」

と主張し、細やかな運筆、艶のある染色を掲げてその芸術性をうたう。

逆に、表現の方法なら何も織物でなくてもよいとの論陣を張るのは、画家たちと語らって絵画の優位性を主張する他ならぬこの青木先生なのであった。

しかし、如何なる困難な仕事であれ、大勇を振るって立ち向う吉蔵の姿をよく知っている青木先生は、少し怯んだ吉蔵の表情は全く意に介さず、

「では、お受けする方向でよく考え、決心なさったらお電話下さい。

上総宮邸にご一緒に伺って、ご挨拶をいたしましょう」

と、そそくさと立上り、汽車の時間を気にしながら帰って行った。

端居して話を洩れ聞いていた永井と仙は、先生の姿が消えるや、二人してとび上り、

「嬉しいなあ、名誉なこっちゃ。名誉なこっちゃ。

我が菱村織物は今上陛下からの御用命が下りたんや。どんなもんじゃい、どんなもんじゃい」

二人に和して事務所の従業員も手を打ち、互いに肩叩き合って騒ぐなか、吉蔵は応接間の長椅子に体を沈めて考え込むばかり、その顔には深いたて皺が刻み込まれ、むつかしい表情のまま。

一向に喜ばない吉蔵を見て、祝いの声も次第に静まり、永井はそばへ寄って、

「社長、菱村の従業員挙げてお手伝いいたします。宮さんがお喜びになるようなもの、作りましょう」

というと、吉蔵突然立上って永井を睨みつけ、

「阿呆が何を浮かれよる。

わしが飾りもん作ると思うてるのか。

せえへんで。わしは何もせえへん。

菱村吉蔵は織物なんぞ捨てました。もう二度と機場ものぞかへんし、錦も忘れました」

と張り上げた語尾が泣き声になったかと思うと、ふらふらと土間を通って裏口の方へと消えて行った。

残った者たちはただぽかんとし、しばらくは言葉を発する者もない。

しばらくして経理の服部が、

「大将、病気が重ならはったんや」

といえば、皆口々に、

「そうや、そうや。あの新聞の織物芸術論ちゅんをごっつう気にしはってたもんなあ」

「そんなむつかしことよりも、病気の体に大きな仕事は荷が勝ち過ぎるんや。そやさかい織物は捨てましたちゅうて泣いてはったんやないか」

「ほな、こんな名誉な話、お受けせえへんちゅうんかいな」

がやがやと勝手にいいあうのを後にして、仙はすぐに吉蔵の後を追った。

壬生森町の事務所は倉庫とつながっており、たぶんここだと目星をつけて倉の戸を開けると、

案の定、吉蔵はその薦包み(こもづつみ)の一つに腰かけて煙管(キセル)を使っている。

仙は、頰に涙のあとの見える吉蔵のそばに近づき、何もいわずにそのかたわらに立っていた。

こんなとき、意見めいた言葉を吐けば怒鳴られるし、泣き言をいえばゆるさい、とたしなめられる。

長年のあいだに会得した勘なのだが、しばらくののちには、煙管をはたきながら、

「なあお仙、いまの先生のお話なあ、あまりに難しすぎるさかい、わしが即答差上げなんだと思てるか」

と聞いた。

仙は言下に、

「いえ。そやありまへん」

と打消し、

「旦さんは、難しければ難しほど、闘いを挑んでいかはるお方やこと、仙がいちばんよう知ってます。

旦さんが機場ものぞかへん、といわはるんは、これ皆、おふくさんのことどすやろ。おふくさんを十分看取ってもあげず、お葬式も出してあげなんだことの悔いどすやろ。これには仙にも大きな責任がおす。夜なか、ときどきおふくさんが出て来はって、責められますのえ。

旦さんは、その悔いで仕事のこと、すっぱりあきらめはったんやおへんか。

人の命に較べれば、錦の裂の一枚や二枚、軽いもんや、と思てはるのんちゃいますか」

言葉につまりながらも、仙もいつしか涙を流していた。

これほどにふくの死を悼んでいる人に、仙が仕事上のことなどどう意見をのべられようか、と思うと、これ以上何もいえず、日暮れてのち、二人は宝塚へ帰った。

＊

しかしながら、その夜から仙の眠れない夜が始まったといってよい。闇の中でかっきりと目を開けていると、浮ぶのは憔悴した吉蔵の顔ばかり、それも仕事に真底打込んでいるときの、鬼とは紙一重のすさまじい形相、或いは恍惚たる仏顔の満足感、かと思えばいらいらの頂点、完成品が気に入らず、手をあげて激しくものを打毀すときの無念の表情、考えてみれば、仙は菱村に来てからのいく十年、自分はこんな吉蔵に今日までひきずられて来たのだと思った。

もとは芝居絵の美しさに魂を奪われて押しかけ奉公したのだけれど、吉蔵のかたえに寸時も離れず侍っていれば、このひとから錦の制作を取ってしまえば、一体何が残るかと思う。

指折ってみれば、ふくの死を知って仙を折檻したあの夜以来、吉蔵は魂の抜けたような姿に近くなっており、研究室で一人寝起きするようになっている。

青木先生からは翌々日電話があり、受話器を取った永井は額の汗を拭いながら、

「へい、へい、へい、
ただいま吉蔵は商用で外出しております。

必ず申伝えますでございます」

と取繕ったが、この電話も二回、三回ともなれば、汗もしたたり落ち、

「へい、へい、吉蔵は大そう光栄に存じておりまして、慎重に思案している様子でございます。

必ず当方よりお電話差上げますにつきまして、いましばらくのご猶予をお願い申上げます」

と一時逃れの口上を述べていたが、もう容赦はできぬとばかり、宝塚の仙を追いかけてやって来た。

永井の方策としては、宮さんお邸（やしき）のタピスリーのご用命が下るなど、世間的にもこんなほまれはまたとない故、お断りする手はない。それによって菱村の営業もぐんと伸びることは目に見えているから、お仙さん、社長の機嫌とって、まず精浄院の先生に診断書書いてもらって提出し、そのあと上京してお受けする旨、ご挨拶に行けばよい。

「この段取りで是非ともすすめて下さい」

と深く頭を下げた。

仙もこの仕事は吉蔵に受けてもらいたいのだけれど、吉蔵を説得する理由が永井とはいささか違う。

営業成績などではなく、吉蔵の真の面目、男らしさを見せつけて欲しいのだが、それは永井に

話してもらえそうになかった。

日は迫り、仙の眠れぬ夜は続いて、とうとうある晩、台所の灯りも消え、家中が寝静まってのち、仙は起上って着物を着、帯を結んだ。

音をたてるので下駄ははかず、しのび足で裏口に出ると小糠雨が降っている。ぴたぴたとはだしで草を踏む小さな水音を立てて研究室に近づきながら、仙は、こんな深夜訪ねて、旦さんは会ってくれはるんやろか、と胸は早鐘を打っている。

もし会ってくれなんだとしたら、扉の外で朝までがんばってみよう、と仙はちいさく武者震いした。

小さな明りは洩れており、拳で扉を二、三度叩いたが内からは応答なし。もう一度少し音を大にして叩いてみると、向う側に気配がして、「誰や」とも問わず、すうーっと扉は開いた。

「お仙やろ。おはいり」

という声はおだやかで落着いており、仙は思わず「おや」とその顔を見なおしたほどであった。

遅く来た詫びなどくどくどという仙を、手を振って黙らせ、夜具を片寄せてから、

「ええとこ来たなあ。明日は話そうかと思てたとこや」

と、火鉢の燠を掻きおこして煙草をつけるその所作はすっかり病人離れしている様子で、目もふだんの光を取戻しているように見える。

「ふくは四十九日も過ぎて、無事に成仏したらしいよ。きれいな仏さんになったやろ」

と柔らかい表情でそう告げた。

「そんならふくさんは旦さんの枕上に立たはったんどすか」

「そんなもんあるかい。

ふくは勝手に月に昇って行ったんやさかい、本人は満足やろ。

これでわしもふっきれた感じやな」

「そんなら旦さん、青木先生のお話は」

「菱村吉蔵を、内々でご指名あったちゅうさかい、こんな栄誉はまたとあるまいよ。

しかし栄誉はともかく、ずっとふくの喪中に考えてたことは、今度こそわし一人の腕を試してみたいんや。

これまで有難いご用命を頂いて、法隆寺から正倉院まで、余人の踏み入れぬ領域まで入らせてもらって貴重な研究さして頂いた。

その結果、先人、或いは外つ国人のみぞ知る技術も学ばせて頂き、復元の功を賞讃してもらったんやった。

しかしやな、考えてみればこれ皆、人のまね。古いものを蘇らせただけや。復元もなかなかに骨の折れる仕事やけど、ここら辺りでこれが菱村吉蔵や、いうもんを世に問うてみたい、こないなことずっと考えてたとこへ青木先生のお話やったんや。

わしももういまは五十の階段を登りつつある。ここら辺りで全身全霊を込めて純粋に吉蔵一人

の作品に挑戦してみたいんや。どやお仙、応援してくれるか」

と仙に問いかける吉蔵の顔は、先日とは打って変り、まるでいま生れたばかりと見えるほど生気に充ちたものであった。

仙はあまりの変りように二の句が継げず、しばらくは吉蔵をみつめるばかり。ややあって小さな声で、

「うちは、仕事に賭けた旦さんがいちばん好きどすけど、これはまたえらいお変りようやおへんか。大丈夫でっか」

とはらはらすると、吉蔵は笑顔で、

「自分でも判るけど、気持に波があるんやなあ。昂揚した高波のときでないとええ仕事は出来ひん。さあ、青木先生にお礼申上げてこれから仕事やで」

と力強くいい切った。

何はともあれ、今上陛下からのご用命をお受けして我が腕を試すというその意気に仙はほっとし、自分も心を込めて協力しようと決意する。

＊

翌日、青木先生には吉蔵みずから電話し、ほど経て上総宮邸へ拝命のご挨拶に参上することになった。

これまでのように、位は高くとも時代を経た物を拝見に行くのと違い、このたびはひょっとすると現宮さまにお目どおり願える僥倖（ぎょうこう）もあるかも知れぬと思うと、菱村織物は店中、興奮して大騒ぎであった。

参殿の服装は、吉蔵は羽二重の羽織袴なら用意はあるが、仙にはこれといった礼装を持ち合わせていない。

調達の役はむらが買って出て、

「ちょっと夏めいて来たけど、わての黒い紋付羽織、上に着たらそれでよろしいやろ」

と着せてみると仙とむらでは寸法が合わない。小柄なむらの裄（ゆき）と袖丈を部分的に解いて縫い出し、大きな仙に何とか合わせて二人は夜行で青木先生宅へと上京した。

初めて見る三田の広壮な上総宮邸では、仙は門の入口限り。吉蔵はただ有難さに頭（こうべ）を垂れてかしこまるばかりであった。

吉蔵はただちに京都へとって返し、事務所のものを集めて、

「もったいなくも、宮さんはご内々にこのわしをご指名遊ばされておいでやったそうな。そのみ心に応えるため、わしは一世一代のタピスリーを作って献上せなならん。わしはな、これから織物の鬼になるで。以後、わしにタピスリーのこと以外、話しかけても返事はせんで。皆は、わしはもうここには居らんと思って商いに励んでや。永井を中心に一丸となってがんばってや」

と熱い訓辞を垂れた。

その言葉どおり、吉蔵は夜を日に継いでタピスリーに取組み、文字どおり権化となっていった。

といっても、下絵が出来るまで、色合わせして糸を拵えるまで、機にあげて織り上げるまで、それぞれ入念な工程を経なければならず、まずは全体の俯瞰図からして出発しなければならぬ。

吉蔵の場合、大ぜい集まっての侃侃諤諤よりも、ひたすら自分の感覚を信じるかたちだから、日々頭を抱えて苦しみ、一隅を睨み据えて我を忘れていたり、かと思えば電話をかけまくり、知人からの顰蹙を買って爪弾きにされたり。

そんな所産の中から生れて、まず原画は年来の友、久靫彦が選ばれた。

靫彦も感激おく能わず、

「わたくしの一命を賭けて」

と胸を叩いて誓い、さっそく下絵の候補作を決めるところから始まった。

ところが二人の意見は容易に定まらず、靫彦がこれに決まり、と案を出せば吉蔵がそんなんあかんと拒否、吉蔵がよしといえば靫彦がさんざん難癖をつけて反対する。

二人とも互いに一世一代の仕事だと思っている故に容易に妥協が出来ず、いまにも摑み合いの喧嘩、とまで行ったことを二、三回重ねてのち、ようやく題名「駅路春秋」に落ち着いたときは、出発からすでに二年という月日が過ぎていた。

タピスリーの原画は唐時代の中国が舞台で、二人の友人が楽しく語らいながら旅を続けるというもので、中央にまず大きく船出の風景を描き、そのまわりを二十ほどに区切って季節ごとに各地を訪（おとな）い、最後は故郷に帰るという構成になっている。

もちろんこれは久靫彦の創作であるだけに時代や風俗の考証に手間どることおびただしく、吉蔵のほうから原画の修正を求めることもしばしばあった。

その上靫彦は、この原画の下絵を、清書してぜひとも宮に献上したいと言い出し、それには継ぎ目のない和紙を漉（す）かねばならぬとさらに念を入れて、そのための漉屋を越後の地に建てることになった。

何しろ幅は三・六メートル、高さは二・四メートルの一枚紙を漉くわけだから、その小屋組みと漉き道具などの壮大なこと、雨風を除（よ）けるため靫彦はつきっきりで監督し、吉蔵も越後の地から離れられなかった。

そして下絵をあらため, 試し織の段階になると吉蔵の夢は果てしなくふくらんでくる。

世界中に誰もまね出来ない織物、といえば若いときから纐纈織、高浪織をはじめ、六つの専売特許と三十の実用新案登録をとっただけにそれはいよいよ菱村吉蔵の本領発揮の場となるのを、このとき吉蔵はいささか過信していたのかも知れなかった。

ともかく、原画の持つ縹渺たる味わいは、綴織だけではとうてい表現出来ないと吉蔵は考え、新しい綴織を懸命に模索した。そして綴とびろうど、紗、コプトと金襴までも一つの組織に織り込み、いく度もやりなおした上、

「これならいける」

と自分で納得し、わき目もふらずこれに没頭した。

この間またもや二年の月日が流れ、宮内省からの矢の催促を辛うじてかわしていた吉蔵は、やっと笑顔が戻ってその試作品を胸に抱き青木先生宅へと駆ける。

ところが、先生はきびしい渋面で吉蔵に対したのだった。

「菱村君ともあろう人が何故にこういう冒険をしようとするのですか。宮殿下は最初から綴織をと、侍従官を通じて望まれたのは覚えておられるでしょう。

この試し織だけでは全体の見通しがききません。もしや宮殿下のご期待とは全く異なるものが出来上がったらどうするつもりですか。

あらためて全部綴織で織り上げてください。そしてずい分遅れていますから必ず早急に」

日ごろ温厚できつい言葉を口にしたこともない青木先生にして、このあからさまな指摘はよく

よくであったろう。

取りつく島もないほどの先生のお言葉に、吉蔵は体中から力が抜け落ちたような感じで、かたわらの椅子にへたりこんだ。

この四年間、若い機織工熊谷庄二とふたりで機場にこもり、日がな一日、手足の乾くひまもない、のたとえどおりこの試し織に心血のすべて注いだ吉蔵は、もはや血の一滴も残っていないと実感した。

枯野吹く風

青木先生にきびしく批判され、気力もすっかり萎えてその場にくずおれてしまった吉蔵だったが、後から考えればそんなふらふらした体で、よくも京都まで帰って来たものだと思う。

このときは珍しくたった一人で上京しており、青木先生も気を使って、一晩泊るようすすめてくれたが、無理にもそれを振切って、まるで地を這うようにして壬生森町(みぶもり)の事務所まで辿りついたのだった。

従業員たちの目を避けるように身をすぼめ、足音をしのばせてまっすぐに倉庫へ。

そこには、梱包を解くばかりの薦包(こもづつ)みがぎっしりと天井まで積み上げられており、中味は見ずとも判る、タピスリーを織るための糸であった。

今日、吉蔵が東京から試作品を持って帰り、

「合格や。これでよしとお言葉頂いたで。

さあ、仕事や仕事や。皆待たせたなあ」

と満面の笑みでそう伝達すれば、事務所中大歓声を上げ、この薦包みはみるみるうち各機場（はたば）へ引き取られて行くはずであった。

皆仕事の好きな織工ばかり、宮さまに献上する品といえば夜の目も寝ずに励むのは見えているが、この荷にはその上、これだけ買い集めて来た従業員たちの苦衷がどっぷりと染み込んでいる。

主（あるじ）が、わしタピスリーの他はもう何も知らんで、と商いを放り出してそちらへかかりきりになって四年、帯の新作は生れず、営業はふるわず、廻っていた歯車がいまは全く止まってしまった状態にある。

借金はかさみ、従業員たちの給料が十日、二十日、一ヵ月、二ヵ月と遅れるようになれば、

「これでは子を餓（かつ）えさすことになってしまうて、女房に責められるもんどすさかい」

と退職をいい出す者が日を追うにしたがって増えて来ているのであった。

永井はそれを、まことに申しわけなさそうに吉蔵に報告し、吉蔵ははじめ、

「何とか引き止められへんのかいな。

そこがあんたの腕やないか」

と永井に向って当り散らし、ときには、

「そんな不景気な話、聞きとうないわ。

もっとわしが喜ぶ話、持ってこんかいな」

と見当違いな腹を立てたりするこの四年間であった。

それだけに、この試作品に賭ける従業員全員の期待は大きく、材料を買い集める者たちはどれだけ涙ぐましい努力をしたことだったか。

西陣うちでは、精算は節季払いというのが常識で、これまで何事によらず盆暮にまとめて払うのだが、それも日ごろの信用あってのこと。

一旦傾いたという噂の立った菱村からの買付けはどこの材料屋も二の足踏むのは当然の話、それを三拝九拝の上、完成の暁にはきれいにいたします、という念書まで入れてここまで運んでもらっただけに、この材料が悉（ことごと）く不用品となるのはたとえようもないほどの、物心両面の損失といえた。

いま、荷の前に言葉もなく呆然と立ちつくす吉蔵の背後に、そっと近づいて来たのは永井で、

「社長、申しわけありません。

もう二進（にっち）も三進（さっち）もできなくなりました」

と湿った声でいい、大きな拳（こぶし）の甲ですでに目頭を押さえている。

その様子は、この四年余の苦労を物語るようにげっそりとやつれ、まるで別人のようであった。

永井はその落ち凹（くぼ）んだ目を上目に使いながら、

「社長、さらにもうひとつ」

と、靴のまま板敷きの床に坐り、手をついて、

「これは隠しおおせるわけには参りませず。お許し下さい。

一と月ほど前になりましょうか。経理の服部が金庫の有金、全部かっさらって、女と駈落ちしてしまいました。もはや何にもありません。あるのは山のような借金だけです」

と沈んだ声で報告する永井の声を、吉蔵は、急にあたりいちめん立ちこめて来た黒い暗雲のなかから聞えて来た不吉なしらせだと思った。

腰を落として、「え？・」ともう一度聞き返そうとしたとき、突然その暗雲に迷い込み、同時に体ごとまるで突っかえ棒を外したように、その場にぐにゃぐにゃと倒れてしまったのである。

永井は驚いて大声をあげ、さいわい事務所には従業員もいたところから、何はともあれまず宝塚の自宅へ吉蔵を運ぶことが出来た。

そのころにはもううっすらと意識は戻り、身を取り巻く暗雲は薄墨いろとなって消えつつあったが、ただ耳の鼓膜の奥から絶えず湧き上ってくるのは、枯野を渡る荒涼たる風の音ばかりであった。

ぐおうーっとおこり、葉の一枚もない木々を揺すって遠くへ去って行ったかと思うと、また舞い戻って来ては小枝をふるわせる。

轟々たる音、悲鳴を上げげつつ撓(たわ)む音、未練いっぱいの涙の音、威嚇めかした音、或いはやさしさを込めた慰撫の音、これは休むまもなく吉蔵の神経を追いかけてくる。

恐怖に怯え、まるで猛獣のように咽喉(のど)の奥から咆哮するときもあれば、闘いに疲れ、泥のよう

に眠り続けているときもある。

従業員も家人たちも、こんな病人をどう介抱していいやら判らず、眉間に深い皺を刻んで眠る吉蔵の、苦悩の表情を見守るばかりであった。

店も人も荒れ果てたこんななかへ速水先生は毎日往診してくれ、

「だいぶんお疲れのようですな」

と診立て、しばらく体を養ってのち、薬よりも継続的に軽い運動を試みるようすすめてくれた。

ある日、仙はむらに呼ばれ、

「あんた、質屋の暖簾（のれん）くぐったことあるか」

と聞かれた。

「家は貧乏どしたけど、質屋はおへん」

と答えると、

「あんたも知ってのとおり、永井からもらう水仕（みずし）のお銭もずいぶん減ってしもて、三度に一度は皆、梅干や。

こんなんでは病人に精がつかんさかい、旦さんにビステキ食べさしたいんやけどな」

と風呂敷包みの着物三枚を差出した。

「うちにはぎょうさん帯はあるけど、一目見たら菱村、と判るもんばっかりや。これはわてが昔、里から持って来たもんやさかい、判らへんやろ。頼むで」

といわれ、こういうことが出来るんは、やっぱりご寮人さんやなあ、と感心しながら、喜んでその使いに立った。

以前と同じように、仙はその金で本町の肉屋に厚いフィレ肉を買いにゆき、さいころに切って口に入れてやるのだけれど、いくらか顔いろがよいときはしっかりと噛み、不機嫌なときはぺっとばかり仙の顔めがけて吐き飛ばしてしまう。

そのビフテキが効いたとも思えないが、身内の者以外面会も許されなかった病状に、ほんのわずかながら曙光が見えて来たのは、倉庫の中で倒れてから一ヵ月以上ものちであったろうか。

直接のきっかけは、速水先生推奨の運動で、これはすぐ裏山にある五百メートルばかりの六甲塩尾山を毎日登り下りすることから始まった。

地下足袋でしっかりと足を固め、同じ歩幅で頂上を目ざし、そしてすぐさま引返してくる。これだけの運動で、最初の四、五日は体中が痛くて骨が悲鳴を上げ、筋肉がきしみ、寝ていてもうなり声が出るのだが、馴れるに従って次第に体が軽くなる。

何よりも、毎日辿る同じ道でも、木の姿、葉のかたち、天候による変化など、実にさまざま感性を刺激するものに溢れており、それは心を洗われるようにすがすがしい収穫であるといえた。

はじめはむらと仙二人、わてらもお供さしてもらいます、とついて来たもののむらはすぐ音を上げ、仙だけは何とか休み休みながらでも続けたのである。

＊

青木先生の心配も他ならず、ずっと永井を通じて病状を聞いていたが、少し快くなったころ、

「東京まで来られますかな。

私にいい考えがある」

と伝言を送ってくれた。

御用命が行き詰まり、このままではそれぞれの責任を問われかねない状況に来ているのであれば、これは何よりの助け舟、吉蔵は病軀に鞭打ちつつ仙を連れて初めて目白の先生宅に伺ったのだった。

先生夫妻は二人をあたたかく迎えて下さり、

「折角頂いた御用命なら、石に齧りついても綴織で織り上げてもらいたいが、ついてはもうすでに四年余の年月が空しく流れている。

この上の延引はもはや許されないと思うので、原画の下絵はこの際忘れ、枠取りを飾っていた二十枚の四季の絵のうち、一枚に的を絞ってそれを新しく下絵にして用いてはどうか」

という提案を示してくれた。

元の下絵は精密に描かれてあり、枠取りの二十枚といえども決して粗雑な出来ではないという

のが、これまでのおおかたの評価であり、そう聞いて吉蔵は体のなかにぽっと灯りの点ったような感じを持った。

久しぶりに心沸き立ち、これならば綴織の技術を思うさま駆使し、これが菱村吉蔵の綴織だという作品を作りあげられるかも知れない、と吉蔵は思った。

何よりも、枠取りを取り払えば制作期間はぐっと短くなるのは判っており、今度こそ担当の各位に迷惑をかけず、そして見る人をしてうなり声を上げざるを得ないような、世界一のタピスリーを織る夢が拡がってくるのであった。

青木先生から助言を頂いたのを機に、吉蔵の制作意欲は再び燃え上り、その奮励のさまはすさまじいほどであった。

下絵は、春夏秋冬のなかから、上総宮の若さを寿いで「青葉満山」と決まり、旅人二人がいちめんさわやかな青葉の下で憩っているさまを描いた図に決定。ところが枠取りのものと本図とは寸法その他で食い違いが生じ、再び久靫彦に修正を乞うて、二人がまたもや険悪な場面に陥るという事件もあった。

また、染料となると、一山の青葉にもさまざまな種類があり、従来の柳色、裏葉色、木賊色、蓬色、緑色、青緑、若竹色、青竹色、萌黄色、鶯色、鶸萌黄、鶸色、だけではとうてい足りず、染師たちの必携の「延喜式」を吉蔵もところどころ読みなおして研究しなければ満足な緑は得られなかった。

「延喜式」とは、およそ千年前に書かれた、平安初期の宮中の年中行事や制度など漢文で記してあるもので、当時の礼装の染色法まで記されてあり、たとえば青白橡（あおしろつるばみ）を染めるときは、

「青白橡綾一匹。刈安草大九十六斤、紫草六斤、灰三石、薪八百四十斤」

との説明がある。

このとおりをいま、吉蔵が染めようとすれば刈安や紫根は伝手（つて）を頼れば何とか手に入るが、時代と生育の場所が違い、その他はちょっとむずかしい。

それでも、一木一草それぞれに異る青葉の色を出そうとすれば、染色百種ではとうていきかず、千種に近い色の糸を染めて遠近や、木の老若を出さなければならなかった。

このころ、夜、夜具に身を横たえると、天井からいく百種もの色の糸が下りて来て、吉蔵の目の前で縺（もつ）れ合い、果ては首を絞めつけるという夢を吉蔵は毎晩のように見た。

その夢に抗いながら、吉蔵は自分の意識のなかに織物によって絵画を越そうと焦る自分を見つけ、それを改めるべきだと気がついたのだった。

織物には織物の独自性があり、一本の繊細な糸が織りなす絵は、得もいえぬ自然の生気と光沢を持っているのを、多くの人たちに知ってもらわなくてはと思った。

織工のなかではぬきん出て若い熊谷庄二を右腕に、長い間の経験がものをいう内海松次郎を左腕とし、機場にこもりっきりで織物の独自性をさぐり続けた。

結果、麻糸を経糸（たていと）に、羊毛を緯糸（よこいと）に使い、思い切って綴地に金銀の箔を織り込むことを考えつ

き、試しに織ってみるとこれがなかなかに豪奢のおもむきがある。

掲げる壁面は宮邸の広間であり、それなら桃山時代の金碧障屏画にも似た雰囲気を出したいものと思い、金も六色、銀も四色に分けて選び、下絵の部分部分にそれを巧みに織り込んだ。

思いどおりのものが織り上ってゆくのは、吉蔵のここしばらくは経験のなかった胸の弾みであって熊谷と二人機場にこもり、ああでもないこうでもない、とやり直したり進んだり、気がつくともう翌日の太陽が高く上っていることもしばしばであった。

染料にもさらに凝り、黒は中国の乾隆墨を選びに選び、また色漆を箔に引くという技術も取り入れて、徹夜に徹夜を重ねた挙句、まず試し織の一枚目が完成、この作業に加わった十名の織工たちはそれを見て互いに遠慮なく批判し、賞讃し、そしてさらに馬力をかけて二枚目の試し織へと取り組む。

店が借金だらけであろうと、粥だけの毎日であろうと、この十名のタピスリーに賭ける情熱は吉蔵に勝るとも劣らぬものがあり、不眠不休で出来栄えを競い合うのであった。

が、完成への道のりは険しく遠く、ようやく二枚目が出来上って掲げてみると、銀箔の使い過ぎであったのか、寸法が伸びてしまっていて、注文どおりのものとはならなかった。

いよいよ三枚目にかかる日、

「よし。これが最後や。

全身全霊を込めてぶつかってみよう」

という吉蔵の号令に、仲間の織工、家人、誰ひとり異議を唱えず、むしろ難敵に向って突進する勢いで三たびそれぞれの部署についた。

そして京都に底冷えのする冬が来て、師走に入り、それもう少し、あと五寸、三寸、と互いに励まし合ってとうとう昭和十年の大晦日、最後のこまかい模様を熊谷が爪で掻き寄せてから鋏を入れ、機場の壁にそれを掛けた。

じいっと見上げる吉蔵と織工、家の者たちの目は、幾多の苦難をのり越えてようやく達成した作品への讃仰と恍惚感にみちており、しかしそのなかになお一抹の不安もかくし切れなかった。

壁いっぱいの「青葉満山」は、いま目の前に拡がって清新の気漲り、千種の染料に染め分けられた満山の緑は目を射るばかりに眩しい。

もしいま、吉蔵の口から、

「あかん、こんなんでは宮殿下にお目にかけられへん。やり直しや」

といわれたら、

「わし、機へ紐かけて死んだろか、と思てたんや」

とか、

「機の梭で大将を刺し殺したろか、と構えてたんや」

とか、さらには、

「鋏持っていって、あのタピスリー切り刻んでやっからな」

と勢い込んでいた者もあり、皆それぞれ、この三枚目が我慢もぎりぎりの勝負であった話はあとになって聞いた。

吉蔵はタピスリーの前を涙をにじませながら行きつ戻りつした挙句、両手を天に突き差し、

「みんなありがとさん。おおきにで。

この『青葉満山』、上総宮殿下にお納めすることにします。

きっとお喜び頂ける思うで。万歳や」

と張り充ちた声でそう伝えたとき、機場の屋根も柱も揺らぐばかりの音を発してタピスリーの前の人の頭は一様に皆飛び上ってうおーっと吠えた。

今日まで八年の長い月日、同僚たちは収入（みいり）のいい仕事へと走り、残された自分たちは妻子にみじめな思いをさせながら、目をつぶって機にしがみついて来たことを思う。

床に伏せて泣いたあとに、互いに肩叩き、腕を組み合わせ、八年ぶりに白い歯を出して大笑いするその顔は、どいつもこいつも不精髭がぼうぼう。

いま、喜びの酒宴をひらこうにも、米屋醤油屋、八百屋魚屋、皆々借金のつけで帳面がいっぱい。仕方なし、若い熊谷が自転車で遠くとばして、何とかつけのきく酒屋で一升壜の話をつけ、晩は涙と笑いの祝いとなった。

このタピスリーの出来栄えは、たしかに吉蔵が命をかけただけあって後世に残るほどのもので

あり、とくに金箔を綴に織り込むのは世界で初めての試みだといわれている。

金を六色に使い分け、深みのある緑、芽立ちの緑、いまをさかりのときめく緑、などそれぞれに鮮やかに表現されていて、見る者をしてその前から容易に去らせないという。

*

タピスリーは翌十一年、吉蔵自ら持参して宮家に納めるという手はずがととのい、吉蔵は久しぶりに昂揚した気持で永井と仙を伴って上京した。

汽車賃もままならぬいまの状況では、仙などとても供は叶うまいと思ったが、仙は自ら乞うて交通費自己負担で吉蔵の晴れ姿見たさに強引について行った。

給金もわずかな仙の暮しでは貯えとてないが、万一のことを考えて素焼の大黒さんに一銭二銭と小銭を落して来たものが、もうかなり重くなっている。

上京が近づいた日、仙は宝塚の研究室の裏の草の上に風呂敷を拡げ、金槌で、

「ごめんやっしゃ」

といいながら大黒さんの顔を叩くと、壺は八方に飛び散らず、頭の部分だけうまく割れて銅貨がざらざらと風呂敷の上に落ちた。

てのひらに包み込むと、こんもりとした銅貨の小山はずっしりと重く、これで東京行きの切符

を買い、得意満面の吉蔵の供をして行けるのだと思うと、胸がひとりでに高鳴ってくるのだった。

だが、その胸の高鳴りも宮内省まで。ここの控室で青木先生と落ちあい、宮邸へご同道頂いて苦心の作をご披露申上げるという手はずだったが、冷たいお茶一杯でずい分長い時間待たされた挙句、あらわれたのは連絡のための事務官だった。

「まことに残念でありますが、思いがけぬことが出来いたしました。

本日、宮邸に同道の上、ご参殿願うはずであった東京美術学校長の青木先生ご自宅に、昨夜、伝染病のチフスが発生したのであります。

患者は家人の一人で先生ご自身ではありませんが、ご承知の如くチフスは伝播力の強い法定伝染病でありますので、病気が完全に終息するまで青木家の方々は外部とは隔離され、遮断されなければならなくなりました。

つきましては、青木先生とはご親交の深い同じ美術部の滝沢教授に、この任お引受け頂くことになりました。

教授のご指示を守って、ご一同何卒粗相のなきよう、無事物品を納入して下さい」

と申し渡されたとき、三人はきょとんとし、不安でたまらぬというふうに、思わず顔を見合わせた。

この大東京の、定めし上流生活を送っておいでであろう青木先生の家に、あのおそろしいチフス発生とはまるで狐につままれたような話。

「それはまことでございますやろか」

と念を押すこともならず、椅子に身を沈めてがっくり落胆しているとき、カツカツカツと革靴の鳴るきびしい音が近づいて来て、事務官が先刻話の滝沢先生を紹介してくれた。

鼻下に髭をたくわえ、べっこう縁の眼鏡をかけた先生は見るからに威圧感いっぱいの人で、まず、

「君が菱村君だね」

と確かめて向き合い、次に、

「大体御用命を頂いて今日までの八年間、君は一体何をしていたのかね」

と高飛車な叱声が始まった。

「気が向かねば仕事をしないという職人気質はこれだから困る。

その間、宮邸よりの指図を受けて、宮内省が直接催促をしたのは五回や十回ではないだろう。君の怠慢のために、いったいどのくらいの人間が恥をかいたか、考えたことがありますか。君を推奨なさった青木先生もお立場は悪くなるし、私だって本日、不慮の事件が起らなかったらとうていかかわりたくない出来事だ。

菱村君、人間、信義というものが如何(いか)に大切か、市井の一職人であろうと、そのことをしっかりと考えてもらいたいもんだね」

滝沢先生の口から吐き出される言葉のきびしさに吉蔵たちは視線を上げることとさえ叶わず、だ

んだんと首を垂れてゆくばかりだった。

吉蔵は針で刺されるようなその言葉を聞きながら、せめて一言、

「どうぞ、この作品をごらんになってください。一目でものぞいて下さったら、八年ものあいだ延引した理由も判って頂けるやろと思います」

といいたくて、おずおずと目を上げ、部屋の隅のタピスリーの荷を指さしたところ、先生はぴしゃりと、

「私は見ません。職人が気晴しに作ったものなんか見たくもない。御下命を、君は全く馬鹿にしている。私などの立場をどう考えているのだ」

といい捨てるなり、背を向けて出て行こうとした。

三人は発する言葉も知らず、かちかちに硬直した体のまま、宙に視線を泳がせるばかり。遅延の罪はいかにも当方にあるが、こんな頭ごなしの叱りかたはあまりに理不尽ではないかと思うと吉蔵は自分の体中の血が絶叫しているとばかりに口惜しかった。

それも、出来上ったものをとくと見ての評価なら納得もしようが、蓋を開けもせず、市井の一職人の気晴し仕事、とまでいわれるのは今日まで八年耐えに耐えてきた自分及び十名の織工の命にかけても後へ引けないと思う。

しかし相手は宮殿下、身分のへだたりがあまりに大きすぎるとあれば、せめて一言、ほんの一

言、この作品に賭けた自分の苦心惨憺を、と決意して吉蔵顔を上げたとき、先生はそれを阻むように大きく指を開いててのひらをあげ、

「抗弁は聞きません。本日の納期が何よりも雄弁に怠慢を物語っていますから」

といい、さらに声を張って、

「むろん宮殿下の御前でも、弁解は許されません。ましてや哀れを訴えるなど以てのほかです」

というなり背を見せて扉の外に消えた。

落日の輝き

宮内省から宮邸へ向う予定では、トラックにタピスリーを積み込んだ座席には供の永井と仙が乗り、黒い乗用車には青木先生と吉蔵が同乗する手はずであったが、滝沢先生は事務官に、

「私はあの者と同車の好(よしみ)は通じたくない。うしろのトラックに三人皆乗せて下さい」

と命じ、自分は一人だけ乗用車で三田に出発したという。

トラックの中で、吉蔵は決して泣くまいと血の出るほど唇を噛みしめて前方をみつめたまま。永井と仙はその辛抱が出来ず、おいおいと声を放って泣いた。

宮邸でも三人は応接間で待たされたきり、宮殿下にも侍従官にも目通り叶わず、もちろんねぎらいの言葉など、誰からもかけてはもらえなかったのである。

三人は、これ以上銷沈(しょうちん)することはあるまいと思えるほど意気落ち込み、戻りつくなり吉蔵は寝床に叩きつけられるようにして眠りつづけた。

目もあけず、食も摂らず、ただ昏々と、昏々と眠りつづけた。

そのとき吉蔵の胸のうちは、ふたたびあの枯野を吹き渡るごうごうたる風が聞こえており、それはおそらく、織物界の昇り竜とまで讃えられた男が、このたびは市井の一職人の気晴し仕事などといわれたことの、痛恨の思いがなせる幻聴であったかも知れなかった。

永井も仙も途方に暮れ、なすすべもなく時間が過ぎてゆくなか、帰りついて四、五日後だったろうか、病床の吉蔵に直接青木先生から電話があった。

先生も、いわばこの遅延の犠牲者の一人であったから、よくやった、との喜びの挨拶ではなかったけれど、まず納品も終ったことの安堵と、そして最後に一言、

「お持ち頂いたタピスリーは、宮殿下おん自ら広間の壁面におかけになり、じっと長い間ご覧遊ばしておいでだったと、私、洩れ承りましたよ」

と伝えてくれた。

その言葉を聞いたとたん、吉蔵の五体に張りめぐらされた涙の琴線が一度に弾け散って、どどーっと涙が溢れ出た。

宮内省で、かの滝沢先生から屈辱的な言葉を浴びせられたときも、三田へ向う乗用車の後について走ったときも、決して泣くまいと耐えに耐えていた熱い塊だった。

寝床の上に坐ったまま、両拳(りょうこぶし)をがっきと目に当て、まるで吠えるような声を挙げて泣く吉蔵を見て、電話の内容は判らないながら、仙ももらい泣きして肩をふるわせた。

吉蔵は心のうちで、東京は三田と思われる方角に向って、

「宮殿下、吉蔵はもはや十分に満足でございます。

滝沢先生は市井の一職人、とおっしゃいましたが、まこと私、機織業の一介の職人に過ぎません。しかしその職人が己が人生を賭け、精魂込めて織りあげましたものを殿下お手ずからお触れ遊ばし、壁面高く掲げ下さいましたこと、吉蔵生涯の喜悦にございます。

この八年間の辛苦も、これですっかり報われました。

どうぞ長くお手許におとどめ置き下さいまして、菱村吉蔵畢生(ひっせい)の作を、折々はご覧遊ばして下さいますよう、おん願い申上げます」

とくり返し心中で叫び、叫び疲れた果てはまた昏々の眠りについてしまうのだった。

菱村吉蔵全身の、精力という精力はもはやこれで最後の一しずくまで絞り尽したかに見え、誰もが深い溜息を吐きつつただ見守るばかりであった。

*

かつては西陣うちに散らばって百以上を数えた菱村の機場(はたば)も、いまは二十軒にも足りなくなっており、しかもとんからり、の快音が洩れてくるのはその半分にも充たなかった。

菱村の家族は皆、明日をも知れぬ状況に置かれても、なすすべを知らず、その中でもとりわけ

心細さにふるえるのは誰よりも仙ではなかったろうか。

それは、自分自身の生きてゆく道を憂えるというよりも、生き甲斐を見失ったかに見える吉蔵の姿を見るにしのびない思いでもある。

あの、鬼をも恐れぬ形相で機織機に向う姿や、図案をみつめるらんらんたる眼、思い通りにいかなかったときの怒声、怒号、そして呻吟、こうしたなかにのたうつ吉蔵を見失うのはこの上もなく悲しいことであった。

仙は、以前とちがって一日のおおかたは閑な時間になり、昼間はただ、吉蔵の枕元に坐ってじっとその寝顔をみつめているより他はないが、そうしているとさまざまな思いが目の前を通り過ぎてゆくのである。

何といっても、十代のころから知り合っているだけに、このお方のことはうちが全部知っている、という大きな自負があり、それだけにこのお方を以前のように蘇らせるためには生半可な努力ではとうていなし得ないという予感がある。

以前ならば、近所の稲荷神社へお百度踏んでの願掛けを思いついたり、茶断ち塩断ちしての祈願を込めたりをはじめるのだけれど、今度ばかりは、そんな女子供の思いつきでこの関所を乗り越えられるわけもないとは判る。

ある日ふと、仙は昼に水薬を呑ませたあとで、盆のなかに薬瓶を敷いていた小さな裂(きれ)に目を止めた。

それは、ずっと以前、そのころ流行っていたびろうど織を、吉蔵独特の無線織というのに代えて売出したもので、この小さな裂は、そのとき試し織にして切りすてた残り布だったことを思い出した。

吉蔵は、どんな小さな端切れでもとても大切にし、箱に重ねて蔵(しま)っておくのだが、この毛織物にも似た弾力のある小さな裂は、どんな経過でこの薬盆の中に紛れ込んだのだったろうか。

仙はその小さな裂をてのひらに乗せ、じっと眺めた。

本来びろうどは経糸(たていと)のあいだに針金を通してわっかを織り、あとで針金を抜いてわっかの部分を鋏で切って仕上げるのだけれど、吉蔵の発明したものは針金を使わずにやわらかく毛織物の風合いを出すことが出来るので、大そう評判を呼んだものだった。

あれはまだ吉蔵がたしか三十代のとき、と思い出しているとき、仙の目に蒲団からはみ出している鍵束が目にとまった。

鍵は、吉蔵が神経衰弱を病んでのちもめったに手離さないもので、いま目の前にそれを見ると、仙の胸にむらむらとそれを手にしたい欲望が盛上る。

このびろうどのような無線織や、重厚な脹織(ふくれおり)の一種であるところの推古織、また一時大流行を生んだ鹿の子絞りのような纐纈織(こうけちおり)、そして綴(つづれ)に似たゴブラン織など、吉蔵の若いころをさかのぼればさかのぼるほど、それは新しい織物の歴史と重なってくる。

仙はこれまで吉蔵のわきにいて、六つの専売特許と三十の実用新案登録を取った発明の織物は

悉(ことごと)く見てはいるが、いまこうして、眠りつづける吉蔵を見守っていると、そのひとが作り成した織物をもう一度見てみたい、と率直にそう思った。

幸い、吉蔵の病室界隈に人っ気はなく、仙は蒲団の下から鍵束をひきずり出して、ふだん着に下駄履きのまま、表に走り出した。

電車に乗っても壬生森(みぶもり)町の倉庫までは片道一時間近くかかるが、そんなことはいま、どうでもよかった。

壬生森町の倉庫に入り、桐箱に収めた過去の作品の蓋をとって、改めてひとつひとつに目を当てると、そのたびごとに心臓がどしん、どしん、ときしみ、目もくらむ思いになる。

こんな豪華な、精緻な、他に類を見ない織物を織りあげるひとを、うちは何十年、神さまよりももっと大切にあがめて暮して来たのに、それをあの美術学校の先生はさも見下げ果てたようにいわはった、こんな口惜しい思いってあるやろか、いや、うちは許さへん、あの先生のいわはったことは旦さんの仕事を根っから認めへんとけなしたもおんなしや。

これでは旦さんがあんまり可哀想や、と仙は帯の荷を拡げて、長いあいだそれをみつめて、倉庫の板の間にしゃがみこんだままだった。

仙の知識では、むずかしいことは判らないが、吉蔵の仕事が芸術論争にまで昂まっているこのごろの世評を、あの滝沢先生にしっかり認識して欲しいものだという思いは胸の底からふくれ上がってくる。

このままでは、旦さんは自信を失い、ひょっとするともう二度と織物は出来ひんやも知れへん、と思うと、不安はじりじりと拡がってくる。

どないしたらええのやろか、旦さんに自信を取戻して頂くには何をしたらよろしいのか、懸命に考えていると、こんなとき、何よりもたよりになるのは、長い年月、苦楽をともにして来た永井の知恵を借りることや、とそこに辿りつき、幸いまだ事務所に残っていた永井を倉庫に誘って相談を持ちかけた。

永井は、仙からこのような、仕事上の話を打明けられたのははじめてのこととて、

「へええ。お仙さんが滝沢先生に意趣返しをねえ」

と驚くのへ、

「意趣返し違いまっせ。

こんだけ立派なタピスリーを仕上げるには、八年はおろか十年も二十年もの時間が必要やてこと、先生に判ってもらいたいってことだす」

「そらもっともやけど、相手はえらい先生だしね。このままそっと引退(ひきさが)るのが、いいのと違いますか」

と永井は仙の闘志を危げに捉え、一種尻ごみするふうだった。

それでも仙はめげずに永井に迫り、何とかして吉蔵に蘇ってもらうためにはこれしかない、という結論に達したのは、作品の個展であった。

これまで、吉蔵の作品は、注文の依頼があれば注文主に、手許のものは各種の展覧会に乞われれば貸与する、という方法だったが、過去に一回だけ、大規模な個展を開いたことがある。

大正八年、吉蔵たしか四十四歳のころで、青木先生の発案によって浪浦子爵など東京の華族三十数名が発起人となり、「第一回織物美術展覧会」が国華倶楽部、上野精養軒、日本橋倶楽部などを会場にして開催された。

このころ吉蔵は体力気力ともに横溢し、相良錦、堆朱錦、螺鈿錦等八十余件を含む百五十六点が出品された大展覧会であった。

来場者も四千人を超え、翌月は大阪中之島の中央公会堂でも同じものが開催されて、東京大阪ともに大好評を呼んだことはまだ永井や仙の記憶に新しい。

このころから織物美術への一般の関心が昂まり、芥川龍之介の極め付きの讃辞も東京日日新聞に載せられて、いま思い出しても胸弾むような日々だったと思う。

会場には来場者たちの讃嘆の溜息が飛びかい、帯の注文は次々と舞い込んで、作品の評価とともに菱村の明るい将来が約束されたと感じたものであった。

事実、あのあと、橋田侯爵家の名物裂復元の仕事に続いて法隆寺の御戸帳、そして正倉院の琵琶袋とまことに貴重な仕事を委嘱され、菱村吉蔵の名は一挙に上って、菱村には光満ちていた感じがあった。

あの輝かしさを再び呼び戻し、世評を高めてもらえば、傲慢な滝沢先生も少しは考えてくれる

のではあるまいか、と期待に心ふるえる日、仙はそう考えることもあった。

仙が菱村へ入ってもうかれこれ四十年以上、いままでずっと吉蔵の走り使いばかりで過して来た身にとって、個展の開催などという、大きな表の仕事ははじめてだけに、思い立って以来、仙にとっては一人で武者ぶるいするような日がはじまっている。

もっとも、外との折衝は馴れた永井が引受けてくれるが、その前に吉蔵本人の了解を取らなければならぬということがある。

幸い、このところ快方に向い、話もそこそこは出来るようになったものの、枕元の薬袋には先生手書きの診断書が添えられてあり、それには疲労、脱力感、不眠、頭痛等の症状により、神経過敏、思考障害、集中困難があらわれる、と書かれてある。

これは、吉蔵自身、先生に乞うて自分の病状について知るため説明を求めたもので、吉蔵はその診断書を読んで納得すると同時に、自ら病気を克服しようと考えたらしかった。

仙は吉蔵の様子を今日か今日か、と窺っていて、珍しく吉蔵が、

「仙は煬帝(ようだい)さんの錦、知ってるかな」

と聞いた。仙はどきん、とし、

「へえ、出来上ったときのこと、おぼえてます。細(こま)こうに細こうに織らはったすごい錦どしたなあ」

というと、次の瞬間、吉蔵の興味はすぐ他へ移ったのか、視線が外(そ)らされたのへ、仙は追いか

けるように、

「旦さん、あの煬帝さんの錦、もう一ぺん見たいと思わはりまへんか」

と誘いを向けると、吉蔵引き戻され、

「そやなあ、絵巻物の人の顔は目えがむつかしいてな。

右と左が違うたりしますのや」

「旦さん、それ一ぺん集めてみなさんに見ておもらいしまひょなあ。きっと皆喜ばはると思いますねんけどなあ」

とこわごわ水を向けると、吉蔵の顔にさあっと喜色が射し、

「そやな。前の個展からいうたら、もう二十年は経ってるもんなあ。

そのあいだには自分でも会心のものがいくつも織り上がってる。

展覧会、ええかもしれへん」

と上機嫌の反応に仙は夢かとばかり喜び、その場からすぐ壬生森町の事務所に連絡した。

本人にその意志があり、ころ合いもちょうどではあっても、個展ともなればかなりの点数を揃えなければみすぼらしいものとなってしまい、かえって吉蔵の名を汚してしまう。

仙の苦労はここからであって、永井とともに倉庫を入念に調べてみると、永井のいう「過去に売れ残り」となっていたものは点数が少なく、記憶を手繰ればご贔屓筋に納めたものが五十点、美術関係の団体に買上げてもらったものが五十点近く。

しかしこれだけでは、菱村再生の個展にしては貧弱だし、新しい帯も披露して個展に花を添えたい思いもある。

このころの仙は、かつての吉蔵の病状が乗り移ったかの如く、明けても暮れても個展を成功させることに熱中し、永井をして、

「これでは弟子越しですな」

といわしめるほどであった。

弟子越し、とは、弟子が育って師匠を越えることだが、仙の働きはそれだけまわりの目を見張らせるほどのものだったといえようか。

なかでも、ご贔屓筋の手許にあると思えるものは個展の会期中、拝借しなくてはならないが、大ていの人が貸し渋るのを、仙は床に膝をつき、三拝九拝して受取って来たという。

幸いというか、このころは菱村の商いも少々は持ち直し、かつての織工や事務の者もぼつぼつ戻って来ていたから、尻上がりに仕事はしやすくなっていたらしい。

＊

かくて昭和十六年の秋、東京、京都で「菱村吉蔵二十年の軌跡」が開催されることになったのである。

発起人は、前回と同じく浪浦子爵を中心とした美術愛好の華族三十数名だが、表立っての主催は会場となった百貨店、新聞社や美術関係の外郭団体が名を連ね、立派なかたちのついた大きな個展となった。

吉蔵は見違えるほど顔色もよくなり、また塩尾（えんぺい）山へ登る日もあるようになっていた。それに何よりも、この個展に出すための新作をひとつ考案したことは、恢復を示す証しであったといえようか。

開催日が迫ってくると夜なべにかけての仕事の連続で、とりわけうちの一世一代やと力む仙の役割は忙しかった。

ある夜、永井から、

「お仙さん、儀式係から連絡が来たのだが、開会式にはお仙さんも最前列に並んで、花束を受取って下さいよ。頼みましたよ」

といわれて仙はのけぞるほど驚き、

「冗談やないですよ、永井さん。何で私が花束頂くんですか」

と抗議すると、永井はまあまあ、と手を振り、

「今回は、社長の全快祝いも込められていますからね。かげで社長を支え続け、この個展をも発案した女性、というところですよ。是非」

といい捨てるなり、去ってしまった。

さあ大へん、この私が大ぜいのお客さんの前で花束を受取るやなんて、思っただけで体中が火照り、こちこちになる。

そのうちこの緊張を受入れる嬉しさが徐々に芽ばえて来、そうなると、

「当日はどんな着物着てたらええのやろ」

とあれこれ迷いだす。

こんな話は永井には出来ず、やはりこれはご寮人(りょん)さんに相談せなあかん、と思った。

かつて上総宮邸へ吉蔵のお供で上るとき、向うから、

「着るもんあるか」

と問うてくれ、そして、

「紋付の羽織やったらええと思うさかい、わてのを寸法拡げて着ていきや」

と心づかいしてくれたのは嬉しかったし、そのときのものをも一度貸してもらえばいちばん手軽やしなあ、と仙は考えた。

夜になってむらの部屋に行き、

「ご寮人さんにまたも厚かましお願いでございます」

と頭を下げたところ、意外にも針仕事の手をとめてこちらを向いたむらの顔はひどく険しかった。

「あんたが花束もらうて、誰が決めたんや」

と聞き、

「はあ、うちに伝えてくれはったんは永井さんどしたけど」

とありのままを返答すると、縫物をわきに押しやって一膝押しすすめたむらは、

「あんた、その話おかしいと思わへんか。

旦さんの快気祝いなら、わてを外しては考えられへんやろ。永井には何度も会うたけど、わてにはなんにもいわへんで。

大体商いを賭けた展覧会に女子(おなご)は出んかてよろし。前のときもわては出なんだもんなあ。お仙はもんぺでええ。そうしいや」

と強い口調ですすめた。

これまで仙は、むらからこんなに強い口調でいわれたことは一度もなかっただけに、思わずその顔をみつめたところ、それはすでに、奥をあずかるだけの日ごろのご寮人さんではなくて、吉蔵と夫婦の、仙の上に立つ主(あるじ)の顔であった。

仙ははっと気づき、

「すんまへんどした。永井さんも忙しいて取間違えたかも知れまへん」

と頭を下げてさがり、そや、わてはもんぺで行こ、そのほうが身分相応ちゅうもんや、とすぐさっぱりと翻ることが出来たのは、もういく十年、ここに奉公している身の、自然に会得した弁(わきま)えというものだったろうか。

＊

開催前日には関係者皆、早々と東京入りし、仙もむらにいわれただけでなく、時局にかんがみてもんぺの上下を着て立ち働いた。

何しろ二十何年ぶりの作品展とて報道関係の取材も賑やかだし、会場の飾りつけも紅葉の生木を大きく正面に据え、まわりを菊であしらい、仙がいつか見た芝居小屋の舞台よりもさらに派手やかに豪華に、そして美しく、念入りな趣となった。

仙は、そのあいだを行ったり来たり、そしてとくに今回の目玉となる、

一、煬帝夜遊錦（ようだいやゆうにしき）

二、国宝日暮文蒔絵錦（こくほうひぐらしもんまきえにしき）

三、楼閣山水螺鈿錦（ろうかくさんすいらでんにしき）

四、列仙清楽文堆朱錦（れっせんせいらくもんついしゅにしき）

五、鎌倉時代豊楽錦（かまくらじだいほうらくにしき）

の五点の前にくると、腰に手を当て、のけぞるほどに上から下へと飽かず眺め入るのであった。

吉蔵の作った錦はこの五点に限らずどれも新しい素材を生かした秀逸の作品ばかりで、ここに簡単に特徴を述べると、

（一）は、隋の皇帝煬帝の様子を絵画と見紛うばかりの精密さで織り出したもの。殷賑を極めた洛陽の夜を、大ぜいの侍官侍女を従えてまるで真昼の如く遊行する若き皇帝の顔が見事に織り出されている。

（二）は、原画は堂山関象が描き、金銀糸を用いて金蒔絵の風合いを出した趣深いもの。

（三）は螺鈿の独特の輝きを織物によって表現するため、いく度も試し織を重ねた挙句、完成に漕ぎつけた吉蔵会心の作。

（四）は、朱漆を数十回も塗り重ね、その漆の厚みのなかに文様を彫ったものを堆朱といい、黒漆を使ったものを堆黒という。これは山中に遊ぶ仙人たちを描いた作品。

（五）は、幼馴染みの久靫彦が下絵を描いたもので、舞楽を研究していた靫彦らしく、鎌倉時代群衆の祭礼図を図案化したのだという。二人の友情がぴったり合致した作品というべきか。

さていよいよ開催当日。

百貨店の力を入れた宣伝のもと、正倉院御物の復元に功のあった菱村吉蔵の個展とあって、会場にはかなりの客が押しかけ、店の従業員たちは整理に大童であった。

かんじんの吉蔵は、ほぼ完全といっていいほど恢復しており、顔色もよく手伝いの者に与える指示も的確なのを見て、仙は自分の目論見が功を奏したのだとひとり喜んだ。

後方で開会式を見ていると、吉蔵に寄り添ってむらが立っており、見れば仙が貸して欲しいと頼んだ黒紋付の羽織を、裄と袖丈をもと通りに直したのか、きちんと着ている。

それを見て、仙は何だかおかしくなり、小さな声を立てて笑った。

やっぱり大店のご寮人さん。

いつもはどっしり構えて、奥の仕事をまとめてはいるが、自分を越すものについては許さへんのやな、というのが仙の感じたことで、心のうちで「これでええのや」とつくづく思った。

むらが底力を見せたのは、久靭彦の結婚式の仲人と第一回個展のときの礼まわり、それに菱村が傾いたとき、仙に質屋行きを頼んだこと、など、思い出してみると、そのいずれも余人ではなし得ぬ、とくに仙などでは思いつきもしなかったことをこの人はいざという際、見せてくれたのだと思うのであった。

開会式が終り、人の渦が出来て吉蔵が客の質問攻めにあうのを、仙は人の頭のあいだからのぞき見しながら、早く休ませてやらねばまた倒れるのではないかと心配する。

やっと控室に戻れたのはしばらくののちで、それでも案外疲れた気配はなく、仙の点てた薄茶をすすって一息ついたあと、

「お仙や」

と呼びかけ、辺りを見すまして、

「おふくが来てたで。

見なんだか」

と真顔でたずねた。

仙は頭から冷水を浴びせられたような気がし、思わず、

「え？　それはどこで？」

と聞き返すと、

「人ごみの中や。じいっとわしの顔見てたよって、手上げよ思たらもう人波にかくれてしもてた。あんた捜して来てくれへんか」

というのへ、仙はそれが冗談（おどけ）か真面目か区別がつかず、まじまじと吉蔵を見つめているうち、再び来客にさえぎられてしまった。

現世（うつしよ）にある人を、亡き人と見紛う話はよくあり、伝聞では大体似たひとは三人まで親しい人には見えるのだという。

それにしても少し気味悪いな、と感じたものの、押寄せる雑用にまぎれてうすらいでしまった。

ふたたび吉蔵から同じ言葉を聞かされたのは、成功裡に東京会場が終り、京都に戻って同じく開会式のあとのこと、吉蔵少々焦った様子で、

「お前が東京で声かけてやらなんださかい、おふくは京都まで追っかけて来たんやないか。早う捜したってや」

というに及んで、仙は一瞬、旦さんもう頭が呆けはったんやないやろか、と何やら悲しくなったものの、それでも吉蔵の指差す辺りを見廻してみたが、ふくに似た人さえみつかりはしなかった。

この一件を除けば会期中吉蔵は終始にこやかで、少し痩せたこと以外、外見は健康に問題はなさそうに見えた。

そして京都も東京と同じく連日入場者は引きも切らず、結果はこれからの菱村を明るく予見させて、個展は無事終ることが出来たのだった。

＊

その夜、仙は疲れを癒やすため、膳に一本つけ、部屋に運んで行くと、吉蔵の目は真っ赧に充血している。

あわてて体温計をあてがうと、三十九度以上の高熱を示しているのに機嫌は至極よろしく、隣のむらの部屋をすかし見てから、

「京都でもおふくはみつからなんだか」

と声をひそめて仙に聞いた。

仙もひそひそ声で、

「旦さん、何おいいやすの。おふくさんはもう十年以上もまえに亡くならはったんやありまへんの」

というと、吉蔵は照れて笑い、

「ふん、ふん、そうやったな」

といいうなり箸を投げ出し、這うようにしてベッドに上り、目を閉じてしまった。

仙の動悸は高ぶるばかり。子供のころ聞いた話に、死者がこの世にあらわれたのを見た人は、高熱を発して死んでしまうといういい伝えがあり、いま事実そのとおり事態が推移していることにいいようのない不安をおぼえた。

仙はこのあと氷枕と氷嚢を用意し、何はともあれむらの許へ行ってこのことを報告したところ、むらは仙の予想したほど驚きもせず、

「やっぱり展覧会は無理やったんやな。熱下るまでわてそばにいてるわな。あんたも気をつけたってや」

といい、夜だけ吉蔵の隣で眠ることになった。

しかし仙には、吉蔵を看取るのは自分に如くものはなし、という確たる自負があるだけに、常に病室に侍り、むらもそれを頼りにするようになっており、それに吉蔵が見たという幽界のふくの話も頭の隅から離れなかった。

このあと吉蔵はずるずると原因不明の熱をひきずり、気分のよいときには後ろ手を組んで機場をゆっくりと見廻りに行くが、頭痛や不眠が続いた折には、ベッドから下りられなくなる。

ある日、この日は晴れやかな気持だったのか、ベッドに腰かけて展覧会の図録をめくっていて、仙に、

「あの桐菊文の纐纈織な。仙はどこかへ締めて行ったか」

と聞いた。

仙は、この言葉こそ長年咽喉(のど)もとまでこみ上げて来てはのみ下していたもの、ととたんに興奮気味になり、

「旦さん、纐纈織なんて、うちは一本も頂いてまへんで。

桐菊文頂いたんはおふくさんやありまへんの？」

と一矢報いたところ、吉蔵はいままで見たこともない優しい表情で遠くをみつめながら、

「そうやなあ」

とためらっていて、

「いままでいわなんだのやなあ」

と一人うなずきつつ、

「久靫彦の婚礼のときやった。わしにものをねだったことのないおむらが黒紋付に締める帯が欲し、いうことで、少しキズもんの高浪織(たかなみおり)で群鶴(むらつる)を織り出したものをおろしたったわなあ。

そのときおむらが、お仙は給金も少ないのによう働いてくれるさかい、キズもんあったらお仙にも、というたんや。

しかし、わしかおむらか、どっちやからともなく、『お仙には、嫁入りのとき、キズや半端やない上等を改めてあげることにしよやないか、それがええ、それがええ』と見送ってしもうた。

悪かったなあ」

と心なしか頭を下げるかたちをしたとき、仙は急にしめつけられるように胸が苦しくなって前垂れを顔に当てた。

あのとき、吉蔵はむらにこっそりふくにも帯をやっており、それを知ったとき、仙の胸はかなり波立ったことを覚えている。

いやそれよりも、いまはじめて聞く、仙の嫁入りに帯を贈ろうということは、仙にとってこの上もなく辛く口惜しい話であった。

仙の縁談については、かつて永井との話があったとき仙が激怒したことを皆知っており、以来、菱村では固く禁忌になっているはずであった。

旦さんもご寮人さんも、嫁入りという手段で自分を追払おうとしていたんだと思うと、仙は己の存在が身も世もあらず悲しくなり、顔を掩（おお）ったまま、玄関わきの自分の部屋へ入って畳に突っ伏して泣いた。

むらはともかく、仙の気持ならくまなく知っているはずの吉蔵が、「帯は嫁入りのとき」なんていうのは、あまりに悲しい。あまりに悲しい。

十五のときから一日の懈怠（けたい）もなく奉公して来たこの家を、嫁入りなんぞで追出されてたまるもんですか、と思うと、体のうちにむらむらと闘志が湧いて来て、仙は憤然として涙を拭き、病室へと取って返した。

「旦さん」

と呼びかけ、

「うちは菱村の帯は一生涯要りまへん。ここにいて、見るだけで結構どす」

との言葉を、仙は決然たる調子で伝えた。

このあとまもなく、小さかった戦火は月日を追うに従って拡大するばかりとなり、すべての非軍需産業は手痛い打撃を受けたが、菱村織物も例外ではなかった。

絹糸など材料は配給を大幅に削られ、生産量は著しく落ち、まるで薄暗がりのなかを手さぐりで進むような毎日だった。

吉蔵の病状も加齢とともに進み、あの何か新しいものを生み出そうとするときの、まるで獲物を狙うような鋭い目つきは薄らいでいたが、代って脳裏を過る(よぎ)のは自分の制作した好きな作品ばかり。

なかでも、いろいろ経緯のあった上総宮邸に納めたタピスリーは、実物よりははるかに大きく小さく、また遠く近く、ひんぱんに夢にあらわれ、それというのも、あれは完璧のかたちでいえばまだ満点とはいい難かっただけに、今度もし機会を与えられる日があったなら、四隅の下絵を全部仕上げて、さらに重厚な作品に織り上げたい、と心もはやるのだった。

しかし野火のような非情の炎は各地の美術品を焼き尽し、吉蔵の前にその呪わしいニュースが

もたらされたのは、終戦の年の、東京大空襲の直後だった。

差出人青木先生の、質の悪い葉書一枚、舞い込み、それには、このたびの戦火で烏有に帰した主な美術館が列記されてあり、最後に、

「美術館ではないが、上総宮邸全焼。

あなたの青葉満山も、おそらくは灰燼となったことと思われます。残念です」

とあった。

あのタピスリーは、ローマのラファエルのタピスリーに匹敵する出来栄えか、或いはそれを越すものと自負していただけに、吉蔵はがっくりと肩を落し、小さく、

「あんな大きなもんやさかい、疎開は出来へなんでしょうなあ」

と呟いたが、このタピスリーにかける執着はなかなかに消え去らなかった。

＊

このごろ仙は、月日の流れの早さをしみじみと思うことがある。

とくに、戦争が終ったあと、もの皆がめまぐるしい勢いで変ってゆくのは、まるで柱の日めくりが大風に吹きあげられているようだと思った。

見るものや聞くもの、仙にとっては珍しく移り変る世のなかにはついてゆけない気がし、とき

どき往来に出て壬生森町の事務所ののれんをじっと眺めていることもある。

あるとき、吉蔵も並んでともにのれんを眺めているのに気がつき、仙はふと、

「旦さん、こんな世の中になってしもうて、もう帯なんて結ぶひとなくなってしまうんやあらへんかしらん？」

と不安を口にすると、吉蔵は笑い、

「こんなときこそ、うちの帯の値打ちが判るのや。進駐軍の将校さんの中には美術の目利きの方もいてはるやろしなあ」

と上機嫌で返したが、仙はこのときの吉蔵の笑顔を見て、旦さんずい分立派にならはったと思った。

これまでの笑顔にも倍して貫禄と自信がつき、何ともいえず男らしく美しい、とそのとき感じたことを忘れていない。

やがて吉蔵の言葉どおり、昭和二十一年にはＧＨＱ経済科学局と情報教育局からアメリカ向けの名物裂（めいぶつぎれ）など三十三種類の大量依頼が寄せられ、菱村はかつてないほどの盛業を迎えた。

しかしまもなく、アメリカの銀行家ドッジ氏によってこの注文はすべてキャンセルされ、菱村はふたたび窮地におとされるが、吉蔵とスタッフ一同、一丸となってこの場を乗り切るのである。四人の息子たちが千手観音よろしく力強い支えになったのはいうまでもない。

こういういくつかの時代の波をのり切って経営状態が落着いたころには吉蔵はすでに八十歳に

近くなっており、唯一のたのしみは宝塚の自室で折に触れ集めた骨董類を眺めることだった。

＊

昭和三十七年晩春の深更、仙は宝塚の菱村の庭に、もう長い時間、立っていた。

ここは、かつて吉蔵が新しい試作品を生み出すため、一隅に研究室を建てたところで、それは今なおそのままの姿でもとの場所にある。

その夜、五分がゆの上にえびすめを載せ、からすみを極薄にそいだものをおかずにして、さも美味しそうに夕食をすませると吉蔵はベッドにもたれ、久しぶりにその名を口にして、

「あの『青葉満山』な。あの色管(いろくだ)はどこへ置いてある？」

と聞いた。

色管とは、緯糸(よこいと)を巻いて杼(ひ)にはめる小さな糸巻きのこと、仙はよく知らず、

「それやったらそれぞれの機場にあるんちゃいますか」

「あれは全部で千色もあるさかい、一人が全部持つことはできへん。うちの分だけでも見たい。きっと研究室には一部でもある思うさかい、今から行ってみる」

と身を起そうとする。

「危い、危い。止めとくれやっしゃ」

と女二人はとどめ、いい出したら聞かない吉蔵のためにむらは、

「ほんなら男衆（おとこし）さん呼びまひょ。おんぶしてもらえばよろしおっしゃろ」

と立っていった。

仙は一足先に研究室へ走り、このごろあまり使わないため、小埃の立っている座敷などざっと拭いて、古い蒲団を狭い床にのべた。

男衆に負われて来た吉蔵は、母屋からここまでの短い距離なのにいかにも苦しそうで、身を横たえるとき触れた足も無残なほどに痩せて細い。

仙はそれを見て、ふっと或種の予感に襲われ、

「うちは外で待ってまっさかい」

とむらに告げて外に出、さっきからこうして立ちつくしているのであった。

空はおぼろの春の夜ふけ、いったいうちは何を待ってるのかと自問すれば、それは、

「茶をおくれ」

「ちょっと肩揉んでおくれ」

「何々の本、取っておくれ」

のたぐいか、そしてもうひとつは、老いた夫婦の語らいが終るのを、気を利かせて待っているかも知れないとも思う。

この荒れた原っぱには、仙の脳裏に灼きついている光景がたくさんあり、それは東京行きの汽

車賃を作るために大黒さんの壺を割ったこと、ふくの死去を隠したために吉蔵に折檻され、そのあとこの庭で立ちつくしたことなど、次から次へと浮んでくる。

そうやって仙はここにどれくらいの時間、立っていたろうか。

いつのまにか春の朝特有の大気の冷えが身に迫って来て、ほのぼのと空が白んで来たとき、扉がそーっと開いてむらが一人あらわれた。

ちり紙でしきりに洟をかんでおり、それを見ただけで、仙はうっと胸塞がるのへ、むらは近寄って来て、低い声で、

「お仙」

と呼び、

「たったいま、旦さんは目をつぶらはりました。好きな研究室で終りを迎えはってええご最期だした」

と告げた。

とたんに仙の内では大きな驚愕、というよりはああやっぱり、という納得があり、ここで待っていた甲斐があったのだと思った。

呆然と立っている仙にむらはそっと近付いて、

「いまからわて、ちょっと母屋でやすみますよって、あんた旦さんとしっかり名残を惜しみやす。わてが許しますさかい、遠慮はいらん。

長いあいだ旦さんのめんど見てもろて、おおきにだした」

とおだやかな口調でそういうと、寝不足のおぼつかない足どりで母屋へと原っぱを渡って行った。

仙は一瞬、思考力を失い、自分がいま何故ここに立っているのか判らなくなったが、一旦目を閉じて気持を落ち着かせ、それから研究所の扉を開けた。

昔のまんまの薄暗い狭い部屋の中には、最後に見たかったという緑の色管の山があり、たくさんの図案の書き散らしや、使い込んだ筬（おさ）や梭などに囲まれて吉蔵はいつもと同じようにおだやかな顔で眠っていた。

息を弾ませ、膝でにじり寄ってその顔をのぞき込み、涙とともにかきくどくのはこの一言のみ。

「旦さん、仙も何故お供さしてくれなんだん？

何でひとり先にいかはったん？

旦さんと仙とはいっつも、いっつも一緒やったやおへんか。

仙ひとり残さはって、これから先、仙はどないしたらよろしおすの。

生き返って欲し。目え開けて欲し。また帯織って欲し。旦さん、お願いどす。

旦さん、旦さん」

と繰返し繰返し涙とともに話しかけるのだった。

そのうち、さきほどのむらの言葉が耳に蘇って来て、

「そうやったんか、ご寮人さんのお名残とは、旦さんの亡骸となら触れても契ってもよろし、ちゅうことやったんか」

と気がつき、仙はもはや躊躇せずさっと立ち上ると、誰にともなく、

「ごめんやっしゃ」

と声をかけるなり、帯〆を落し、衣ずれの音をたてて帯を足もとに解き、そして腰紐、と順番に放ちながら、木綿の着物、モスリンの長襦袢(ながじゅばん)、とすべて足もとに落したあと、とうとう湯文字一枚の、生れたまんまの姿になって、吉蔵の亡骸の枕元に坐った。

仙老いたりといえども、娘のまんまの体は、まだまっ新(さら)や、と風呂屋でも人のいうほど衰えを知らず、乳房もたっぷりと豊かに実っている。

仙は、まだ体温の残る固い吉蔵の手をとり、心をこめて撫で、さすり、そして首筋を這わせて両乳房を下から支えてそっと目を閉じた。

目を閉じれば、いく十年夢に描きつづけた吉蔵の抱擁のあたたかさに包まれており、これぞ恍惚、愉悦の境地、

「旦さん、おおきに。

仙は満足どす」

と呟きつつ頭を下げたところ、心なしか、吉蔵もかすかに微笑したように見えたのは、仙の目の迷いだったろうか。

このあと、仙は長い時間、じいっと吉蔵の顔をみつめており、その思いつめた表情を、再び亡骸をおぶいに来た男衆に見られているが、それが仙の、この菱村家における姿の最後であった。

玄関わきの仙の自室はきちんと片付けられ、以来、むらをはじめ関係者が全員、八方手を尽したが、杳として行方は知れなかった。

たぶん、染五郎の芝居絵を胸に、はじめて得た自由な暮しかたをひとりで楽しんでいるのではないだろうか。

＊

織物界の雄、菱村吉蔵の命がけで生み出した作品は、古代裂、錦などの復元のみでなく、新作への開拓、斬新なデザイン等も高く評価され、晩年にはパリからの注文も相つぎ、海を越えてその名は輝いた。

功績はむろん国内でも讃えられ、芸術院恩賜賞、紫綬褒章をも授与された。

吉蔵の仕事の成果とその気迫は子々孫々まで受け継がれ、そして生涯かけて愛した自家の研究室で、眠るが如く永眠したのは昭和三十七年八十七歳。

告別式は大阪東本願寺難波別院で盛大に行なわれ、亡骸は天王寺区の青蓮寺に眠っている。しばらくのあいだ、誰の志か、命日には必ず墓には吉蔵の好きな香が手向けられていたという。

「中央公論」二〇〇六年五月号〜二〇〇八年一月号、三月号に掲載

あとがき

長篇短篇に限らず、小説一作を書き上げるのはかなりの骨折りですが、わけてもこのたびの『錦』は、心身ともに一入（ひとしお）こたえました。

発心したのはかれこれ三十年ほど前のことですから、ずい分長い時間抱え込んでいたのと、これまで女性ばかり描いて来た私には主人公が男性という、初めての経験だったのが、よけい難渋した原因だったのかも知れません。

ことの始まりは一夕の席で、女性憧れの「龍村の帯」の話題になり、私もかつて少女時代、思わず人が振返るような、あの龍村の帯を締めてみたかったことを明かしますと、ご同席同性の皆々さま、異口同音のご賛同でした。

それというのも、龍村の帯はいずれも高価で、帯一本に家一軒、といわれるほどの噂もあり、容易に手は出せなかったこともあったのでした。

席には龍村三代目社長の元（もと）さんも見えておられ、いまは亡き父君の、血のにじむような織の制作状況をお話し下さったのですが、それを聞いた私の心の中で、何やら闘志にも似た熱いものが

燃え立ったのをおぼえています。

そのときすかさず、中央公論社社長の嶋中さんがこれを小説に描くことをすすめて下さり、無謀にもど素人の私が織物という、この未知の世界に挑んでみることをお約束してしまったのでした。

さて翌日から、さっそく営々と執筆に取りかかったかといえばどうしてどうして、眼前にそびえ立つ難関に突き当っては転び、突き当っては転びしながら、長い無為の日を過すのです。難関の最たるものは、伝記と小説とは全くちがい、私は私の龍村平蔵を独自に構築してゆかねばならぬむずかしさでした。

過ぎた年月のあいだには私の心のなかで後悔、絶望、挫折、さまざまの誘惑があり、事実、撤退を申し出たことも一度や二度ではありませんでした。

にもかかわらず、中央公論社の関係者をはじめ、周囲の方は気長く待っていて下さり、何ものらないまま、時間ばかりが流れて、その間嶋中さんが先ず逝かれ、ご遺志を継いだ雅子夫人も故人となり、そして突然、たのみの龍村元さんまでが世を去ってしまわれたのです。

こうなるともう逃げ場はなく、いよいよ「中央公論」に連載を始めたのは平成十八年五月号からだったでしょうか。

三十年近い準備期間はあっても、これで十分ということは決してなく、私が最も恐れていた休載も、切羽つまった家族の病気を看取るため、やむなく一回だけお許しを乞いました。

いまようやくペンを置き、この激闘の日々を振返ってみると、これで決して満足とはいえず、いたずらに加齢の時間を重ねただけではなかったかと悔むことしきりです。

しかしとにもかくにも、この小説を完成に漕ぎつけたかげには、多くの人々のご好意に助けられたこと、私、肝に銘じて有難く思っております。

なかでも下川雅枝さんは中央公論新社書籍編集部部長時代から私の担当でしたが、定年後もずっと付添って下さり、助言や激励、叱咤や刺激などで絶えず私を鼓舞してくれたのでした。

もし下川さんがいなかったら、この小説は陽の目を見ることはなかったかも知れない、と思ったりしています。

終りに、取材に協力して下さった皆々様、この場を借りて厚くおん礼申上げますとともに、今後ともご鞭撻のほど、お願い申し上げます。

本書を、元龍村美術織物社長龍村元様、並びに元中央公論社社長嶋中鵬二様、同雅子夫人の墓前に捧げます。

平成二十年四月春

宮尾登美子

宮尾登美子（みやお とみこ）
1926年、高知市生まれ。62年「連」で女流新人賞、73年『櫂』で太宰治賞、77年『寒椿』で女流文学賞、78年『一絃の琴』で直木賞、83年『序の舞』で吉川英治文学賞を受賞。他の著作に、『陽暉楼』『岩伍覚え書』『鬼龍院花子の生涯』『伽羅の香』『天璋院篤姫』『朱夏』『春燈』『東福門院和子の涙』『蔵』『クレオパトラ』『仁淀川』『宮尾本 平家物語』など。映像化、舞台化作品も多数。

錦（にしき）

二〇〇八年 六 月二五日　初版発行

著　者　宮尾登美子
発行者　浅 海 保
発行所　中央公論新社
〒一〇四－八三二〇
東京都中央区京橋二－八－七
電話　販売 〇三－三五六三－一四三一
編集 〇三－三五六三－三六九二
URL http://www.chuko.co.jp/

印　刷　大日本印刷
製　本　大日本印刷

Published by CHUOKORON-SHINSHA, INC.
Printed in Japan　ISBN978-4-12-003935-5 C0093
定価はカバーに表示してあります。
落丁本・乱丁本はお手数ですが小社販売部宛お送り下さい。
送料小社負担にてお取り替えいたします。